헬드라이브
Hell Drive

엽사 판타지 장편소설
FANTASY STORY & ADVENTURE

헬 드라이브 5

초판 1쇄 인쇄 / 2010년 7월 14일
초판 1쇄 발행 / 2010년 7월 21일

지은이 / 엽사

발행인 / 오영배
편집장 / 김경인
편집 / 윤대호, 신동철
펴낸 곳 / (주)삼양출판사 · 드림북스

주소 / 서울특별시 강북구 송천동 322-10호
대표 전화 / 02-980-2112 팩스 / 02-983-0660
편집부 전화 / 02-980-2116 팩스 / 02-983-8201
블로그 / blog.naver.com/dreambookss

등록번호 / 제9-00046호
등록일자 / 1999년 3월 11일

ⓒ 엽사, 2010

값 8,000원

(주)삼양출판사 · 드림북스의 서면 허락 없이는 어떠한
형태나 수단으로도 이 책의 내용을 이용하지 못합니다.

ISBN 978-89-542-3836-6 04810
ISBN 978-89-542-3683-6 (세트)

* 지은이와 협의하에 인지는 생략합니다.
* 잘못된 책은 구입한 곳에서 바꾸어 드립니다.

Hell Drive

헬드라이브 ⑤

엽사 판타지 장편소설
FANTASY STORY & ADVENTURE

dream books
드림북스

Hell Drive
헬드라이브

제1화 　연금술사의 방 | 007

제2화 　합체 | 043

제3화 　마그마골렘 | 073

제4화 　비도와 화염 | 113

제5화 　알케미스트 | 149

제6화 　밝혀진 진실 | **179**

제7화 　주주의 편지 | **219**

제8화 　일족의 배신자 | **263**

제9화 　화염의 주인 | **291**

제10화 　오랜만일세, 마디오스 | **323**

제1화
연금술사의 방

HELL
DRIVE

높은 산으로 둘러싸인 분지.

초목이 우거지고, 웅장한 폭포가 있으며, 바다처럼 넓은 강이 도도하게 흐르고 있다. 잘 형성된 생태계를 중심으로 온갖 동식물들이 평화롭게 공존한다.

풍요로운 자연의 보고.

바로 그곳에 황탑이 있었다.

대지를 근본으로 하는 마탑.

천년이 지나도 굳건하게 제자리를 지킬 단단한 바위와 같은 마탑. 탑 전체를 휘감은 녹색의 넝쿨은 자연과 더불어 살아가는 황탑의 기본 이념을 엿볼 수 있는 대목이다.

그런 황탑의 영역에 십여 명의 사람들이 나타났다.

로브를 입고 지팡이를 들고 있다.

마법사들.

특이한 것은 그들이 각기 다른 마탑 출신이라는 점이었다.

붉은 로브를 입은 적탑 출신의 마법사도 있고, 청탑과 회탑 출신의 마법사들도 보인다.

황탑 인근에 도착한 그들은 심각한 표정으로 탑 주위를 관찰했다.

"소식을 넣어 보게."

회색 로브를 입은 마법사가 입을 열었다.

청탑 출신의 마법사가 수정구슬을 들고 주문을 외웠다.

잠시 후, 통신을 시도한 마법사가 고개를 저었다.

"소식이 없다."

마법사들의 표정이 딱딱하게 굳었다.

그는 방금 전 황탑을 향해 통신을 보냈다. 그러나 아무리 통신을 보내도 돌아오는 목소리가 없었다.

수정구슬은 텅 빈 허공만을 비출 뿐이었다.

기본적인 연락조차 안 되다니.

오랜 세월 대지와 소통하며 굳건하게 서 있던 황탑에 대체 무슨 일이 생겼단 말인가.

"들어가 보자."

적탑 출신의 마법사가 말했다.

다른 마법사들이 고개를 끄덕였다.

통신이 불가능한 이상 직접 확인할 수밖에 없다.

마법사들은 황탑을 향해 걸어갔다.

걱정했던 마법함정은 발동되지 않았다.

하지만 누군가 마중을 나오지도 않았다.

황탑은 인적이 끊긴 폐가처럼 공허한 침묵만을 삼키고 있을 뿐이었다.

마법사들은 조심스럽게 황탑에 진입했다.

그리고 잠시 후, 그들은 참혹한 현장을 발견하고 말았다.

사방에 흩뿌려진 피.

그것은 참혹한 살육의 현장이었다.

얼마 후, 시산혈해의 황탑에서 한 통의 전문이 대륙 곳곳으로 전송되었다.

"청탑의 마법사, 웨이버입니다. 이 통신은 대륙의 모든 마탑으로 발송되는 내용입니다. 황탑에 대해 급전을 띄웁니다. 현재 황탑은 죽음의 탑이 되었습니다. 반복합니다. 현재 황탑은 죽음의 탑이 되었습니다. 탑주님을 비롯한 전원이 끔찍한 시신으로 발견되었습니다. 생존자는 전무한 것으로 보입니다. 반복합니다. 생존자 전무. 황탑주님을 비롯한 모든 마법사가 참혹한 시신으로 발견되었습니다. 반복합니다. 생존자 전무……"

* * *

"자네가…… 헬리오스 마탑의 제자인 줄은 몰랐군."

리차드가 무거운 목소리로 말했다.

오드만은 뭔가가 틀어졌음을 직감했다.

철없는 아이처럼 떠들던 리차드가 돌연 입을 닫아 버렸기 때문이다.

무거운 정적이 내려앉았다.

오드만은 친구의 갑작스런 변화가 헬리오스 마탑과 관련이 있음을 눈치 챘다.

"헬리오스 마탑과 무슨 일이라도 있었는가?"

리차드는 고개를 저었다.

"없었네."

그러다 무슨 생각에선지 다시 고개를 끄덕였다.

"하지만 관계가 없다고 할 수는 없겠군."

오드만이 콧잔등을 찡그렸다.

"무슨 말을 하는지 모르겠군. 헬리오스 마탑과 관계가 있다는 말인가, 없다는 말인가?"

"헬리오스 마탑으로부터 직접적인 피해를 받은 적은 없네."

"다행이군."

오드만은 안도했다.

만약 리차드가 헬리오스 마탑과 좋지 못한 일이 있었다면 그는 중간에서 많이 괴로웠을 것이다.

리차드의 삭막한 목소리가 이어졌다.

"나는 비록 헬리오스 마탑과 직접적인 관계가 없지만, 내 조직은 관계가 있는 편일세."

"조직?"

오드만은 의아했다.

자신이 아는 리차드는 특정 조직에 몸담을 만한 위인이 아니다. 편협한 성격의 소유자인 데다, 차분하고 고즈넉한 분위기를 즐기는 성품이다. 또한 과거 몸담은 무리에서 좋지 못한 사건이 있기도 했다.

그 이후로 그는 조직이나 단체를 싫어하게 되었다.

그런 리차드가 조직에 몸을 담았다고 한다.

오드만이 이상하게 생각하는 것도 당연한 일이다.

그는 호기심을 느꼈다.

"어딘가? 자네가 몸담았다는 조직이."

"자네도 들어 본 적이 있을 걸세."

리차드가 입가에 한줄기 미소를 띠우며 말을 이었다.

"리버스. 변절자들의 모임이지."

"리버스?"

오드만의 입이 한껏 벌려졌다.

리버스.

물론 아는 곳이다. 아니, 모를 수가 없다.

그동안 그와 사제가 리버스 때문에 겪은 일이 한두 가지가 아니다.

리버스는 헬리오스 마탑의 적이다.

보다 정확하게 말하면, 리버스가 헬리오스 마탑을 적으로 인식하고 있다. 헬리오스 마탑을 무너뜨리기 위해 리버스에서 파견한 암살자들의 수가 물경 수백에 달한다.

최근엔 메딘 산의 마을 하나가 통째로 불타는 불상사까지 생겼다.

오드만이 기억하는 리버스는 사악한 악의 무리였다.

하필이면 그런 조직에 몸을 담다니.

"으음."

오드만은 침음성을 흘렸다.

모래라도 씹은 듯 입안이 텁텁하다. 찬물을 벌컥 마셨지만, 찜찜한 느낌은 사라지지 않았다.

이 무슨 운명의 장난 같은 일이란 말인가.

10여년 만에 만난 반가운 친구가 하필 원수의 조직에서 활동하고 있다니.

리차드도 같은 심정인 듯 표정이 무거웠다.

오드만이 그에게 물었다.

"어쩌다 리버스에 들어가게 되었나?"

"그들은 내가 마법을 회복할 수 있게 큰 도움을 주었다네."

오드만은 기억 한편에서 리차드에 대한 과거를 끄집어냈다.

소싯적 리차드는 촉망 받는 마법사였다.

뛰어난 재능으로 주위의 관심과 사랑을 받았다.

그러던 그가 단 한 번의 실수로 마법을 잃고, 마탑에 쫓기는 신세가 되었다.

그가 만든 마법물품이 사용자의 관리 부주의로 폭발하고 말았다. 그 폭발로 적지 않은 사람들이 죽고 다쳤다.

리차드는 자신의 실수가 아니라 사용자의 부주의였음을 항변했다. 하지만 탑주와 장로들에게 그의 하소연은 받아들여지지 않았다.

그 자리에서 마법을 잃었다.

탑주와 장로들은 온전히 마법만을 가져가고 끝내지 않았다.

인간으로서는 참을 수 없는 고통을 함께 안겨 주었다.

온 몸의 뼈가 잘게 부서지고, 몸속의 혈액이 머리통 속에서 부글부글 끓어오르는 것 같았다.

탑주와 장로들의 징벌은 그가 폐인이 되고 나서야 중지되었다. 폐인이 된 그를, 탑주는 매정하게 외면했다.

결국 그는 맨몸으로 탑에서 쫓겨났다.

평생을 마법만을 익히고 살아온 그다. 마법만을 바라보고, 마탑을 위해 살았다.

그런 그가 마법과 마탑을 잃어버렸다.

벌거벗은 채 세상에 버려진 것과 진배없는 고통이었다. 그 이후, 그가 얼마나 많은 고난을 겪었을는지는 굳이 말하지 않아도 짐작할 수 있었다.

10년 전의 리차드는 술만 마시면 당시의 일을 곱씹으며 다짐하곤 했다.

억울하다. 언젠가 꼭 복수하고 말 테다.

과거에서 현실로 돌아온 리차드가 공허한 목소리로 중얼거렸다.

"복수라……. 다 부질없는 짓이더군. 복수를 해도 남는 것은 공허함뿐일세. 삶의 목표를 잃어버린…… 텅 빈 가슴만 남을 뿐이지."

"꼭 복수를 한 사람처럼 이야기하는군."

오드만은 알고 있었다.

리처드의 복수가 얼마나 힘든 것인가를. 그의 원수는 어마어마한 능력을 가졌다. 어쩌면 왕국 하나의 전력을 능가하는 힘을 가졌을는지도 모른다.

그런 존재다. 마탑이란 것은.

"보여줄 게 있네."

리차드가 자리에서 일어났다.

거실의 장식장 한쪽을 열고 유리로 된 원통형 용기를 가져왔다.

그 유리 용기 안엔 사람 머리 모양의 장식물이 들어 있었다.

그때까지만 해도 오드만은 리차드에게 특이한 취미가 새로 생겼나 보다, 라고만 생각했다.

리차드의 이 한마디를 듣기 전까지는 말이다.
"황탑주의 머리일세."
"……!"
오드만의 표정이 급변했다.
유리 용기 안에 담긴 것은 모형이 아니었다.
진짜 사람의 머리였다.
그것도 황탑주의 머리였다.
드넓은 대륙에서도 열 손가락 안에 꼽히는 강자의 머리가 이름 없는 고아원의 장식물로 전락해 버린 것이다.
노르스름한 액체 속을 유영하고 있는 창백한 황탑주의 머리통.
오드만은 한동안 말을 잇지 못했다.
기껏 한 말이라고는.
"자네…… 어쩌다……."
이것이 전부였다.
"놀란 표정이군. 자네라면 손뼉을 치며 즐거워해 줄 거라 생각했는데."
리차드가 쓸쓸한 표정으로 말했다.
그의 미간에 고독이 깊게 새겨졌다.
"어떤 이유에서라도 살인은 정당화될 수 없네."
오드만은 고개를 저었다.
"정당?"

리차드가 실소를 뱉었다.

살인의 정당함을 말하는 오드만이 아이처럼 느껴졌다.

아무렴 어떤가.

그는 복수를 했고, 복수의 대상을 유리병 속에 담가 마지막 조롱거리로 남겼다.

죽은 자의 얼굴에 침을 뱉는 것보다야 이편이 백배는 더 즐겁고 통쾌하다.

너무도 즐거워서 하하 소리 내어 웃고 싶다.

하지만 정작 리차드는 그렇게 웃지 않았다.

쥐어짜는 듯한 웃음.

독하기 그지없는 약초를 씹듯이 쓰디쓴 미소를 입가에 머금었을 뿐이다.

오드만이 굳은 얼굴로 그에게 물었다.

"얼마나 죽였는가?"

황탑주가 혼자만 있지는 않았을 터.

틀림없이 그를 호위하는 인물들이 적지 않았을 것이다.

리차드가 담담하게 대꾸했다.

"모두 죽였네."

"모두? 설마 황탑에 있는 모두를?"

리차드는 대답 대신 유리병을 만지작거렸다.

"이 유리병, 바꿔야겠네. 좀 더 화려하고 그럴듯한 물건으로."

실제로 그런 충동이 일었다.

상부와 하부를 금으로 장식하고, 화려한 보석으로 치장하리라. 놈의 머리가 담긴 액체 속에 은가루를 3분의 1만큼 채우자. 병을 뒤집을 때마다 가라앉았던 은가루가 눈처럼 날리겠지? 그럼 또 한동안 질리지 않고 놈의 머리를 가지고 놀 수 있을 거야.

"자네…… 어쩌다……."

리차드의 공허한 눈길을 보던 오드만이 한숨과 함께 고개를 저었다.

"아닐세. 이유를 물어 뭐하겠나. 우리의 운명이 그런 것을."

"그렇지. 이미 흘러간 물은 돌이킬 수 없는 걸세. 우리 같은 나이가 되면 깨닫게 되지. 모든 것이 부질없는 짓이라는 걸 말이야."

"그래. 돌이킬 수도, 돌이킬 필요도 없지. 그저 각자의 길을 선택한 것뿐이니 말일세. 오늘 일은 모두 잊겠네. 자네가 어디에 몸을 담고 있고, 또 우리 마탑과 어떤 관계인지도 모두 잊을 걸세. 그저 자네와의 좋았던 시절만을 추억하도록 하겠네. 잘 있게."

작별을 고한 오드만이 몸을 일으켰다.

그는 친구에게 한 가지 부탁을 하기 위해 이곳에 찾아왔다. 그러나 친구는 이미 너무 먼 곳으로 가 버렸다.

"언제가 될지는 모르지만, 다음에 볼 때까지 건강했으면 좋겠네."
 그의 작별인사에 리차드는 아무런 대꾸도 하지 않았다.
 오드만은 울적한 마음을 안은 채 거실 문을 잡았다. 그러다 뒤늦게 떠오른 생각에 뒤를 돌아봤다.
 "그런데…… 원래 이곳엔 아이들이 더 많지 않았었나? 그들은 대체 어디로 간 거지?"
 리차드가 하얗게 웃었다.
 왠지 모르게 섬뜩함이 느껴지는 웃음이었다.
 "그들은 행복한 곳에 있다네. 영원히 고통 받지 않는 곳 말일세."

* * *

 "사람의 허물이라……."
 람스는 지하실의 유리관 속에 들어 있는 괴상한 물건을 보며 생각에 잠겼다.
 사람은 뱀이 아니다.
 당연히 허물을 벗거나 하는 일은 없다.
 그런데 유리관 속에 담긴 것은 분명 사람의 허물이다.
 누군가가 껍질을 벗겨 냈다?
 그렇다고 보기엔 허물의 상태는 너무도 깨끗했다. 마치 옷을 벗듯 벗겨진 허물이다.

"끼기기긱!"

다크니스가 소란스럽게 떠들었다.

넬이 다크니스의 말을 번역했다.

"이거 맘에 든다. 좋은 취미. 나 줘. 가지고 싶다."

당연히 안 될 말이다.

람스는 대꾸하지 않고 주위를 둘러보았다.

탁자 위의 많은 실험 도구들과 수북하게 쌓인 서적들. 책을 뒤적여 보니 마법과 연금술에 관련된 내용들이 깨알 같이 적혀있다.

이 연구실의 주인이 누군지는 몰라도 마법과 연금학에 상당한 조예가 있었음이 분명하다.

람스는 손끝으로 책상 위를 쓸었다.

먼지가 묻어나오지 않았다. 얼마 전까지 사용되었다는 소리다.

람스의 표정이 더욱 안 좋게 변했다.

최근까지 사용되었다면 더더욱 고아원과 관련이 있을 가능성이 크다.

람스는 오드만의 말을 떠올렸다.

고아원의 원장이 연금술을 한다고 했다. 애초에 그들이 이곳을 찾은 이유도 원장을 영입하고자 했기 때문이다.

그리고 이 실험실은 분명 연금술사의 연구실이 분명하다.

'사람의 허물을 유리관 안에 넣어 두는 연금술사라.'

단순히 기괴한 취미로 봐줄 수 있는 수준을 넘어선다.

만약, 오드만의 친구라는 사람이 이 연구실의 주인라면 헬리오스 마탑으로의 영입을 고민해 봐야 할 것이다.

"그리고 이곳의 장치도 수상하고 말이야."

람스는 사람의 허물이 든 유리관 뒤편에서 수상한 장치를 발견했다.

그것은 은색의 물건이었는데, 표면에 파란 형광색을 뿜어내는 유리관이 촘촘하게 박혀 있었다. 유기적으로 반응하는 불빛이 어쩐지 사람의 두뇌를 떠올리게 만들었다.

한 번도 본 적이 없는 장치다.

하지만 람스는 이 장치가 무슨 역할을 하는지 한눈에 알아보았다.

"인근 지역이 냉해로 고통 받는 이유가 이것이었군."

기계 장치는 지열을 빨아들이고 있었다.

딥블루와 인근의 산을 노랗게 타들어 가게 만드는 냉기의 원인이 바로 이것이었다.

람스가 손을 들었다.

손가락 끝에서 화륵 하고 불길이 일었다.

이 장치 때문에 얼마나 많은 사람들이 고통을 받고 있는지 그는 잘 알고 있었다.

단숨에 쪼개리라.

람스가 막 기계를 파괴하려 할 때였다.

그그그그!

그들이 숨어든 지하 연구실 전체가 뒤흔들렸다.

철커덕. 철커덕.

스프링으로 작동되는 쇳소리가 연속으로 울렸다. 그와 동시에 주위의 마나가 폭주하기 시작했다.

"기계를 보호하기 위한 방어책인가?"

람스의 목소리가 채 끝나기도 전.

텅!

쇳소리와 함께 용암을 끌어 모으는 장치가 벽 뒤로 사라졌다.

철커덕!

천장에 무수한 구멍이 생기더니, 별안간 화살이 쏟아져나왔다.

퓨퓨퓨퓨!

성인 손바닥만 한 길이의 검은 화살이 그야말로 폭우처럼 쏟아졌다.

화살은 보통 물건이 아니었다. 쇠로 만든 무쇠화살이었다.

스프링 장치를 통해 발사된 화살은 무시무시한 관통력을 지니고 있었다. 천장에서 쏟아진 무쇠화살이 책상을 뚫고 지면 깊숙이 박혔다. 피한답시고 책상 아래로 몸을 던져 봤자 고슴도치 꼴이 되는 건 매한가지다.

"고전적인 수법이군."

던전에서 주로 사용하는 가장 고전적인 마법이다. 하지만 그 효과는 확실하다. 촘촘하게 쏟아지는 화살비를 피하는 것은 불가능에 가깝다.

물론, 람스와 넬에겐 통하지 않는 위협이었다.
쯔그그그그!
다크니스가 몸을 풍선처럼 부풀리더니, 넬을 감쌌다. 그의 검은 동체에 닿은 화살들이 퉁퉁 소리를 내며 튕겨져 나갔다.
람스에겐 아예 닿지도 못했다. 그의 근처에 이른 화살은 한 줌의 연기가 되어 흩어졌다.
쏴아아아아아아!
소나기처럼 쏟아지던 화살비가 어느덧 멈췄다.
하지만 함정은 이제 시작에 불과했다.
드드드드!
불쾌한 소음과 함께 일행이 디디고 선 바닥이 열렸다.
양쪽으로 여는 쪽문처럼 그들이 서 있는 주변이 아래로 덜커덩 하고 열린 것이다.
그렇게 열린 바닥 아래엔 뜨거운 용암이 흐르고 있었다.
"주변에서 흡수한 열기가 용암으로 저장되고 있었군."
갑자기 바닥이 열려 버리자 연구실의 탁자와 부속들이 미끄러지듯 아래로 우수수 떨어졌다. 용암 속으로 떨어진 물건들은 순식간에 액체로 변해 버렸다. 단단한 무쇠도 순식간에 녹아내리는 용암이다. 사람이 떨어지면 어떻게 될지는 보지 않아도 뻔하다.
촤르르!
다크니스가 촉수를 뻗어 천장에 매달렸다.

넬은 다크니스 내부에서 안전하게 보호되었다.

"끼리리릭!"

다크니스의 말을 넬이 번역했다.

"주인은 내가 보호한다. 하지만 너에게까지 의리를 보일 필요는 없겠지?"

얄미운 그의 말에 람스는 피식 웃었다.

그는 연구실의 집기들과 함께 용암에 떨어졌다.

용암의 열은 대단했다. 그러나 그러한 열기도 람스를 어쩌지는 못했다.

그는 화염의 군주.

용암은 그의 신체는 물론이고, 그가 입은 옷조차 태우지 못했다.

끼기긱.

활짝 열렸던 바닥이 천천히 닫히기 시작했다.

잠시 용암 위를 걸으며 뜨거움을 만끽하던 람스가 연구실로 돌아왔다.

그 사이 세 번째 함정이 작동되기 시작했다.

즈즈즈즈.

연구실의 한쪽 벽이 서서히 돌아가고 있었다. 그 너머에 어떤 흉측한 함정이 숨어 있을지 모를 일이다.

"누군지는 몰라도 우리의 방문을 무척 싫어하는 것 같군."

싫어하는 정도가 아니라 확실히 죽여 버리겠다는 의지가 철

철 넘친다.

람스가 천장을 올려다보았다.

이대로 이곳에 설치된 함정을 차례차례 겪어 보고 싶은 마음은 없다.

"다크니스."

람스가 마왕 다크니스를 불렀다.

"끼긱?"

"뭐냐?"

람스가 천장을 가리켰다.

"끼기긱?"

"설마 또 흙을 파먹으라고?"

람스가 고개를 끄덕였다.

다크니스는 저항하고 싶었다. 마법도 영혼도 생기도 없는 흙 따위, 절대로 퍼먹고 싶지 않다.

무엇보다, 맛이 지랄 같이 없다.

"끼긱!"

"시, 싫다."

람스가 주먹을 들어올렸다.

다크니스가 곧바로 대답했다.

"끼기긱!"

"합지요. 합니다. 지금 가고 있습니다."

다크니스가 큰 입을 쩍 하고 벌리며 천장을 뜯어 먹었다.

원래 이 연구실의 벽은 고도의 마법으로 강화되어 있었다.
어떤 물리적 방법으로도 흠조차 생기지 않으며, 마법적인 방법으로 빠져나가기가 쉽지 않았다.
그러나 마왕은 전혀 차원이 다른 문제였다.
콰드득!
마왕이 벽을 물자 마법으로 강화된 벽이 그야말로 과자처럼 부스러졌다.
그렇게 몇 번 뜯어 먹자 순식간에 지상으로 통하는 통로가 만들어졌다.
"끼긱!"
"내가 먼저 간다."
다크니스가 구멍으로 쏙 빠져나갔다.
다크니스 내부에 갇힌 넬도 함께 끌려 나갔다.
람스도 다크니스가 만들어 놓은 구멍으로 몸을 날리려 했다.
그때, 벽에서 뭔가가 튀어나오며 그의 앞을 가로막았다.
빠른 움직임.
반사적으로 공격하려던 람스가 상대의 정체를 보고 손을 거뒀다.
"넌…… 이곳의 아이가 아니더냐?"
놀랍게도 람스의 앞을 가로막은 것은 작은 소년이었다.
에밀리와 함께 순진한 모습으로 흙장난을 치던 아이.
그러나 람스의 앞을 가로막은 아이에게선 그때의 순진함을 찾아볼 수 없었다.
 텅 빈 눈동자로 람스를 보고 있는 소년.
 바가지처럼 깎아 놓은 머리 모양이 귀엽다.
 그러나 정작 창백한 아이의 입술 밖으로 흘러나온 목소리는 음산하기 이를 데 없었다.
"불청객. 죽인다."
 아이가 람스를 향해 벼락같이 몸을 날렸다.
 그 속도가 얼마나 빠른지, 굶주린 마수의 습격을 보는 것 같았다. 람스는 미끄러지듯 아이의 공격을 피하며 생각했다.
 '이 속도. 정상이 아니다.'
 저 나이의 아이라면 뒤뚱거리며 뛰는 것이 고작일 것이다. 그런데 움직이는 속도가 단련된 기사보다 빠르다.
 그보다 더 신경 쓰이는 것은 아이의 텅 빈 눈동자다.
 람스를 죽이려고 하면서도 감정의 변화가 전혀 없다. 마치 기계처럼 움직이고 있었다.
"죽어."
 아이가 무표정한 얼굴로 다시 말했다.
 작은 손을 갈고리처럼 휘둘렀다.
 람스가 몸을 피했다. 아이의 손이 벽을 후려갈겼다.
 콰드득.
 마법으로 강화된 벽이 깊게 파였다.
"음."

람스가 침음을 흘렸다.

어지간한 공격엔 흠집도 나지 않는 단단한 벽이 무른 흙더미처럼 부서지다니. 아이가 발할 수 있는 힘이 아니다.

비정상적인 움직임에 놀라운 힘까지.

람스는 아이의 몸속을 들여다보았다.

아이의 몸속을 흐르는 이상한 마나의 흐름을 알게 되었다. 그것은 인간에게서는 결코 볼 수 없는 흐름이었다.

"이것은……."

마침내 람스는 아이의 정체를 알게 되었다.

그가 분노에 찬 음성으로 외쳤다.

"누구냐? 이 연약한 아이에게 이토록 사악한 마법을 펼친 녀석이."

"죽어."

아이가 무표정한 얼굴로 공격을 퍼부었다.

람스가 아이의 손을 받아 내며 큰 소리로 외쳤다.

"말해라. 널 이렇게 만든 자가 누구냐! 누가 널 골렘으로 만들었느냐 말이다!"

그의 성난 외침이 연구실을 왕왕 울렸다.

* * *

골렘.

마법으로 만든 인공적인 생명.

아이는 그러한 골렘이었다.

하지만 완전한 골렘은 아니었다. 아이의 몸 자체는 인간이었다. 그러나 아이를 움직이고 있는 핵심은 골렘의 그것이었다.

심장을 비롯한 각종 장기들.

뇌의 일부, 두 눈, 손과 발, 중요 관절들.

그 모두가 골렘 마법으로 새로 만들어지고 강화되었다.

아이의 몸에서 사람의 흔적을 발견할 수 있는 곳이라곤 피부와 뇌 일부에 불과했다. 다만 인간인 부분과 골렘 부분이 유기적으로 잘 결합되어 있어, 겉으로는 전혀 표가 나지 않았다.

람스가 아이의 정체를 눈치채는 데에 시간이 걸린 것은 바로 이 때문이다.

"누구냐! 누가 이처럼 사악한 짓을 했느냐!"

람스가 성난 짐승처럼 외쳤다.

그는 마계에서 끔찍한 일들을 수없이 경험했다. 그 중엔 시신의 피부 조각을 넝마처럼 조각조각 이어 붙인 괴물도 존재했다.

눈앞의 아이는 괴물을 닮아 있었다.

아이의 겉모습은 평범한 소년의 모습이지만, 그 내부는 넝마조각을 이어 붙인 괴물과 다르지 않았다.

이것이 람스가 분노하는 이유였다.

아이는 누군가에 의해 죽지도 못하는 괴물이 되어 버린 것이다.

골렘이 된 아이가 괴이한 목소리로 말했다.

"방해…… 죽인다."

아이가 다시 몸을 날렸다.

람스는 더 이상 피하지 않았다.

"불쌍하구나."

살아 있을 땐 잔인한 실험의 대상이 되고, 죽어서도 편히 쉴 수 없게 되다니.

"내가 쉬게 해 주마."

소년의 갈고리 같은 손가락이 날아들었다.

람스는 그 손을 맞잡자마자 몸을 빙글 돌렸다.

강물이 바위를 타고 흐르듯, 아이가 람스의 등을 넘어 허공을 날아 바닥에 떨어졌다. 그 순간 람스가 발을 굴렀다.

쿵!

그의 발에서부터 시작된 강력한 압력에 지면이 거북이 등껍질처럼 갈라졌다. 균열은 순식간에 주위로 퍼져 나가며 아이를 삼켰다.

"죽…… 여."

바닥의 균열 틈에 몸이 끼인 아이가 팔다리를 허우적거리며 말했다. 자신의 상태도 모른 채 람스를 향해 무작정 달려들려고만 했다.

그 모습을 안타까운 얼굴로 지켜보던 람스가 허공으로 몸을 띄웠다. 다크니스가 만들어 놓은 구멍을 통해 지상으로 올라갔다.

람스가 지상으로 올라오자, 기다리고 있던 다크니스가 툴툴거렸다.

"끽. 끼라락!"

"쳇. 돌아오다니."

람스는 다크니스의 말을 무시한 채 발을 높게 들었다 바닥을 향해 내리쳤다.

헬그라운드.

쿠쿠쿵!

지진이라도 난 듯 지면이 뒤흔들렸다.

"끼락!"

"무슨 짓이야."

놀란 마왕이 넬을 감싼 채 허공으로 뛰어올랐다. 람스도 그 뒤를 따라 몸을 날렸다.

다음 순간, 요란한 굉음과 함께 지반이 붕괴되었다.

연금술사의 연구실.

지하에 있던 그곳이 통째로 무너진 것이다.

"편히 잠들거라."

무너진 연구실을 내려다보며 람스가 중얼거렸다.

"끼라락!"

"이게 대체 무슨 짓이냐니까."

다크니스가 화가 난 목소리로 떠들었다. 그러나 그것도 잠시, 람스의 서늘한 눈초리를 보자 겁먹은 강아지처럼 낑낑 거렸다.

"끽. 끼리리리리리."

"쳇. 고작 그 정도에 죽일 것처럼 노려보는 건 뭐야? 재미없는 녀석 같으니라고."

람스는 끙끙 거리는 다크니스를 무시하고 고아원을 향해 걸음을 옮겼다.

그는 과거 그 어느 때보다 화가 나 있었다.

불쌍한 아이에게 이런 짓을 한 인간을 도저히 용서할 수 없었다.

고아원 입구엔 에밀리가 서 있었다. 에밀리 외에 다른 아이들의 모습은 보이지 않았다.

"안 돼요."

에밀리가 두 팔을 벌리며 람스의 앞을 가로막았다.

"들어가면 안 돼요."

그녀가 간절한 목소리로 외쳤다.

"칵! 카카카칵!"

전에 없이 다크니스가 흥분하며 소리쳤다. 람스에게 받은 불만을 에밀리에게 대신 토해 내는 것이었다.

넬이 무표정한 얼굴로 다크니스의 말을 해석했다.

"비켜. 비키지 않으면 모두 잡아먹어 버릴 테다."

다크니스의 위협에 에밀리는 어깨를 덜덜 떨었다. 그러나 끝내 그 자리를 지키고 섰다.

"여러분을 위해서 이러는 거예요. 허락받지 않은 사람이 들어가면 아버지가 크게 화를 내요."

다크니스가 소란스럽게 떠들었다.

"끽끼기기기긱?"

"네 아빠보다 내가 더 무서울걸?"

말과 함께 다크니스는 은근히 존재감을 과시했다.

아무리 능력의 대부분을 잃어버렸다 해도 다크니스의 존재감은 대단했다.

하늘이 무너져 내리는 듯한 압력.

인간이 감당할 수 있는 수준의 것이 아니다.

기력이 약한 사람은 마왕의 존재감에 약간 노출되는 것만으로도 두 다리를 벌벌 떨며 오줌을 지릴 것이다.

에밀리의 두 다리가 애처롭게 떨렸다.

그럼에도 그녀는 비켜서지 않았다. 오히려 두 팔을 벌리며 사력을 다해 외쳤다.

"절대로 안 돼요! 더 이상 누군가 죽는 걸 보고 싶지 않아요."

람스가 에밀리에게 말했다.

"넌 우리에게 안 좋은 일이 생길 것을 두려워하는구나."

그의 목소리와 함께 에밀리의 전신을 짓누르던 압력이 사라졌다.

에밀리는 고개를 들어 람스를 보았다. 왠지 모르게 편안함이 느껴지는 얼굴이다.

"네, 그래요. 전 여러분이 이대로 돌아가셨으면 해요."

그녀가 걱정하는 것은 바로 손님들의 안전이었다.

허락받지 않은 사람들이 아버지를 만나면 큰일이 벌어진다. 그걸 잘 알고 있는 그녀는 어떻게든 람스를 막고 싶었다.

"괜찮다."

람스가 에밀리의 머리를 쓰다듬었다.

따뜻한 온기. 몸을 움츠리게 만든 긴장이 서서히 풀려나갔다.

람스가 부드러운 목소리로 말했다.

"날 들여보내 주겠니?"

에밀리는 저도 모르게 고개를 끄덕였다.

"네."

한 걸음 물러서면서 그녀는 속으로 의아하게 생각했다.

내가 왜 물러선 거지?

이대로 이 사람들을 안으로 들어가게 해서는 안 되는데.

아버지가 또 나쁘게 변해.

막아야 해.

하지만 생각과 달리, 그녀는 람스를 막아설 수 없었다. 람스의 얼굴을 보는 순간, 왠지 모르게 안심이 되었기 때문이다.

자신도 모르게, 그녀는 속으로 이렇게 생각하게 되었다.
'이 사람은 괜찮아. 그라면……'
어째서 안심이 되는지는 모른다. 하지만 에밀리는 오랫동안 잊었던 편안함을 람스에게서 느낄 수 있었다.

* * *

람스는 고아원 내부로 거침없이 걸어 들어갔다.
고아원 내부는 흉흉한 기운으로 가득 차 있었다.
이상할 정도로 온도도 높다. 훅훅 찌는 열기가 내부를 가득 채우고 있다. 밖은 선선한데, 정작 불도 피우지 않는 실내가 이렇게 더운 것은 이해할 수 없는 일이다.
다크니스도 기묘한 실내 분위기에 반응했다.
"끽? 끼기기기기기?"
"이게 뭐야? 누가 이곳에 영역 마법이라도 펼쳐놓은 건가?"
영역 마법이 펼쳐진 것으로 착각할 만큼, 실내의 기운은 비현실적인 구석이 많았다.
람스는 열기가 흘러나오는 중심을 향해 나아갔다.
그가 긴 복도를 지나 거실로 통하는 입구로 들어섰을 때였다.
끼이익…… 쾅!
요란한 소리와 함께 그들이 지나온 문이 닫혔다.

그와 동시에 복도 좌우에서 작은 그림자들이 걸어 나왔다.
작은 그림자들은 아이들이었다.
보이지 않던 아이들이 모두 이곳에 모여 있었다.
아이들을 본 람스의 미간에 고랑이 패였다.
'이 아이들도…….'
아이들의 눈동자엔 생기가 보이지 않았다.
텅 빈 동공.
십여 명의 아이들이 한목소리로 입을 열었다.
"죽어라. 죽어라. 죽어라. 죽어라."
그 목소리가 합창처럼 실내를 왕왕 울렸다. 그때, 콰드드 하는 요란한 소음과 함께 바닥이 갈라졌다.
후욱!
갈라진 지면 아래에서 뿌연 김과 함께 후끈한 열기가 올라왔다. 그 사이로 지옥 밑바닥에서 기어 올라오는 아귀처럼 한 소년이 꿈틀꿈틀 기어 올라왔다.
아이를 본 람스의 얼굴이 딱딱하게 굳었다.
"……!"
람스가 연구실에 두고 왔던 소년이었다.

* * *

"방금 뭐라고 했나?"

오드만이 물었다.

방금 전 그는 도저히 믿을 수 없는 이야기를 리차드에게서 들었다. 자신의 두 귀를 의심할 법한 이야기. 그는 자신이 잘못 들은 것은 아닌가 싶은 생각에 다시 물었다.

리차드는 태연하게 대답했다.

"아이들로 실험을 했다고 했네."

"미…… 쳤군."

오드만이 신음처럼 말했다.

목구멍으로 마른침이 꼴깍꼴깍 넘어갔다.

오! 맙소사.

이 미련한 친구가 지금 방금 뭐라고 지껄인 거지? 아이들로 실험을 해? 그 순진하고 귀여운 아이들이 어떻게 되었다고?

오드만의 분노를 리차드는 태연히 받아 냈다.

입가에 한 줄기 미소까지 머금었다.

"그렇게 화낼 것 없네. 살다 보면 많은 일이 벌어지는 법일세. 그 아이들에게도 그러한 일이 벌어진 게지."

오드만은 화를 참을 수 없었다.

"이 미친놈아!"

오드만이 목이 터져라 고함을 질렀다.

원래 이 고아원엔 지금보다 많은 아이들이 있었다.

사막을 떠돌던 집 없는 아이들.

그런 아이들을 모아 이곳에 고아원을 차렸다.

그것이 벌써 10년도 전의 일이다.

그런데 지금은 고작 10여 명 정도만이 남아 있었다.

그나마 오드만을 기억하고 있는 아이는 에밀리 하나 뿐.

다른 아이들은 그를 알아보지 못했다.

오드만은 사람이 와도 아는 척을 하지 않는 아이들에게 이상함을 느꼈다.

'예절 교육이 제대로 되지 않았구나.'

싹싹하던 예전의 아이들을 떠올리니 왠지 모를 씁쓸함이 느껴졌다.

'그런데 이 아이들. 어쩐지 낯이 익구나.'

이상한 생각이 들었다. 그러나 애써 고개를 저었다.

'그럴 리 없지. 벌써 10년도 넘었는데. 그 아이들이 예전 그대로 남아 있을 리 없지.'

그럼에도 마음 한편엔 꺼림칙함이 남았다.

그리고 방금 전, 리차드에게서 충격적인 이야기를 들었다.

에밀리와 함께 있던 그 아이들.

10년 전의 기억을 떠올리게 만드는 아이들이 그가 기억하는 그 아이들이 맞다고 한다.

10년이 지났건만 아이들은 전혀 성장하지 않았다. 성장한 아이는 에밀리 하나뿐이었다.

왜냐고 물었다. 어쩌다 그렇게 되었느냐고.

돌아온 대답은 너무도 충격적이었다.

"그 아이들은 내 연금술의 발전을 위해 기꺼이 몸을 바쳤네."

처음 한순간 오드만은 그의 말을 잘못 들은 것은 아닌가 하는 착각까지 느꼈다.

다시 물었다.

"그 아이들이 어떻게 됐다고?"

"연금술의 발전을 위해 희생했다고 했네."

"희생?"

한순간 머릿속이 텅 비는 것 같았다.

희생이라니. 오오. 이 미치광이 연금술사가 그 불쌍한 아이들에게 무슨 짓을 했단 말인가.

"왜…… 어째서?"

"이미 말하지 않았는가? 어쩔 수 없었다고."

태연한 리차드의 말에, 오드만은 어깨에 힘이 빠졌다. 친구에게 남은 마지막 한 조각의 미련마저 사라져 버렸다.

갑자기 마음이 급해졌다.

"아이들. 그 아이들을 봐야겠다. 지금 당장."

오드만이 거실 밖으로 발길을 돌렸다.

리차드의 목소리가 돌아서는 그의 발을 붙들었다.

"지금 가도 만나기가 쉽지 않을 걸세. 다들 일을 하느라 바쁘거든."

"일?"

리차드가 사악하게 웃으며 말을 이었다.

"그렇지. 일. 바로 자네의 스승이라는 작자를 손보고 있는 중이거든."

오드만의 두 눈이 커졌다.

"설마 그 아이들이 스승님과 싸우고 있단 말인가?"

"바로 맞췄네."

오드만이 아연실색했다.

"아이들을 말려야해. 그분을 화나게 하면…… 끔찍한 일이 벌어져."

"하하하하."

리차드가 껄껄 웃었다. 그가 오만한 미소를 지으며 말했다.

"자네의 말이 맞네. 끔찍한 일이 벌어지겠지. 하지만 그 끔찍한 일은 내 아이들이 아닌 자네의 스승에게 생길 걸세."

"아니야. 자넨 그 분이 어떤 분인지 몰라서 그러는 걸세."

"자네야말로 모르고 있군. 그 아이들이 얼마나 무서운 존재로 탈바꿈했는지 말이야."

"어째서 그분을 죽이려 드는 겐가?"

"그는 보지 말아야 할 것을 보았고, 알지 말아야 할 것을 알게 되었네. 유감스럽지만 내 작은 비밀을 유지하기 위해서라도 어쩔 수 없이 죽어야 하는 운명일세."

오드만이 리차드에게 안타까운 시선을 던졌네.

"다시 말하겠네. 아이들을 거두게. 무슨 이유로 그분을 해

하려 하는지는 모르지만, 그만두게. 그분을 화나게 만들어선 안 되네."

리차드는 여전히 여유를 잃지 않았다.

"하하. 나 역시 다시 말해 두지. 자넨 그 아이들이 얼마나 대단해졌는지 짐작도 못할 걸세. 지금쯤 자네의 스승은 작은 뼛조각 하나 남기지 못하고 산산조각 났을 걸세."

리차드의 음성엔 자신감이 넘쳐흘렀다.

그때였다.

"내가 산산조각 났을 거라고?"

나지막한 음성과 함께, 잠겨 있는 거실 문이 설탕과자처럼 줄줄 녹아내렸다.

치이이이이!

어느새 거실 문은 흔적만 남은 채 모조리 녹아내렸다.

매캐한 매연을 지나, 한 사람이 걸어 들어왔다.

그를 본 오드만이 반갑게 소리쳤다.

"스승님!"

그는 바로 죽었을 거라던 람스였다.

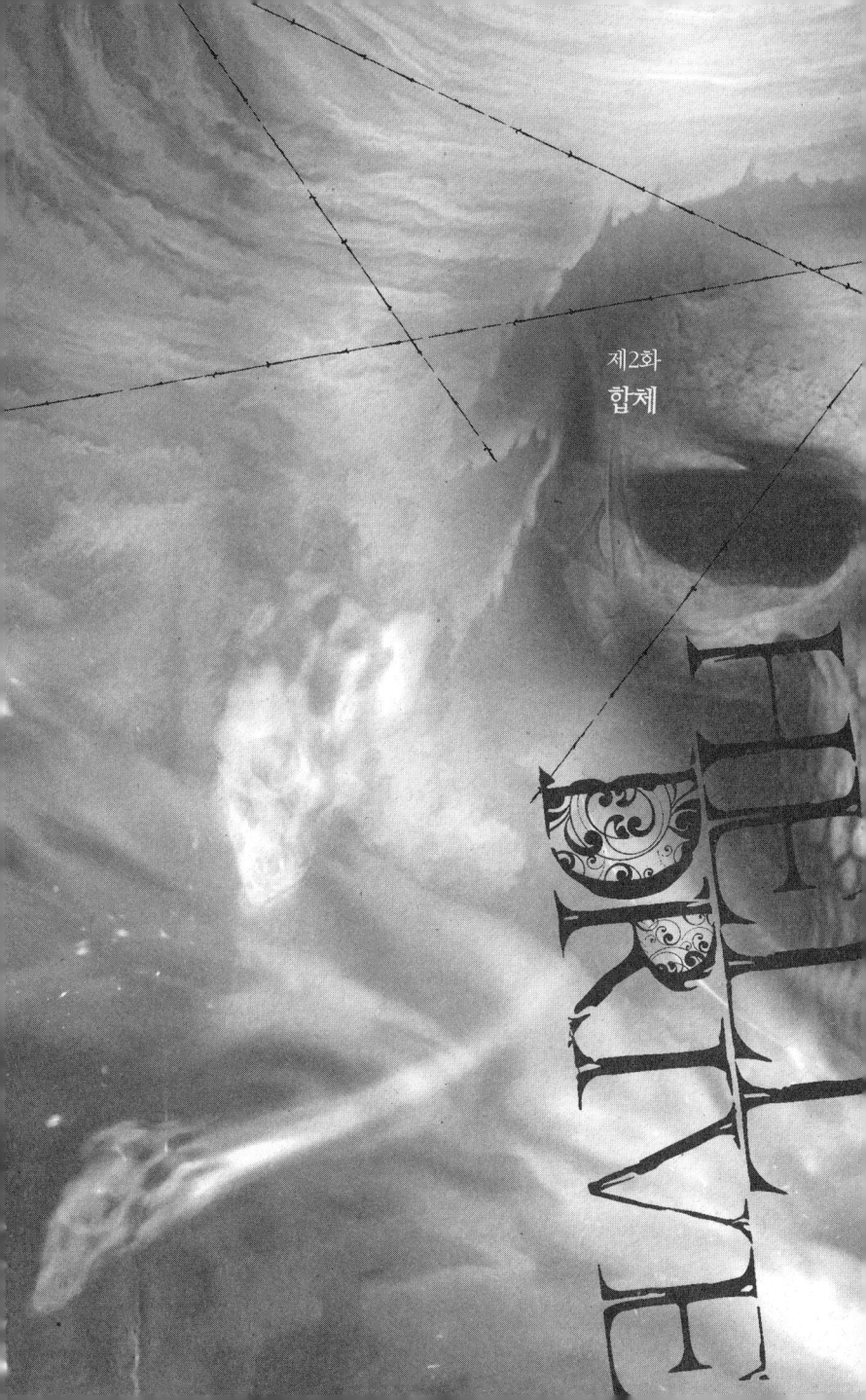

람스가 거실로 들어섰다.
오드만이 반가운 표정으로 달려왔다.
"스승님. 무사하셨군요."
람스는 당연하다는 듯이 고개를 끄덕였다.
가슴을 쓸어내리는 오드만을 지나쳤다.
두터운 소파에 몸을 묻고 있는 리차드가 보였다.
람스가 무거운 음성으로 입을 열었다.
"그대가 연금술사인가?"
리차드를 보는 람스의 눈길이 맹수의 그것처럼 사나웠다.
"그렇다."

리차드가 차분한 태도로 대답했다.

하지만 차분한 것은 겉모습뿐이었다. 속으로는 적잖이 놀란 상황이었다.

"으음. 내 아이들이 그대를 막을 것이라 생각했는데……."

아이들이 당할 것이라곤 단 한 번도 생각해 본 적이 없었다. 그만큼 그의 아이들은 강했다. 어떤 적 앞에서도 굴하지 않을 능력을 가지고 있다.

그런데 믿었던 아이들이 당하다니.

람스의 몸을 살펴보았다. 격전의 흔적은 어디에도 보이지 않았다. 옷도 멀쩡하고 그 흔한 상처 하나 입지 않았다.

설마 아이들이 그의 옷자락 하나 건들지 못했단 말인가?

"아이들은 어떻게 됐지?"

리차드가 물었다.

돌연 넬의 발밑에서 거창한 트림 소리가 들려왔다.

"꺼어어어억! 끼기긱!"

넬이 다크니스의 말을 통역했다.

"꺼억. 네 장난감이었냐? 제법 훌륭한 만찬이었다."

"……?"

리차드의 표정이 괴이하게 일그러졌다.

상황으로 보아 이상한 가면을 쓰고 있는 소녀가 골렘을 모조리 먹어 치운 것 같다.

"아니로군. 소녀가 아니라, 그녀의 발밑에 이상한 놈이 숨어 있군."

리차드는 다크니스의 존재를 한 눈에 파악했다. 하지만 무언가가 숨어 있다는 것만을 느낄 수 있을 뿐, 다크니스의 정확한 정체는 가늠하지 못했다.

"소울러가 부리는 슬레이브는 무생물에 한정된다고 하던데…… 아니었던가?"

진실이 무엇이건 간에 믿었던 아이들이 허무하게 당한 것만은 사실이다.

연금술의 궁극에 다다랐다 자부하는 리차드로서는 자존심 상하는 일이 아닐 수 없었다.

람스가 오드만에게 물었다.

"네가 말한 연금술사가 저자인가?"

오드만이 힘없이 고개를 끄덕였다.

"그렇습니다."

"그는…… 적당하지 않은 사람인 것 같구나."

오드만의 얼굴이 참담하게 일그러졌다.

"저도…… 그렇게 생각합니다."

지금 그의 심정은 그야말로 천 갈래 만 갈래 찢어지는 듯했다.

해맑게 웃던 아이들을 실험용 모르모트로 사용하고, 주변의 산과 들, 그리고 마을까지 황폐하게 만들었다.

그 순박했던 친구가 이렇게까지 타락했을 줄이야.

10년의 세월은 정말 너무도 긴 시간이었던 모양이다.

"허허허허."

돌연, 리차드가 너털웃음을 터트렸다. 한참을 소란스럽게 웃더니 돌연 정색하며 람스를 쏘아보았다.

"과연 그대가 날 평가할 만한 실력이 있을지 궁금하군."

리차드가 자리에서 일어났다.

옷자락을 펄럭이며 마력을 일으키자, 무시무시한 존재감이 구름처럼 일어났다.

질식할 것 같은 존재감에 오드만의 안색이 파랗게 질려 버렸다.

"이, 이렇게 터무니없는 힘을……."

그는 리차드의 변화에 경악을 감추지 못했다.

오드만은 헬리오스 마탑의 수련으로 전과는 비할 바 없이 강해졌다. 그래서 느낄 수 있었다. 지금의 리차드가 얼마나 강한지를.

'과연 스승님께서 그를 감당하실 수 있을까?'

처음으로 그는 스승인 람스가 걱정되었다.

마른침을 삼키며 람스를 봤다.

람스는 평소와 다를 바 없는 표정으로 리차드를 바라보고 있었다. 그 평온한 모습에 긴장이 조금 풀렸다. 하지만 그럼에도 마음 한구석엔 불안이 남았다.

그만큼 리차드의 존재감은 대단했다.

"어차피 그대를 제거하려고 마음먹은 참일세."

리차드가 소리쳤다.

람스를 보는 그의 눈길이 섬뜩하기 그지없었다.

리차드가 의자 옆에 세워둔 지팡이를 꺼냈다.

끝이 둥글게 휘어진 지팡이는 리차드가 만지자 눈부신 황금 지팡이로 변했다.

"연금술로 만들어 낸 최고의 지팡이지. 마나의 전도율과 마법 증폭률은 세상에 존재하는 그 어떤 지팡이보다도 우수하다고 자부한다네."

그가 지팡이를 가볍게 휘두르자 텅 빈 공간이 파도처럼 출렁거렸다.

마나 간섭.

특별히 주문을 외우지 않았음에도 불구하고 마법력이 발휘되었다.

드드드드.

지진이라도 난 듯 실내가 흔들렸다.

천장과 바닥이 쩍쩍 갈라지며, 먼지가 우수수 떨어졌다.

압축된 마력이 높은 밀도로 주위를 뒤덮었다. 깊은 물속에 들어간 것처럼 고막이 아파 오고 웅웅 하는 이명이 들려왔다.

"연금술의 위대한 힘 앞에서 화염 마법이 얼마나 하찮은 것인지 깨닫게 해 주겠다."

리차드가 공언했다.

이미 그의 압도적인 마력을 본 터라, 이를 가볍게 여기는 사람은 아무도 없었다.
람스도 자세를 잡고 격돌을 준비했다.
일촉즉발.
당장이라도 피 튀기는 대결이 시작되려는 바로 그때.
쩌거거거걱!
돌연, 뇌성과 함께 실내 한구석의 공간이 쩍 하고 갈라졌다.
헬게이트.
이계로 통하는 문이 열렸다.
허물어진 차원의 장벽 너머에서 끈끈한 안개와 함께 거대한 존재가 모습을 드러냈다.
붉은 뿔을 머리에 달고 있는 험상궂은 존재.
마족.
그것도 압도적인 존재감을 자랑하는 최상위 마족이었다.
"디스터."
갑작스럽게 헬게이트를 열고 나타난 마족은 람스의 수하이자, 헬리오스 마탑의 장로인 디스터였다.
"주인님?"
디스터도 람스를 봤다.
이런 곳에서 주인을 만나게 될 줄이야.
크게 놀라는 눈치다.
람스가 디스터에게 물었다.
"이곳엔 무슨 일이냐?"

디스터가 리차드에게 흉악한 눈초리를 돌리며 대답했다.
"저 녀석에게 빚이 있습니다."
"빚?"
디스터의 몸을 보니 여기저기에 부상 흔적이 역력했다.
"그에게 당했는가?"
"방심했을 뿐입니다."
디스터는 생각만으로도 분한 듯 콧김을 내뿜었다. 그가 람스에게 무릎을 꿇으며 말했다.
"주인님. 부탁이 있습니다."
"말해 보라."
"저놈을 제가 맡고 싶습니다."
람스가 잠시 생각하다 말했다.
"그는 강하다."
"알고 있습니다."
리차드의 강함. 디스터는 뼈에 사무치도록 통감하고 있다.
람스가 다시 물었다.
"이곳은 너에게 불리하다. 방법은 강구해 두었느냐?"
수하의 부탁에도 불구하고 그가 이처럼 물은 것은 모든 상황이 디스터에게 불리하기 때문이다.
이곳은 중간계다.
그것 하나만으로도 마족인 디스터에겐 매우 불리한 조건이다. 마력에도 제한이 있고, 마족 특유의 마법이나 기법 등에도 한계가 생긴다.

"그래서 이 녀석을 데려왔습니다."

디스터의 등에 가려져 있던 청년이 모습을 드러냈다.

리자크였다.

다짜고짜 디스터에게 끌려오게 된 리자크는 당황한 표정으로 주위를 둘러보고 있었다.

이게 무슨 사태야?

여긴 어디?

난 왜 여기 있는 거지?

그러다 람스를 보게 되었다.

"스승님? 이곳엔 어쩐 일로…… 아! 사형도 계셨네요. 그럼 여기가 연금술사라는 친구가 있다는 그곳인가요?"

오드만이 어두운 표정으로 고개를 저었다.

"이곳에 미친 연금술사는 있지만, 내가 기억하는 친구는 없다."

그의 친구라면 절대로 아이들을 그런 몹쓸 실험에 사용할 리가 없다.

"허허허허."

돌연 리차드가 웃음을 터트렸다.

그가 비웃음 가득한 눈으로 오드만을 보며 말했다.

"자네가 말한 스승의 배경이 고작 마족이었는가? 과연 적탑보다는 믿음직하군."

험상궂은 마족의 등장에도 크게 대단할 것 없다는 투다.

실제로 그에겐 그만한 능력이 있었다.

마족이 떼로 몰려와도 모조리 쓸어버릴 수 있는 무력이.

껄껄 웃던 리차드가 손으로 디스터를 가리켰다.

"하지만, 자네는 알고 있는가? 저쪽의 마족도 내게 이미 패했다는 것을."

그의 말에 내내 기력이 없어 보이던 오드만이 두 눈을 크게 떴다.

디스터가 패했다고?

오드만은 디스터가 얼마나 강한지 누구보다 잘 알고 있었다.

과연 이보다 더 강한 존재가 있을 수 있을까, 라는 생각이 들 정도로 강하다.

솔직히 말해, 그는 디스터가 스승인 람스보다 강할지도 모른다고 생각하고 있었다.

람스가 실제로 능력을 발휘하는 모습은 한 번도 본 적이 없지만, 디스터의 괴력은 여러 번 봤기 때문이다.

그런 디스터가 당했다고?

믿을 수 없었다.

그러나 리차드를 대하는 디스터의 태도를 보니 믿지 않을 도리가 없었다.

"리버."

디스터가 이를 드러내며 으르렁거렸다.

그에게 당한 상처가 욱신거린다.

오드만의 오랜 친구인 리차드.

그가 바로 리버였다.

조직 리버스의 수장이자 디스터에게 굴욕을 안겨준 노인.

"모양새를 보아하니 다시 한 번 나와 해보겠다는 것 같은 데……. 비참하게 당한 기억을 벌써 잊어버린 겐가? 쯧쯧, 생긴 대로 기억력이 나쁜 모양이군."

디스터가 콧김을 크게 내뿜으며 쇠를 긁는 듯한 목소리로 외쳤다.

"이번엔 다를 것이다."

리차드가 조소했다.

"뭐가 달라졌다는 건지 모르겠군. 마족의 재생력으로 상처는 대강 수습한 것 같다만……. 네 하찮은 능력은 조금도 좋아지지 않았구나. 그런데 대체 무슨 수로 날 이기겠단 거지?"

"아니. 달라. 왜냐면 이번엔 비장의 무기를 챙겨 왔으니까."

디스터가 리자크를 앞으로 내밀었다.

"네? 저요?"

리자크는 무슨 일인지 모르는 듯 멍청한 표정으로 주위의 눈치만 살필 뿐이었다.

"혹시 비장의 무기라는 게 절 말씀하시는 건 아니죠?"

＊　　＊　　＊

리자크는 어색하게 웃으며 물었다.
"혹시 비장의 무기라는 게 절 말씀하시는 건 아니죠?"
설마 그럴 리 없겠지.
누군가 헛웃음이라도 터트리며 당연히 농담이지라고 말해 줄 거야. 안전한 뒤쪽에서 느긋하게 싸움 구경이나 하라고 말하면서 말이야. 그러나 그런 말을 해 주는 사람은 아무도 없었다.
"설마…… 정말입니까?"
리자크가 기겁을 하듯 소리쳤다.
람스를 비롯한 사람들이 고개를 끄덕였다.
"헉!"
저 재미없는 스승님까지 고개를 끄덕이다니.
그렇다면 정말이란 말인가.
믿을 수가 없다.
그는 마족인 디스터가 얼마나 강한지 잘 알고 있다. 그런 디스터도 당해 내지 못한 상대다. 디스터보다 한참 부족한 자신이 어떻게 할 만한 상대가 아닌 것이다.
디스터가 리자크의 어깨를 툭툭 치며 말했다.
"너 혼자 하는 게 아니다. 우리가 한다."
"우리요? 어떻게요? 설마 합체라도 하는 건 아니죠?"

디스터가 씩 웃었다.
"녀석. 간만에 제법 똑똑한 소리를 하는구나."
"정말입니까?"
"내가 언제 실없는 소릴 하는 걸 봤냐?"
리자크는 고개를 저었다.
"아니요."
못 봤다. 단 한 번도.
"그럼, 됐다. 준비나 해라."
"정말로 하는 겁니까? 합체?"
"이름은 다르지만 뜻은 비슷하다. 자 그럼, 간다."
디스터가 양을 덮치는 승냥이처럼 리자크에게 달려들었다.
"으헛!"
리자크가 비명을 질렀다.
설마 날 잡아먹는 걸 합체라고 부르는 건 아니겠지?
다행히 그런 건 아니었다.
리자크에게 우악스럽게 달려든 디스터가 물방울이 옷감으로 스며들듯 그의 몸속으로 들어갔다.
"어? 어라?"
리자크는 허둥거리며 몸을 만졌다.
자신보다 훨씬 거대한 덩치의 디스터가 몸속으로 들어왔으면 응당 전신이 풍선처럼 뻥 터져야 할 것인데, 생각과 달리 변한 것이 없었다.

그렇다고 몸이 커진 것도 아니고, 근육량이 늘어난 것도 아니다. 평소의 모습 그대로였다.

'이게 뭐야?'

리자크는 조금 실망했다.

합체라기에 뭔가 특별한 변화 같은 게 생기는 건 아닌가 기대했더니…….

'그런데 디스터님은 어디에 계신 거지?'

그때, 디스터의 목소리가 들려왔다.

'난 여기 있다.'

리자크가 깜짝 놀라 자신도 모르게 물었다.

"어, 어디 말이십니까?"

'네 녀석의 의식 속.'

"의식 속요?"

'그렇다. 자세히 설명할 겨를이 없다. 놈이 뭔가 할 모양이다. 리자크, 나와 계약하겠느냐?'

"안 하면…… 어떻게 되죠?"

'당연히 맞아 죽지.'

리자크가 울상이 된 얼굴로 대답했다.

"그럼. 선택의 여지가 없네요."

'계약하겠는가?'

"네. 그, 그런데 나중에 원래대로 돌아갈 수는…… 우워어어어!"

리자크가 뭐라 조건을 달기도 전에 디스터와의 결합이 이루어졌다.

슈아아악!

"우워어엉!"

신음인지 비명인지 구별할 수 없는 이상야릇한 소리와 함께 리자크의 신체에 변화가 나타났다. 온몸의 근육이 터질듯이 부풀어 오르고, 피부가 달아오른 강철처럼 검붉은 빛으로 변화되었다.

마지막으로, 그의 이마 중앙에서 붉은 뿔 하나가 불쑥 튀어나왔다.

"흐아아아!"

리자크, 아니, 리자크의 모습을 한 반인반마가 격한 숨을 토해 냈다. 번쩍 하고 눈을 뜨니 흰자위는 사라지고 그 대신 온통 검게 변한 눈동자가 사악한 빛을 번들거리고 있었다.

잔인한 마족과 같은 형상이었다.

"오래 기다렸다."

리자크의 입에서 굵고 거친 음성이 튀어나왔다.

디스터의 목소리였다.

하지만 뒤이어 리자크 본인의 음성도 튀어나왔다.

"우워어. 이, 이게 뭐예요. 몸이 왜 이렇게 된 거예요?"

리자크가 자신의 몸을 만지며 당황한 표정을 지었다. 그러다 다음 순간, 다시 잔인한 표정을 지었다. 그의 입에서 디스터의 목소리가 흘러나왔다.

"별거 아니다. 마족과 계약을 한 대가니까."

다시 미련한 표정으로 돌아왔다. 이어 리자크의 목소리가 흘러나왔다.

"계약의 대가라고요? 그, 그보다 평생 이렇게 살아야 하는 건 아니죠? 이런 모습…… 여자들이 싫어할 것 같아요."

"걱정 마. 이번 일이 끝나면 돌려줄 테니까. 그리고 이 몸이 어디가 어때서 여자에게 인기가 없다는 거냐. 흥, 마계에서 이 몸에게 안기지 못해 안달인 마녀들이 얼마나 많은 줄 아느냐?"

"그거야 취향이 독특한 마족들 이야기겠죠. 이쪽 동네의 여자들은 다르다고요."

"다르긴 뭐가 달라. 여자란 자고로 거칠고 나쁜 남자를 좋아하는 법이다."

"그게 마음을 말하는 거지, 겉모습까지 거칠고 나쁜 걸 좋아하는 건 아니잖습니까."

리자크가 도마뱀의 비늘처럼 변한 피부를 만지며 울상을 지었다.

"사포로 써도 될 정도로 거치네. 이런 피부로 여자랑 자면 정말 큰일 나겠어."

마족과 융합된 리자크는 시시각각으로 표정이 변했다.

리자크가 말을 할 때는 게으르고 어벙한 표정이 나오고, 디스터가 말할 땐 잔인하고 사악한 표정이 되었다.

그렇게 두 존재가 번갈아 말을 하며 수시로 표정이 변하자 지켜보는 사람의 입장에서는 여간 웃긴 것이 아니었다.

결국 리차드가 대소를 터트렸다.

"푸하하하하하. 자네들 정체가 뭔가? 설마 날 웃기려고 합체 같은 신선한 짓거리를 한 건 아니겠지?"

디스터와 리자크가 동시에 소리쳤다.

"닥쳐라!"

"난 심각해!"

모처럼 마음이 맞은 둘이 고개를 끄덕이며 합의를 봤다.

'복수를 위해 네 육체가 필요하다. 넘겨라.'

'무슨 일인지는 모르지만, 심각한 일인 것 같군요. 스승님의 말씀도 계셨으니, 협조하겠습니다. 다만, 이번 일이 끝나면 꼭 원래대로 돌려주셔야 합니다.'

'물론이다.'

합의가 끝났다.

리자크의 의식은 내면의 깊은 곳으로 물러나고, 디스터가 전면으로 나섰다. 그가 리차드를 노려보며 두 주먹을 쾅쾅 부딪쳤다.

"놈! 이제부터 복수전이다."

리차드가 빙그레 웃으며 대꾸했다.

"과연 사람의 몸을 뒤집어 쓴 것만으로 날 어찌할 수 있을까?"

* * *

 리자크의 몸을 빌린 디스터와 리차드의 대결은 어느 순간 갑자기 시작됐다.
 서로를 노려보던 중, 디스터가 번개같이 돌진했다.
 "먼저 한 방이다."
 순식간에 리차드의 전면에 도달한 디스터가 주먹을 크게 휘둘렀다.
 부웅!
 단순히 주먹을 휘두른 것뿐임에도 돌풍이 휘몰아친 듯 거창한 소음이 일었다.
 "조금은 움직임이 좋아진 듯하군. 하지만 아직 부족하네."
 리차드가 비웃음을 날리며 지팡이를 흔들었다.
 "나와라. 신의 손(God's Hands)!"
 쿠구구구!
 리차드의 발아래에서 흙과 자갈로 만들어진 거대한 손이 튀어나왔다.
 신의 손은 대단히 컸다.
 디스터처럼 육중한 덩치를 자랑하는 괴물을 한 손에 거머쥘 수 있을 정도였다.
 하물며 지금의 디스터는 평범한 사람의 몸속에 들어갔다.
 리차드가 비릿하게 웃으며 말했다.

"몸이 작아지니 오히려 상대하기가 편하군. 그대로 벌레처럼 죽게."

신의 손이 날파리를 잡듯 디스터를 덮쳐 왔다.

"이까짓 흙덩이 손에 또 당할 성 싶으냐!"

디스터가 거칠게 주먹을 휘둘렀다.

콰앙!

폭음과 함께 신의 손이 가루가 되어 사방으로 날렸다.

"뭣이?"

리차드가 놀란 외침을 토했다.

슬쩍 후려친 것 같은데, 단단하기 이를 데 없는 신의 손이 산산조각났다. 예전의 거대한 덩치였을 때의 디스터에게도 이러한 괴력은 없었다.

디스터가 히죽 웃었다.

"이제야 알겠나? 내가 전과 뭐가 달라졌는지."

리자크와 계약함으로써 디스터는 마족이라면 누구나 가지는 중간계에서의 한계를 극복할 수 있게 되었다.

차원이 다른 환경에서 흔히 발생하는 신체 능력의 저하.

그러한 제약에서 벗어나 신체 능력을 십분 발휘할 수 있게 된 것이다.

"힘을 제대로 쓸 수 있게 되었다 한들 마력의 제한은 여전할 터. 내가 유리한 상황인 것은 변함없다네."

"그거야 이 녀석의 힘을 빌리면 되지."

디스터가 가볍게 손을 흔들었다.

보이지 않는 무언가가 리차드에게로 날아갔다. 워낙에 빠른 공격이라 리차드는 피할 수 없었다.

퍼억!

리차드의 왼쪽 어깨가 주먹 모양으로 움푹 들어갔다.

"큭!"

타격을 받은 리차드가 쿵쿵 발소리를 내며 물러났다.

"이것은……."

리차드가 당황한 목소리로 물었다.

"헬리오스 마탑의 버스트플레임이라는 마법이다."

"헬리오스의 마법이라고? 마족이 인간의 마법을 익혔단 말이냐?"

"직접 익힌 적은 없어. 다만 이 녀석과 매일 뒹굴다 보니 자연스럽게 알게 된 거다."

"하지만 그대는 분명 마력의 제한이 있을 터인데."

"내가 직접 시전할 때는 그렇지. 하지만 지금은 이 녀석의 몸을 빌어서 쓰고 있거든. 마법을 쓰는 건 내가 아니라 이 녀석이라는 말이지."

"그런 편법이……."

설마 이런 식으로 마력 제한의 장벽을 허물어 버릴 줄은 상상도 못했다. 물론, 인간의 몸을 빌려 쓰고 있는 만큼 사용할 수 있는 마력의 양은 극히 제한적일 수밖에 없다.

그가 활용할 수 있는 마법은 리자크 본인이 가지고 있는 마력 정도뿐이다.

그러나 그 정도만으로도 충분하다.

적어도 무언가를 할 때마다 느껴야 하는 부자연스러움은 극복할 수 있다.

"제법이군."

리차드는 감탄했다.

무식한 마족이라고 생각했는데, 나름대로 머리를 굴리고 있지 않은가.

"흐흐흐. 칭찬은 고맙게 받지. 그리고 미리 알려 두는데, 버스트플레임 마법의 공격은 그 한 번으로 끝나는 게 아니다."

"뭣이?"

"그 마법…… 뒤끝 있어. 꽤 따끔한 뒤끝이."

리차드는 미간을 찌푸렸다.

마법에 뒤끝이 있다는 말이 무슨 소리인지 알 수가 없었기 때문이다.

그러나 곧 그 말의 의미를 깨닫게 되었다.

디스터에게 맞은 어깨 부위가 불룩 하고 솟더니, 돌연 내부에서부터 펑 하고 터져 버렸다.

어깨의 근육이 갈가리 찢어지며 허연 뼈가 그대로 드러났다.

"큭!"

생각지도 못한 타격에 리차드는 입술을 깨물며 고통스러워했다.

"무슨 이런 마법이……."

"꽤 짜릿하지? 그건 시작에 불과해. 정말 짜릿한 건 이제부터일 테니까 말이야."

디스터가 사악하게 웃는다.

섬뜩한 그 미소만 보면 디스터가 나쁜 놈이고, 리차드는 그를 막으려고 하는 성자처럼 보일 정도다.

하지만 실상은 다르다.

리차드 역시 디스터 못지않은 괴물이었다.

기습에 당황한 듯 몸을 휘청거리던 리차드는 다음 순간 평소의 무심한 표정으로 돌아왔다.

"인간과의 합체라. 제법 볼 만한 구경거리였네. 하지만 그렇게 해서 얻은 힘이 고작 이 정도라면 조금 실망스럽군."

어깨가 터져 버린 사람이 할 수 있는 발언이 아니다.

그때, 오드만의 입에서 놀란 외침이 흘러나왔다.

"어, 어깨가."

오드만이 리차드의 어깨를 가리키며 입을 다물지 못했다.

터져 버린 풍선 꼴로 너덜너덜해진 리차드의 어깨.

뼈까지 보일 정도로 심각한 부상을 입었던 어깨가 어느 틈엔가 멀쩡하게 치유되어 있었다.

"재생력. 역시 괴물이었군."

디스터가 입술을 뒤틀며 이죽거렸다.

"자네에게 괴물이라는 말을 들으니 영 어색하군. 방금 전의 공격은 잘 봤네. 과연 전과는 다르군. 하지만 그 정도로는 나를 어찌할 수 없을 걸세."

리차드가 황금 지팡이 끝으로 디스터를 가리켰다.

"무릎 꿇어라!"

디스터의 발아래가 순식간에 늪으로 변했다.

침묵의 늪.

3레벨. 황탑의 마법.

그와 함께 리차드가 또 다른 마법을 시전했다.

대지의 봉인.

4레벨의 황탑 계열 마법.

디스터 주변 지역의 중력이 몇 배나 증가했다.

발아래는 밑바닥이 없는 늪.

머리 위를 내리누르는 무거운 중력.

디스터의 몸이 늪 아래로 빨려들듯 가라앉았다.

"고작 이 정도로 이 몸을 잡아둘 수 있을 성 싶은가!"

디스터가 우렁찬 외침을 토하며 발아래의 늪을 향해 주먹을 휘둘렀다.

쾅!

폭음이 울리며 진흙이 사방으로 비산했다. 반발하는 그 힘을 지지대 삼아 디스터가 허공으로 몸을 솟구쳤다.

"대지의 봉인!"

리차드가 다시 한 번 지팡이로 디스터를 가리키며 소리쳤다.

디스터에게 작용하는 중력이 한순간 몇 배로 증폭되었다.

"억!"

다급한 신음과 함께 디스터가 무거운 추처럼 바닥으로 쿵 하고 떨어졌다.

리차드의 마법이 이어졌다.

"신의 손!"

지면이 우르르 진동하며 거대한 신의 손 두 개가 생성되었다. 신의 손들이 쓰러진 디스터를 앞뒤로 감쌌다.

손안에 든 포도알을 터트리듯 디스터를 쥐어짰다.

"언제까지 이런 거지 같은 수작을 계속할 생각이냐!"

디스터가 웅크린 자세 그대로 주먹을 지면에 내리꽂았다.

쿵!

디스터를 중심으로 묵직한 진동이 파도처럼 일어났다.

헬그라운드.

헬리오스 마탑의 두 번째 마법!

디스터의 주변 지면이 파도처럼 일어나며 원을 그리듯 주변으로 퍼져 나갔다. 충격파와 함께 쪼개진 지면에서 화염이 솟구쳐 올랐다.

신의 손들이 모래성처럼 허물어지고, 머리 위를 누르던 압력도 휘청거린다.

헬그라운드로 주위의 마법을 무위로 돌린 디스터가 리차드의 품 안으로 뛰어들었다.

"죽어라!"

달궈진 무쇠처럼 붉게 달아오른 디스터의 주먹이 리차드의 가슴을 후려쳤다.

쩡!

쇳소리와 함께 리차드의 몸이 허공으로 둥실 떠올랐다.

"아직 끝이 아니다."

디스터는 거실의 두꺼운 기둥을 강제로 뜯어 허공에 떠 있는 리차드를 향해 던졌다.

쩌걱!

끔찍한 소음과 함께 리차드의 복부에 돌기둥이 처박혔다.

그것으로도 속이 풀리지 않았던지, 추락하는 리차드를 잡아채어 거침없이 바닥에 메다꽂았다.

퍼억!

썩은 수박이 터지는 소리와 함께 피보라가 일었다.

리차드의 머리가 단단한 돌바닥의 균열 사이로 모습을 감췄다. 목 아래, 어깨를 비롯한 나머지 몸뚱이가 기둥처럼 꼿꼿하게 섰다.

"으라아아!"

샌드백을 두드리듯 디스터가 리차드의 몸을 무차별로 후려갈겼다.

으득! 뼈걱! 콰득! 우드드득!

뼈가 뒤틀리고 부서지는 끔찍한 소리가 한여름의 소나기처럼 끝도 없이 울려 퍼졌다.

디스터가 손을 멈췄을 때, 리차드의 몸은 넝마조각처럼 변해 있었다. 온몸의 뼈는 모조리 부서지고, 피부는 온전한 구석을 찾아볼 수 없을 정도로 너덜너덜했다.

그의 머리는 아예 지면에 처박혀서 보이지도 않았다.

디스터는 고깃덩이처럼 짓이겨진 리차드를 내려다보며 환하게 웃었다.

"흐흐흐. 네놈이 아무리 괴물이라 해도 이렇게 철저하게 부서지면 재생할 수 없을 것이다."

디스터는 찢어진 깃대처럼 펄럭이는 리차드의 두 다리를 피바다 속에 던져 넣었다.

"아아."

오드만은 신음을 흘렸다.

너무도 처참한 친구의 죽음.

아무리 연금술에 미쳐 순진한 아이들에게 몹쓸 짓을 한 사람이라곤 하나, 한때는 그의 친구가 아니었던가. 그의 죽음에 가슴이 먹먹해졌다. 울컥 눈물이라도 솟을 것처럼 슬프다.

오드만은 눈을 감고 죽은 친구의 명복을 기렸다.

'잘 가게. 부디 그곳에 가거든 먼저 간 아이들에게 용서를

빌게. 아이들은 자넬 용서해 줄 거야. 아무렴, 착한 아이들이었으니까 말이야.'

죽음으로 죽음의 빚을 갚았다. 이것으로 친구의 악행은 모두 잊는다.

그가 감은 눈을 떴다.

이젠 남은 시신을 수습해야 한다.

오드만이 핏물 속으로 걸음을 옮기려 할 때다.

람스가 손을 들어 그의 앞을 가로막았다.

"아직은 아니다."

"……?"

오드만은 의문을 떠올렸다.

아직이라니? 더 무엇이 필요하단 말인가. 설마 스승님께선 시신 수습조차 허락하지 않으실 생각인 걸까?

람스가 다시 말했다.

"그는 죽지 않았다."

말도 안 되는 소리다.

방금 그의 두 눈으로 친구의 몸뚱이가 해진 걸레조각처럼 찢어지는 걸 봤다.

배 속에 든 것이 죄 바닥에 쏟아졌다.

그렇게 처참하게 죽은 그가 어떻게 죽지 않고 살아 있을 수 있단 말인가.

그러나 람스의 말은 사실이었다.

형체조차 찾을 수 없을 만큼 엉망진창이 된 리차드.

그의 시신이 허공으로 둥실 떠올랐다.

넝마가 된 살점들이 허공에서 자리를 잡더니 바닥에 쏟아진 내장이 딸려 올라가고 마지막으로 핏물이 역류하듯 솟구쳤다.

산산조각 난 육신과 더불어 리차드가 사용하던 황금 지팡이 역시 공중에 떠올랐다.

파핫.

지팡이에서 눈부신 빛이 뿜어져 나왔다.

느닷없이 뿜어져 나온 섬광은 나타날 때처럼 갑자기 사라졌다.

갑자기 밤이 온 듯 시야가 어두워졌다.

너무 밝은 빛에 노출되었기 때문이다.

오드만이 간신히 시력을 회복하여 앞을 보았을 때, 너무도 놀라운 광경이 그를 기다리고 있었다.

산산조각 난 채 죽어 버린 리차드.

그가 부활했다.

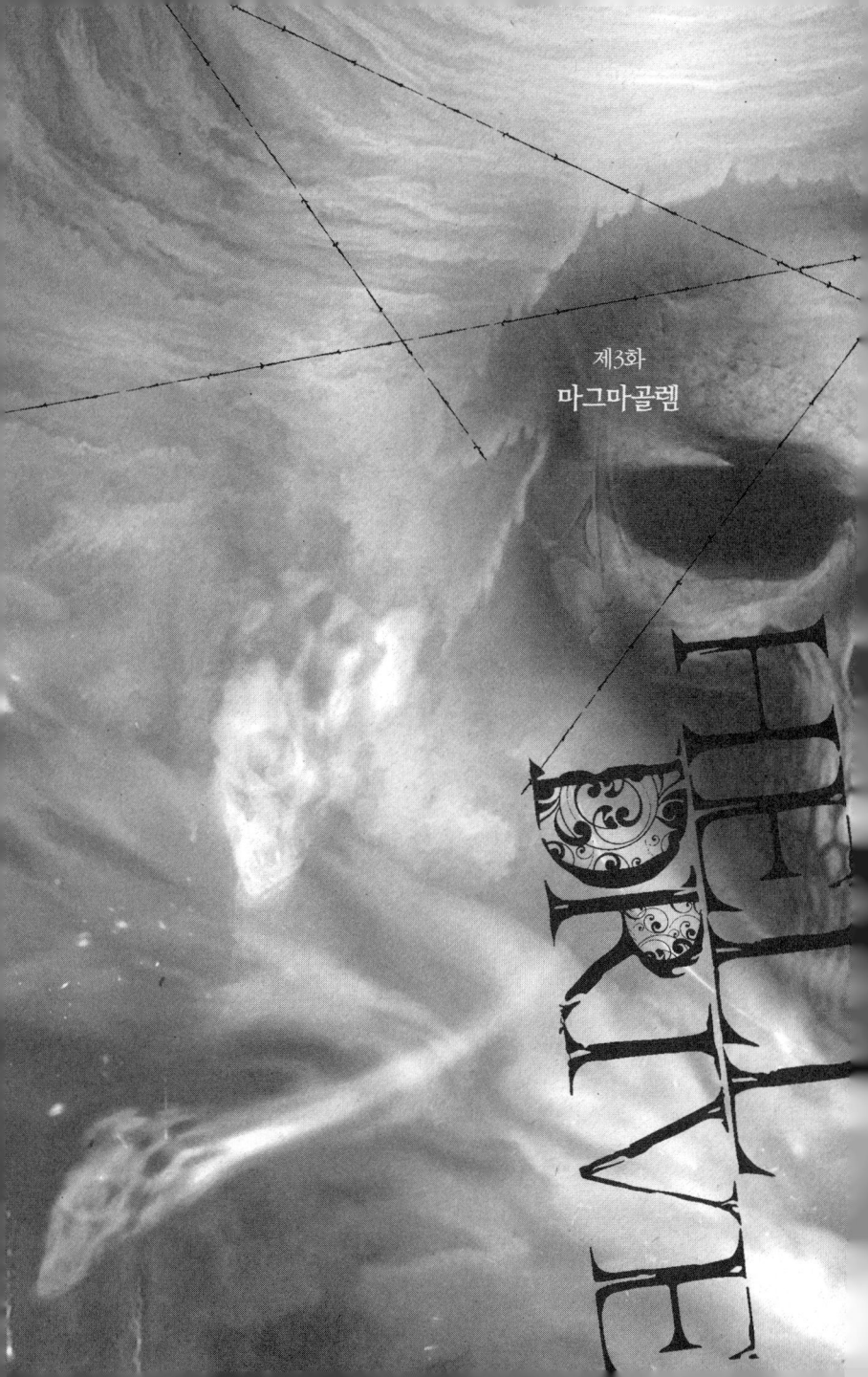

 황금 지팡이가 섬광을 토하자 갈기갈기 찢긴 시신이 온전한 모습으로 부활했다.
 단순히 육신만 재생된 것이 아니다.
 입고 있던 옷까지 처음 본 모습 그대로 복원되었다.
 바닥이 파이고 벽이 무너지지 않았다면 조금 전의 격전이 꿈이었나 착각할 정도다.
 리차드의 변화를 관찰한 람스가 혼잣말을 중얼거렸다.
 "역시 지하 연구실에서 본 사람의 허물은……."
 재생력이라고 보기엔 너무도 순간적으로 복구된 육체.
 황금 지팡이가 발산한 섬광.

이 모두를 한 데 합치면 끔찍한 결과가 도출된다.

람스의 눈빛이 낮게 침잠되었다.

그때, 디스터가 손바닥을 쾅쾅 소리 나게 두드렸다.

"부활? 이거 밟아 주는 맛이 있는 놈일세. 이번에야말로 다시는 깨어나지 못하도록 자근자근 밟아 주지."

리차드의 부활에 전혀 실망하는 기색이 없다. 오히려 히죽히죽 웃으며 즐거워한다. 오늘 제대로 몸을 풀어 볼 수 있다며 희희낙락이다.

섬광과 함께 환상처럼 부활한 리차드는 말이 없었다.

어찌된 이유에선지 그의 안색이 딱딱하게 굳어 있었다.

"피, 피해."

리차드가 떨리는 음성으로 말했다.

어딘지 불안한 목소리다.

죽음에서 부활했으면 의기양양할 법도 한데, 그의 어두워진 안색 어디에도 그러한 느낌은 없었다.

"뭐라고?"

디스터가 귀를 기울이며 되물었다.

사력을 다한 듯한 리차드의 외침이 이어졌다.

"놈이…… 놈이 나온다."

"놈? 이건 또 무슨 개소리야?"

디스터가 흉악하게 인상을 쓰며 빽 고함을 질렀다.

방금 전까지 왕이라도 된 것처럼 온갖 분위기는 다 잡던 녀석이 갑자기 간절한 목소리로 호소한다.

뭔가 나오니 피하라 한다.

"대체 뭐가 나온다는 거야?"

그때였다.

다급한 발소리와 함께 작은 인영이 거실로 뛰어들었다.

에밀리였다.

그녀가 허공에 둥실 떠 있는 리차드를 봤다. 에밀리의 두 눈이 찢어질 듯 커졌다.

"안 돼요. 아버지!"

그녀가 절망어린 목소리로 외쳤다.

"놈에게 먹히면 안 돼요. 지금까지 잘 견뎌 왔잖아요."

"미, 미안하구나. 에밀리. 하지만 나로선 더 이상 막을 수가……"

꺼져가는 듯한 리차드의 음성.

에밀리가 주위를 돌아봤다.

그녀의 시선이 디스터에게 고정되었다.

디스터의 전신에서 격전을 치른 흔적이 볼 수 있었기 때문이다. 그녀는 직감적으로 알았다.

이 사람이 아버지를 다치게 했어.

그녀가 디스터에게 달려갔다.

발악하듯 팔다리를 휘두르며 외쳤다.

"왜 이랬어요. 어째서 이런 거예요!"

"이건 또 뭐야?"

디스터가 짜증어린 음성으로 인상을 썼다.

때린답시고 팔다리를 휘둘러서 그를 두드리고는 있는데, 아프기는커녕 간지럽지도 않다. 윙윙 대는 파리처럼 귀찮다. 툭 쳐서 날려 버리고 싶지만 뜻대로 할 수 없었다.

'저 아이를 때리면 합체를 풀어 버릴 겁니다!'

리자크는 목이 터져라 외쳐대지.

"왜 그랬어요. 왜! 이제 아버지를 어쩔 거예요!"

아이는 다리에 매달려서 떼를 쓰지.

디스터로서는 그야말로 시끄러워서 죽을 지경이었다.

"아버지가 어떻게 변한다는 거니?"

어느새 다가온 람스가 에밀리에게 물었다.

에밀리가 눈물이 범벅된 얼굴로 그를 올려다보며 말했다.

"괴물이 아버지를 먹어요. 그렇게 막으려고 했는데……. 이젠 막을 수가 없어요."

람스는 에밀리의 말을 이해할 수 없었다.

괴물이라. 이곳에 리차드보다 더한 괴물은 없다. 그는 고아원의 아이들을 개조한 인간 같지도 않은 사람이다.

에밀리의 울음이 계속되었다.

"아니에요. 다 오해란 말이에요. 아버지는 막고 있었어요. 사람들을 보호하고 있었단 말이에요. 이젠 끝났어요. 이제 아버지는 두 번 다시 돌아올 수 없어요."

여전히 이해 못할 소리다.

하지만 한 가지는 분명하게 알 수 있었다.

이유는 알 수 없었지만 에밀리는 리차드가 괴물에게 먹히는 것을 걱정하고 있었다.

그리고 리차드 역시 에밀리를 걱정했다.

"에밀리…… 도망가……."

에밀리를 바라보던 리차드가 오드만에게 눈길을 주었다.

오만하던 지금까지completely와 달리 애절함이 묻어나는 눈길이었다.

친구의 변화에 넋을 놓고 있던 오드만이 정신을 차렸다. 그는 통곡하고 있는 에밀리의 손을 잡고 거실 밖으로 나갔다.

왠지 그래야할 것 같은 느낌을 받았기 때문이다.

에밀리와 오드만이 나가자 리차드가 힘없는 미소를 지었다.

리차드는 람스와 디스터를 보며 이제야 정신을 차린 사람처럼 전혀 다른 표정과 말투로 입을 열었다.

"미안하오. 지금까지는 내 본심이 아니었소. 당장 이곳을 떠나시오. 그리고 에밀리를 잘 부탁하오."

그 말을 끝으로 그는 눈을 감았다.

단지 눈을 감은 것뿐인데, 그의 전신에서 힘이 빠졌다. 줄이 늘어난 꼭두각시 인형처럼 전신을 추욱 늘어뜨렸다.

람스와 디스터는 혼란에 빠졌다.

갑작스런 그의 변화를 어떻게 받아들여야 할지 난감했다.

부웅!

리차드의 손에 들려 있던 황금 지팡이가 허공으로 떠올랐다. 리차드의 주위를 빙빙 돌던 지팡이는 어느 순간 그의 가슴에 쑤셔 박혔다.

손잡이 끝부분까지 깊숙하게.

푸욱!

가슴을 파고든 지팡이 끝이 등을 뚫고 튀어나왔다.

"끄아아아아아!"

리차드의 입이 열리며 비명을 터트렸다. 지옥을 기어 다니는 악귀들이나 지를 법한 끔찍한 비명이었다. 그와 동시에 리차드의 몸이 변화하기 시작했다.

부글부글.

그의 팔다리가 지글지글 녹아내렸다. 사람의 몸이 녹아내리면 응당 피거품이 쏟아져야 할 텐데, 놀랍게도 그의 몸속에선 피 대신 용암이 쏟아져 나왔다.

팔다리부터 시작된 변화는 어느새 전신으로 번져 나갔다.

불과 몇 분 만에 리차드는 용암으로 변해 바닥을 적셨다.

기이한 소음이 들려온 것은 바로 그때였다.

부글부글부글부글.

발아래에서 걸쭉한 무언가가 끓는 듯한 소리가 들려왔다.

처음엔 멀리 바다에서 들려오는 파도 소리처럼 나직하게 들리더니, 잠시 뒤엔 바로 곁에서 해일이 몰아치는 것처럼 소리가 커졌다.

"뒤로 물러나라."

심상치 않음을 느낀 람스가 경고를 날림과 동시에 넬과 함께 창을 깨고 밖으로 뛰쳐나갔다.

디스터도 쿵쿵 지축을 울리며 그 뒤를 따랐다.

그들이 거실을 벗어나자마자 바닥이 쩍쩍 갈라지며 붉은 용암이 분수처럼 치솟았다.

콰아아악!

용솟음치듯 솟구친 용암은 순식간에 고아원을 집어삼켰다.

"화, 화산이……!"

오드만이 놀란 목소리로 외쳤다.

화산이 폭발하고 있다.

너무도 공교롭게도 고아원 아래에서 천재지변이 일어난 것이다.

"아니. 이건 천재지변 따위가 아니다."

람스가 날카로운 눈빛으로 용솟음치는 용암을 노려보았다.

이것은 마법이다.

강력한 마법의 힘으로 일어난 인재다.

'지하의 용암이군.'

주변의 지열을 끌어 모으던 기계장치. 그로 인해 고아원의 지하엔 어마어마한 양의 용암이 모여 있었다. 그 용암이 폭발한 것이다.

용암의 갑작스런 분출은 리차드와 무관하지 않을 것이란 생각이 들었다.
 아니나 다를까.
 "그어어어어어!"
 용암이 일렁일렁 일어나며 사람의 형태를 이뤘다.
 그 모습은 영락없는 리차드였다.
 "마그마골렘?"
 오드만이 신음 섞은 음성을 발했다.
 용암으로 이뤄진 거대한 괴물.
 바로 연금술의 정점이라 일컬어지는 골렘이었다.
 마그마골렘은 바위로 만들어진 스톤골렘이나 쇠로 만든 아이언골렘과는 급이 다르다.
 그만큼 제작도 힘들고 능력도 훨씬 대단하다.
 대륙 역사상 어떤 연금술사도 마그마골렘을 만드는 데에 성공하지 못했다. 마도시대 이후로 그 누구도 해내지 못한 업적을 리차드가 해낸 것이다.
 그러나 유감스럽게도, 연금술의 찬란한 업적이라 할 수 있는 마그마골렘이 일행을 노리고 있었다.
 "끄워어어어어!"
 골렘이 천둥과 같은 목소리로 소리쳤다.
 세상을 모조리 불태우고 말리라!
 마그마골렘의 분노에 하늘이 우르르 진동하고, 대지가 흔들렸다.

"아! 집이……."

에밀리가 안타까운 신음을 흘렸다.

10년 넘게 살았던 정든 고아원이 불길에 휩싸였다.

고아원을 먹어 치운 마그마골렘은 계속해서 크기를 불려나 갔다. 급기야 낮은 언덕을 굽어볼 수 있을 정도까지 부풀었다.

"흥. 최후의 발악이라는 것이 고작 용암이었나?"

거대한 마그마골렘 앞에서도 디스터는 자신감이 흘러넘쳤다.

람스가 그를 말리지 않았다면, 그대로 마그마골렘을 향해 돌진했을 것이다.

"디스터. 그 몸의 주인이 누구인지 잊지 마라."

"……!"

그제야 디스터는 깨달았다.

지금 그가 사용하고 있는 몸이 자신의 것이 아니라는 것을.

리자크. 겁 많고 게으른 제자의 몸이다.

당연한 말이지만 리자크는 인간이다.

마족과 달리 인간은 너무도 허약하고 부실하다.

작은 충격에도 죽어 버리고, 몸에 생긴 상처도 쉽게 재생하지 못한다.

"으음. 어쩔 수 없군요."

디스터는 마그마골렘의 앞에서 물러났다.

용암 따위, 해일처럼 밀려온다 해도 두렵지 않다. 하지만 이런 괴물과 싸우다간 부상을 면하기 어렵다. 상처가 생기면 리자크가 싫어할 것이다.

"그워어어어어!"

그 사이, 마그마골렘은 더욱 크기가 불어났다. 고아원에 이어 농원까지 삼켜 갔다.

"아아……!"

에밀리가 안타까운 탄식을 흘렸다.

오랜 세월 정성을 다해 가꾼 농장이 화염에 삼켜지고 있었다. 이 농장을 가꾸기 위해 아버지와 함께 얼마나 고생을 했던가.

"아버지. 이성을 모두 잃으셨나요?"

만약 리차드에게 작은 이성이라도 남아 있었다면 결코 농원을 먹어 치우지 못했을 것이다.

그녀의 간절한 외침은 마그마골렘의 귀에 닿지 못했다.

마그마골렘은 주위를 먹어 치우는 데 혈안이 되었다.

들을 태우고, 산을 삼켰다.

그래도 배가 고팠다.

끊임없이 밀려드는 허기.

온 세상을 모조리 불태워야 채워질 욕심이었다.

이대로는 인근의 도시까지 모조리 불타 버리고 말 것이다.

"그쯤 해 둬."

랍스가 나지막한 음성으로 말했다.

주위를 잠식하는데 여념이 없던 마그마골렘이 그의 목소리에 잠시 하던 일을 멈췄다.

왜일까.

어쩐지 신경이 쓰인다.

마그마골렘이 람스를 굽어봤다. 그리고 껄껄 웃었다.

"끄허허허허허허허허."

크하하. 벌레만도 못한 네가 과연 무엇을 할 수 있단 말이냐! 라고 외치는 듯했다.

화산처럼 거대해진 마그마골렘의 입장에서 보자면 람스는 벌레만큼 작고 보잘것없는 존재였다.

"그워!"

마그마골렘이 람스를 향해 팔을 내리쳤다.

거대한 몸임에도 불구하고 팔의 움직임은 놀라울 정도로 빨랐다.

아니, 어차피 움직이는 속도는 크게 상관없다.

마그마골렘의 팔 하나가 어지간한 들판보다 크고 넓기 때문이다. 대충 후려쳐도 주변 일대가 순식간에 불바다로 변했다.

쿠우웅!

람스의 머리 위로 마그마골렘의 거대한 손바닥이 떨어졌다. 너무도 거대한 크기에 압도된 듯, 람스는 피할 생각도 하지 못했다. 우두커니 선 채 공격을 받았다.

"크훠훠훠훠!"

마그마골렘이 쩌렁쩌렁 웃음을 터트렸다.

뜨거운 용암을 뒤집어썼으니 제아무리 대단한 작자라도 살아남지 못하리라.

그러나 그것은 마그마골렘의 착각이었다.

지면에 내리친 마그마골렘의 팔 아래에서 람스의 목소리가 들려왔다.

"고작 이 정도인가?"

"……!"

마그마골렘의 얼굴이 험악하게 일그러졌다.

용암을 뒤집어쓴 녀석이 설마 죽지 않고 살아 있단 말인가.

마그마골렘이 조심스럽게 팔을 들어올렸다.

엄청난 열기로 인해 지면이 손 모양으로 지글지글 녹아내렸다.

지옥으로 변한 대지 위에 그가 서 있었다.

람스.

놀랍게도 그는 온전했다.

지면이 녹아내릴 정도의 고열도 그에겐 아무런 영향도 끼치지 못했다.

"그으으으으!"

마그마골렘은 놀람을 감추지 못했다.

설마 용암 속에서도 멀쩡하게 살아 있을 수 있는 인간이 있을 줄이야.

놀란 눈으로 람스를 가만 지켜보던 마그마골렘이 묘한 표정을 지었다.
 그는 람스의 몸속에서 뭔가를 발견했다.
 너무도 뜨거운 열기.
 세상 그 무엇보다도 밝고 뜨겁다.
 탐욕이 일었다.
 가지고 싶다. 저것을 가지고 싶어.
 저것만 있으면 나는 자유로워 질 수 있다.
 이 세상 모든 것을 불바다로 만들 수 있다.
 마그마골렘이 람스를 향해 손을 뻗었다.
 람스는 피하지 않았다.
 마그마골렘의 손이 람스를 감쌌다.
 치이익!
 람스를 거머쥐려던 마그마골렘의 손에서 뿌연 연기가 피어올랐다.
 마그마골렘이 급히 손을 거둬들였다.
 람스를 움켜쥐려 했던 손을 보니 뜨겁게 타오르던 화염이 온데간데없이 사라져 버렸다. 화염이 사라진 용암은 두꺼비의 등처럼 울퉁불퉁한 검은 암석으로 변했다.
 "그워어어어!"
 마그마골렘이 뱃고동처럼 긴 울음을 흘렸다.
 람스가 차갑게 웃었다.
 그는 마그마골렘이 하는 말을 알아들었다.

"그래. 난 불을 먹을 수 있다."

그는 화염의 군주.

세상에 존재하는 모든 불을 자유자재로 부릴 수 있는 능력을 가졌다. 마그마골렘에겐 그야말로 천적이나 다름없는 존재였다.

마그마골렘은 강하다.

용암으로 골렘을 만들 수 있으리라고는 그 누구도 생각하지 못했을 것이다. 아마도 이 자리에 있는 사람이 람스가 아닌 다른 사람이었다면 고전을 면치 못했을 것이다.

그러나 마그마골렘에겐 너무나 불행하게도, 람스는 불을 자유자재로 다룰 수 있었다. 또한 불을 흡수하여 힘을 키우는 능력까지 가지고 있었다.

한마디로 마그마골렘의 용암은 오히려 람스를 강하게 만들어 주기만 할 뿐이었다.

"크으으."

마그마골렘이 상처 입은 맹수처럼 으르렁거렸다.

설마 이런 능력을 가진 자가 있을 줄이야.

"크와아!"

마그마골렘이 가슴을 두드리며 고함을 질렀다.

골렘의 가슴 부위가 황금색으로 빛났다. 그와 함께 식어 버린 왼팔에서 다시금 화염이 솟구쳤다.

람스가 눈을 빛냈다.

'역시 가슴부위의 그것이 문제였군.'

생각했던 대로다. 그렇다면 마그마골렘의 약점 또한 분명해진다.

그 사이, 골렘은 극도로 흥분하여 날뛰고 있었다.

가지고 싶다. 가지고 싶다.

람스의 본질을 깨달은 후부터 그에 대한 탐욕을 주체할 수 없게 되었다.

"크와아아아아!"

마그마골렘이 큰 소리를 외치며 달려들었다.

그야말로 야트막한 산 하나가 머리 위로 와르르 쏟아지는 것 같았다.

람스는 마그마골렘의 공격을 피하지 않았다. 선 자세 그대로 마그마골렘의 공격을 받아들였다.

콰르르르.

용암이 그의 몸 위에 쏟아졌다.

치이이이익!

람스에게 닿은 용암이 순식간에 식으며 딱딱한 돌로 변해버렸다.

"그흐흐흐흐."

마그마골렘이 껄껄 웃었다.

'네놈이 화염을 흡수할 수 있는 특수한 능력을 가지고 있다곤 하나, 그 바탕은 인간. 숨을 쉬지 않고서는 버틸 수 없을

것이다.'

람스에게 닿은 용암은 순식간에 딱딱하게 굳어 버린다.

그렇게 굳어 버린 돌덩이들은 상처 위에 붙은 딱지처럼 람스의 전신을 감쌌다.

촛농 속에 갇힌 딱정벌레 신세!

어느새 람스의 모습은 사라지고, 대신 그 자리에 사람 모양의 석상 하나만이 남았다.

"스, 스승님!"

오드만이 놀란 비명을 터트렸다.

저런 상태라면 제아무리 람스의 능력이 대단하다고 해도 방법이 없다. 그가 인간인 이상 숨을 쉬어야 살 수 있는데, 지금 상태로는 호흡이 불가능하다. 딱딱하게 굳어 버린 용암이 그의 전신을 완벽하게 감싸고 있기 때문이다.

설마 이런 식으로 공략할 줄이야.

상대의 이점을 역으로 공략한 마그마골렘의 공격법은 단연 기발했다. 이성은 사라졌어도 연금술을 익히며 깨달은 지식은 고스란히 남아 있기에 가능한 일이었다.

"끄화화화화화화."

마그마골렘이 껄껄 웃었다. 그 웃음소리에 하늘이 뒤흔들렸다. 손뼉을 치며 즐거워한다. 손뼉을 칠 때마다 튀어나온 불똥이 사방을 불바다로 만들었다.

골렘은 진심으로 기뻤다.

람스 놈이 죽으면 그의 몸속에서 화염을 꺼낼 것이다. 그리하면 자신은 세상에서 가장 우월한 존재가 된다. 그 어떤 녀석도 자신을 막지 못하리라.

설사 오브의 주인이 부활한다 해도 지지 않을 자신이 있다.

그때였다.

쩌거걱!

벼락 치는 소음이 들려왔다.

마그마골렘의 움직임이 딱 굳어 버렸다.

그의 큰 눈이 아래를 굽어봤다.

람스를 가둔 검은 돌 감옥에 균열이 생겼다. 균열은 삽시간에 거미줄처럼 퍼지더니 급기야 돌이 부서지기에 이르렀다.

쩌걱! 콰드득!

소음과 함께 돌무더기가 무너졌다.

람스를 뒤덮은 화산암이 산산조각 나버렸다.

그 안에서 숨이 막혀 죽었을 거라 생각했던 람스가 모습을 드러냈다.

서늘한 눈빛으로 골렘을 올려다보는 람스는 너무도 멀쩡한 모습이다. 그가 붉은 입술을 비틀어 올리며 차가운 목소리로 말했다.

"날 잡아 두기엔 너무 물렀다."

용암을 굳힌 정도론 자신을 잡아 둘 수 없다.

"크워어어!"

람스의 조소에 마그마골렘이 두려운 듯 주춤 물러났다. 뒤로 한두 걸음 옮겼을 뿐인데, 순식간에 람스에게 멀어졌다. 마그마골렘이 워낙 크기 때문이다.

거리를 벌린 마그마골렘이 또 다른 수작을 부렸다.

손으로 제 몸을 마구 긁어 댔다. 작은 불똥들이 우박처럼 떨어졌다.

"끼리릭!"

"끼릭!"

땅에 떨어진 불똥들은 작은 마그마골렘으로 다시 태어났다. 그 수가 물경 수백에 이르렀다.

평범한 방법이 통하지 않자 머릿수로 승부를 건 것이다.

"지금 상태에서는 마법을 사용할 수 없는 모양이군."

마그마골렘으로 변한 이후, 리차드는 단 한 번도 마법을 사용하지 않았다.

마그마골렘은 확실히 느끼고 있었다.

람스가 그의 천적이라는 것을.

적어도 불로는 그를 어찌할 수 없다.

할 수만 있다면 마법을 마구 쏟아 부었을 것이다.

문제는 지금 상태에서는 마법을 사용할 수 없다는 점이다.

"그워어어어!"

마그마골렘이 긴 외침을 터트렸다.

공격명령이었다.

"끼긱!"

"끽!"

작은 마그마골렘들이 소란스럽게 떠들며 람스에게 달려들었다.

노랗게 달궈진 작은 마그마골렘들의 공격.

여왕벌을 빼앗긴 말벌 떼처럼 집요하다.

그들 중 일부는 오드만에게 달려들었다.

"조무래기들이 어딜 감히!"

디스터가 제자를 보호했다.

그가 무기를 휘두를 때마다 서너 마리의 불덩어리들이 폭죽처럼 터져 나갔다. 그러나 작은 악귀들의 숫자는 좀처럼 줄어들지 않았다. 디스터 혼자서는 그들 전부를 막아 내기가 쉽지 않았다.

몇 마리가 디스터의 공격을 피해 오드만과 에밀리에게 달려들었다.

오드만은 거듭된 수련으로 굉장히 강해졌지만, 작은 마그마골렘들의 열기를 감당할 수는 없었다.

위기의 순간,

"끼리릭!"

검은 그림자가 출렁하고 일어나 불꽃들을 삼켰다.

마왕 다크니스였다.

"고, 고맙습니다. 덕분에 살았어요."

오드만이 감사를 표했다.

마왕은 겸양을 보였다.

"끼리리릭!"

"우리가 남인가? 고마워할 필요 없다."

다크니스의 말에 오드만이 어색하게 웃었다.

"그나저나 적이 너무 많군요. 이대로는 조무래기들을 상대하느라 지쳐버릴 겁니다."

아닌 게 아니라 적의 수가 너무 많았다.

마그마골렘은 막 분출을 시작한 화산처럼 조무래기들을 끊임없이 생성하고 있었다.

무슨 수라도 내지 않으면 결국 지쳐서 쓰러질 판이다.

그때, 람스가 움직였다.

힘을 모으듯 눈을 감고 있던 그가 한 손을 내밀었다.

"오라!"

그가 주문을 외우듯 외쳤다.

화염을 부르는 주문.

그 짧은 말 한마디에 마법과도 같은 일이 벌어졌다.

"깍!"

"끼릭!"

작은 마그마골렘들이 포악한 몬스터를 본 사슴들처럼 사방으로 흩어졌다.

본능적으로 느낀 것이다.

지금은 도망가야 해.

도망가지 않으면 큰일이 벌어질 거야.

작은 마그마골렘들은 람스에게서 최대한 멀어지고자 사력을 다했다.

스아아아.

람스의 몸에서 기이한 흡입력이 발생했다.

그 흡입력은 화염에게만 작용했다.

"끼아악!"

사방으로 달아나던 작은 마그마골렘들이 람스에게로 주르륵 딸려 갔다.

"끼긱!"

"끽끽!"

달아나려 힘껏 발버둥 쳐 보지만, 소용없었다.

람스의 '명령'은 절대적이다.

'명령'의 영향력 또한 광범위했다.

마치 자석에 딸려가는 철가루처럼, 작은 마그마골렘들이 람스에게 빨려 들어갔다.

스아아!

람스에게 닿은 마그마골렘들은 그대로 흡수되어 버렸다.

그가 감았던 눈을 떴을 때, 그의 주위에는 검은 돌조각들이 탑처럼 쌓여있었다.

그 모두가 작은 마그마골렘들이었다.

단 하나의 골렘도 그의 영역을 벗어나지 못했다.

본체를 제외하고는.

"크어."

마그마골렘이 몸을 비틀며 괴로워했다.

불에 관한 한 절대적인 능력.

이런 괴물이 있을 것이라곤 상상도 해 본 적이 없다.

말을 할 수 있다면 묻고 싶었다.

'넌 대체 뭐냐!'

저벅저벅.

작은 골렘들을 처리한 람스가 마그마골렘에게 걸어갔다.

잠시 망설이던 마그마골렘은 도망을 선택했다.

이놈은 이길 수 없다. 화염을 흡수하는 놈을 무슨 수로 이긴단 말인가!

일단은 이 자리에서 벗어나 뒷일을 도모하자.

난 녀석보다 크니 쉽게 도망갈 수 있을 것이다.

마그마골렘이 궁리를 마치고 도주하려던 때였다.

"달아나려고?"

람스의 목소리가 들려왔다.

마그마골렘은 화들짝 놀랐다.

람스의 목소리가 들려온 곳. 바로 귓가였기 때문이다.

어느새 그의 어깨에 올라온 람스가 뒷짐을 진 채 그를 쳐다보고 있었다.

"미안하지만 널 풀어 줄 생각은 없다."

마그마골렘은 걸어 다니는 화산과 다를 바 없다. 이런 녀석이 여기저기 돌아다니면 큰일이 벌어질 것이다.

"크와아!"

떨어지라고 고함을 지르며 마그마골렘이 그를 향해 팔을 휘둘렀다. 그러나 람스는 그보다 한발 빨리 마그마골렘의 몸속으로 들어가 버렸다.

"끄워어!"

마그마골렘이 람스가 들어간 어깨 부위를 뜯어내며 괴성을 질렀다.

불안했다. 놈이 몸속에서 무슨 짓을 할지 모른다. 어떻게든 꺼내야 한다. 그러나 왼쪽 어깨를 통째로 뜯어냈음에도 람스의 모습은 보이지 않았다. 이미 더 깊은 곳으로 이동한 것이다.

마그마골렘의 몸속 깊은 곳으로 이동한 람스는 편안한 자세로 마력을 끌어올렸다.

지금 당장 마그마골렘을 쓰러트린다 해도 농축된 열기는 흩어지지 않는다. 오히려 형태를 잃어버린 열기는 둑을 허물고 범람하는 홍수처럼 주위에 막대한 피해를 입힌다.

적어도 딥블루라는 마을은 지도에서 완전히 사라질 것이다.

그것을 막기 위해선 마그마골렘을 구성하고 있는 용암을 봉인해야 한다. 다행히 람스에겐 그 엄청난 열기를 담아 둘 만한 그릇이 존재했다.

바로 그 자신의 몸.

"오라!"

마그마골렘의 배 속 깊은 곳에 자리 잡은 람스가 묵직한 목소리로 '명령' 했다.

쯔아아압!

그의 전신에서 엄청난 흡입력이 발생했다.

주위의 용암이 소용돌이치듯 그의 몸으로 빨려 들어갔다.

"끄, 끄워어……."

통째로 람스에게 잡아먹히게 된 마그마골렘이 애원했다.

그러나 람스는 하찮은 동정심으로 일을 그르칠 위인이 아니었다. 오히려 흡입력을 극대화시키며 열기를 빨아들이는 데에 집중했다.

쯔아아아아압!

마그마골렘은 거대했지만, 람스가 열기를 흡수하는 데에는 그리 오랜 시간이 걸리지 않았다.

불과 몇 분 만에 마그마골렘은 열기를 모두 빼앗기고, 거대한 검은 석상으로 변해 버렸다.

열기를 모조리 흡수한 람스가 마그마골렘의 가슴을 뚫고 나왔다.

그는 한 자루의 지팡이를 들고 있었다. 바로 리차드가 사용하던 황금 지팡이었다.

어찌된 이유에선지 황금 지팡이는 특유의 밝은 황금빛을 잃어버리고 창백한 빛깔의 평범한 지팡이로 변하고 말았다.

람스는 오드만에게 그 지팡이를 건네었다.

"그다."

오드만이 엉겁결에 지팡이를 받으며 반문했다.

"네? 이것이 리차드라고요?"

람스의 말을 이해할 수 없었다.

그의 친구 리차드는 거대한 석상으로 변해 버린 저 골렘이 아닌가.

"아니. 그의 본질은 이 지팡이였다. 그의 육체는…… 이미 오래전에 사라져 버렸다. 네가 만났던 리차드도, 근방을 불바다로 만든 마그마골렘도, 모두 지팡이가 육체 대신 만들어 낸 대체물에 불과했다."

"……"

오드만이 새삼스런 눈으로 지팡이를 내려다보았다.

힘을 잃어버린 지팡이는 죽어 버린 고목처럼 말라비틀어졌다. 친구의 정체가 이 보잘것없는 지팡이라는 사실이 믿기지 않았다.

조용히 다가온 에밀리가 지팡이를 쓰다듬었다.

"맞아요. 그 지팡이가 바로 아버지에요."

그녀는 모든 비밀을 알고 있었다.

아버지가 지팡이로 변해 버리고, 사랑하는 형제들이 골렘이 되어야만 했던 사연들.

"어떻게 된 일인지 설명해 주겠니?"

오드만의 물음에 에밀리가 소매로 눈물을 닦으며 고개를 끄덕였다.

"네. 말할게요. 모든 걸. 불쌍한 아버지와 형제들의 이야기를······."

* * *

모든 비극은 전염병에서 시작되었다.

5년 전, 고아원에서 정체를 알 수 없는 전염병이 창궐했다.

최근 외지에서 새로 들인 어린 소년이 원인이었다.

아이는 데려올 당시부터 열병을 앓고 있었다.

리차드는 모든 수단을 강구했다.

약을 써 보고, 의사를 불렀다.

그러나 아이의 열병은 백약이 무효였다.

열병이 치료되지 않는 전염병임을 확인한 의사는 아예 발길을 끊었다. 딥블루의 영주에게도 도움을 청해 봤지만, 고아원을 폐쇄하라는 협박만을 들었을 뿐이다.

그 사이, 아이의 열병은 다른 아이들에게 전염되었다.

일주일도 안 되어 고아원의 모든 아이들이 열병을 앓았다.

처음 열병을 앓았던 아이는 끝내 숨졌고, 다른 아이들의 상태 역시 좋지 않았다.

결국, 리차드는 마지막 방법을 강구했다.

'병을 치료할 수 없다면…… 병을 이겨 낼 수 있도록 내성을 키워 주자.'

리차드는 연금술사였다.

연금술은 물질의 변화를 통해 진리를 탐구하는 학문.

그러한 연금술 중에는 육체를 강화하는 많은 방법들이 있었다.

리차드는 연구에 뛰어들었다.

그 와중에 몇 명의 아이가 더 죽었다.

리차드는 초조해졌다.

이대로라면 모든 아이가 죽고 말 것이다.

평소라면 절대로 하지 않았을 위험한 실험에까지 손을 댔다.

짐승과 몬스터를 잡아들였다.

밤마다 지하 연구실에서 몬스터들의 비명이 터져 나왔다. 실험으로 얻은 정보를 아이들에게 적용했다.

덕분에 아이들의 상태가 악화되는 걸 막을 수 있었다.

'이 정도로는 안 돼. 병의 진행을 막는 것으로는 부족하다.'

악화되지 않을 뿐, 아이들은 여전히 고열과 설사에 시달렸다. 제대로 먹지 못해 하루하루 말라 갔다.

이대론 병에 죽지 않는다고 해도 결국 말라 죽을 것이다.

리차드는 연구에 박차를 가했다.

그 와중에 충격적인 사실을 알게 되었다.

그가 지금까지 한 연구는 키메라였다. 인간과 몬스터를 융합한 변종 괴물. 그는 열병에 내성을 가진 몬스터들의 특성을 아이들에게 조금씩 이식했다. 작은 이식 정도는 아이들을 크게 망가뜨리지 않을 것이라는 생각 때문이었다.

하지만 착각이었다.

작은 이식이라도 몬스터와의 융합은 아이들의 영혼에 큰 타격을 주었다.

아이들의 행동이 날로 이상해졌다.

잠을 못 자고, 익힌 음식보다 생고기를 좋아했다.

밤마다 아랫마을의 가축들이 잔인하게 해체된 채 발견되곤 했다.

아이들의 소행이었다.

'다른 방법이 필요해. 육체만을 강화시킬 수 있는 방법이.'

이대론 설사 병을 이기게 된다 하더라도 저능한 몬스터로 전락하게 된다.

결국 리차드는 그 방법을 찾아냈다.

골렘.

마법으로 만들어진 새로운 생명.

골렘이라면 아이들의 영혼을 오염시키지 않고도 육체를 강화시킬 수 있다.

연구를 거듭한 리차드는 1년여 만에 원하던 대로 아이들을 치료할 수 있었다.

리버스 조직으로부터 받은 오브가 큰 도움이 되었다.

오브의 마력은 아이들의 육체를 변화시키는 데 충분한 마력을 공급해 주었다.

'내 아이들. 드디어 병을 이겨 냈구나.'

완치된 아이들을 품에 안으며 리차드는 감격의 눈물을 흘렸다.

이대로 모든 문제가 해결되었다 생각했다. 하지만 아이들에게 이상이 있음을 깨닫는 데는 그리 오랜 시간이 걸리지 않았다.

골렘으로 강화된 아이들은 웃지 않았다.

음식을 먹지도 않았고, 시키지 않으면 움직이지도 않았다. 짚으로 만든 인형처럼 하루 종일 멍한 눈으로 그의 뒤만 따라다녔다.

아이들은 영혼이 없었다.

키메라가 되었을 때부터 아이들은 이미 죽어 있었던 것이다.

리차드는 절망했다.

아이들은 그의 모든 것이었다.

그런 아이들이 죽어 버렸다.

남은 것은 빈껍데기뿐.

한없이 슬퍼하던 그는 결국 무너지고 말았다.

바로 그때, 실의에 빠진 그의 내면으로 사악한 힘이 파고들었다.

오브가 문제였다.

그는 마법을 회복하기 위해 리버스라는 조직과 손을 잡았다. 그곳에서 많은 오브를 공급받았고, 그 힘을 이용하여 마법을 회복할 수 있었다.

하지만 그 거래엔 치명적인 함정이 숨어 있었다.

막대한 마력을 주는 오브.

오브의 이면엔 사악한 의지가 숨어 있었다.

일찌감치 오브의 사악함을 눈치 챈 리차드는 냉철한 이성으로 악의를 봉인해 두었다.

그러나 아이들의 죽음으로 큰 충격을 받은 나머지 오브의 사악한 의지에 대한 방비가 허술해졌다. 마음의 균열을 파고든 오브의 사악한 의지가 그에게 악마의 미덕을 속삭였다.

비록 아이들을 잃어버렸다 해도 리차드는 타락하고 싶지 않았다. 다행히 열병에 전염되지 않은 에밀리의 앞날도 걱정되었다.

그는 혼신의 힘을 다하여 나무 지팡이에 오브의 사악한 의지를 봉인했다. 그 과정에서 그의 영혼 역시 나무 지팡이에 이식되어 버렸고, 오브의 힘을 이기지 못한 육체는 내부가 녹아내리는 치명적인 손상을 받게 되었다.

람스가 지하 연구실에서 본 사람의 허물은 바로 리차드의 본체였다. 오드만이 만난 리차드는 지팡이가 만들어 낸 허상에 불과했다.

 그동안 리차드는 나무 지팡이 속에서 오브의 사악한 의지와 치열하게 다투었다. 그러나 오브의 영혼은 집요했다. 결국 리차드의 영혼은 조금씩 악의에 물들어갔고, 최근 들어서는 오브에게 거의 잠식되다시피 했다.

* * *

"딥블루 마을에서 벌어진 불행한 사건은 불가피한 일이었어요. 오브의 사악한 의지를 누르기 위해선 열기가 필요했거든요."

 지팡이 속에서 리차드의 순수한 영혼을 삼키려 들었던 오브의 사악한 의지. 다행스럽게도 오브에 열을 공급하면 잠시나마 사악한 의지가 잠잠해졌다.

 이 사실을 깨달은 리차드가 주위의 열을 끌어들이는 장치를 개발했다.

 그것이 바로 지하 연구실에서 람스가 본 기계장치였다.

 장치의 도움으로 리차드는 오브의 폭주를 잠재울 수 있었다. 하지만 시간이 지남에 따라 오브가 요구하는 열기가 점점 더 늘어났다. 매일매일 더 큰 열을 공급해야 했다.

결국 리차드는 지열을 끌어올 수밖에 없었다.

딥블루에 닥친 저주의 정체는 바로 이것이었다.

"이제 곧 딥블루도 예전의 명성을 되찾게 될 거예요."

지열을 흡수하던 장치는 고아원과 함께 파괴되었다. 딥블루는 예전의 푸름을 되찾게 될 것이고, 떠나갔던 사람들도 돌아올 것이다.

"오오. 불쌍한 리차드."

오드만은 지팡이를 쓰다듬으며 눈물을 떨궜다.

그 착한 친구가 어째서 이렇게까지 변했을까?

차갑고 냉정한 모습에 실망도 하고 한숨도 쉬었다. 그러나 친구의 변화는 어쩔 수 없는 것이었다. 그는 나름 아이들과 세상을 지키기 위해 사력을 다하고 있었던 것이다.

오드만은 리차드의 마음을 이해했다.

리차드는 아이들을 무척 사랑했다.

힘든 형편임에도 부모 잃은 아이들을 모아 고아원을 차린 것만 봐도 알 수 있다. 그의 마음에 감화되어 한곳에 머물지 못하던 오드만도 그를 돕지 않았던가.

그런 그가 아이들을 잃었다.

슬픔이 얼마나 컸을까.

하늘이 무너져 내리는 고통이었을 것이다.

아이들을 구할 수만 있다면 악마와도 손을 잡았을 것이다.

"지금 그는…… 이곳에 있습니까?"

오드만이 람스에게 물었다.

"자취만이 남아 있을 뿐이다. 영혼이라고 부를 수 있는 것은 이미 이곳에 없다."

"오브는…… 그를 괴롭게 한 오브는 어떻게 되었습니까?"

람스가 미간을 찡그리며 대답했다.

"지팡이에 묶여있던 오브의 의지는 마그마골렘이 쓰러지는 순간 어딘가로 사라졌다."

람스가 석상으로 변해 버린 골렘의 내부에서 지팡이를 찾아냈을 땐 이미 오브의 의지는 흔적조차 남아 있지 않았다.

"자취라……."

오드만은 지팡이를 부드럽게 쓰다듬었다.

이 세상에 단 하나 남은 친구의 유품이었다.

그의 손길을 느껴서일까.

지팡이가 희미한 온기를 흘려 주었다.

* * *

마그마골렘이 난동을 부린 흔적은 산 전체에 지울 수 없는 상처를 남겼다.

화산암이 산 절반을 뒤덮었다.

그렇게 뭉개진 풍경 속에는 고아원과 농장도 있었다.

고아원이 있던 자리를 돌아본 에밀리는 오드만의 품에 안겨

서럽게 울었다. 그녀에게 있어 고아원은 고향이자 유일하게 자신을 반겨 주는 집이었다.

그런 안식처가 사라져 버리고 말았다.

오드만은 흐느끼는 에밀리의 머리를 말없이 쓰다듬어 주었다.

"스승님."

오드만이 람스를 보며 말을 걸었다.

무언가 간절하게 부탁하고 싶은 것이 있는 표정이었다.

그의 마음을 짐작한 람스가 고개를 끄덕였다.

"좋을 대로 하게."

허락을 받은 오드만이 에밀리에게 말했다.

"에밀리. 나와 함께 가자꾸나."

에밀리는 고개를 끄덕였다.

달리 갈 곳도 없는 신세다. 오드만과 함께 갈 수 있다면 정말 다행이란 생각이 들었다.

"고맙구나."

다시 한 번 에밀리의 머리를 쓰다듬어 준 오드만이 넬에게 다가갔다. 그는 넬의 그림자 속에 숨어 있는 마왕에게 조심스럽게 청했다.

"다크니스님. 부탁이 있습니다."

넬의 발아래에서 검은 형체가 일어났다.

"끼리릭!"

넬이 마왕의 말을 통역했다.

"말해."

"아이들을 돌려주십시오."

골렘으로 변해 버린 아이들.

람스의 말에 따르면 다크니스가 아이들을 모조리 삼켜 버렸다고 말했다.

다크니스가 입을 열고 아이들을 토해 냈다.

어차피 다크니스가 관심이 있었던 것은 골렘의 마력이었을 뿐이다. 오드만이 아이들을 원하지 않았다면 어디 적당한 곳에 버렸을 것이다.

마력을 잃은 아이들은 움직이지 못했다.

오드만은 영혼을 잃은 아이들을 묻어 주었다.

아마 람스나 스키머에게 도움을 청하면 아이들을 다시 움직이게 해 줄지도 모른다. 하지만 오드만은 그렇게 하지 않았다. 영혼이 없는 아이들은 인형과 다를 바 없다.

죽어서도 쉬지 못하는 것은 끔찍한 일이다.

에밀리가 아이들의 무덤에 꽃을 올려놓았다.

"잘 자."

울먹이던 그녀가 다시 한 번 울음을 터트렸다.

오드만이 지팡이에 몸을 기댄 채, 그녀의 울음이 잦아들길 기다렸다.

적어도 에밀리는 혼자 남은 게 아니었다.

아버지의 자취가 남아 있는 지팡이가 그녀와 함께하고 있었으니까.

* * *

화려한 궁전.
아름다운 무희들과 어울려 춤을 추고 있던 하트가 문득 심각한 표정으로 중얼거렸다.
"그가 죽었군."
방금 그의 몸속으로 뭔가가 흘러들어왔다.
오브에 담긴 힘이었다.
놀랍게도 리차드가 죽자, 그의 몸속에 깃들어 있던 오브의 힘이 하트에게로 돌아온 것이다.
그것은 전혀 이상할 것이 없는 일이었다.
애초에 오브의 힘은 그에게서 비롯된 것이기 때문이다.
"리버. 꽤 많은 오브를 모았구나."
하트는 거북함을 느꼈다.
그가 본래 가지고 있던 힘과 리버에게서 회수된 힘이 한 데 섞이자 팽배해진 오브의 힘이 그를 잠식하려 들었다.
그것은 매우 불쾌한 일이다.
애초에 이렇게 되지 않기 위해서 리버스의 수장들에게 오브를 나눠주지 않았던가.

"대체 누구에게 당한 거지? 남아 있는 오브도 없는데 골치 아파졌군."

하트는 혀를 끌끌 찼다.

아자라스, 스컬킹에 이어, 리버까지 당하다니.

"리버가 죽었으니, 남은 사람은 아이볼 한 명인가? 몸조심하라고 일러야겠군."

수장들에게 뿌린 오브가 어떻게 사용되든 그가 상관할 바가 아니나, 사용된 오브들이 다시 그에게 회수되는 것은 영 달갑지 않은 일이다.

하트 본인을 위해서나, 세상을 위해서나.

만약 아이볼마저도 죽어 버린다면 일은 심각해진다.

어쩌면 최악의 상황이 도래할지도 모른다.

그렇게 되면······.

하트의 얼굴이 우울하게 변했다.

"끝장이지. 나도, 이 세상도."

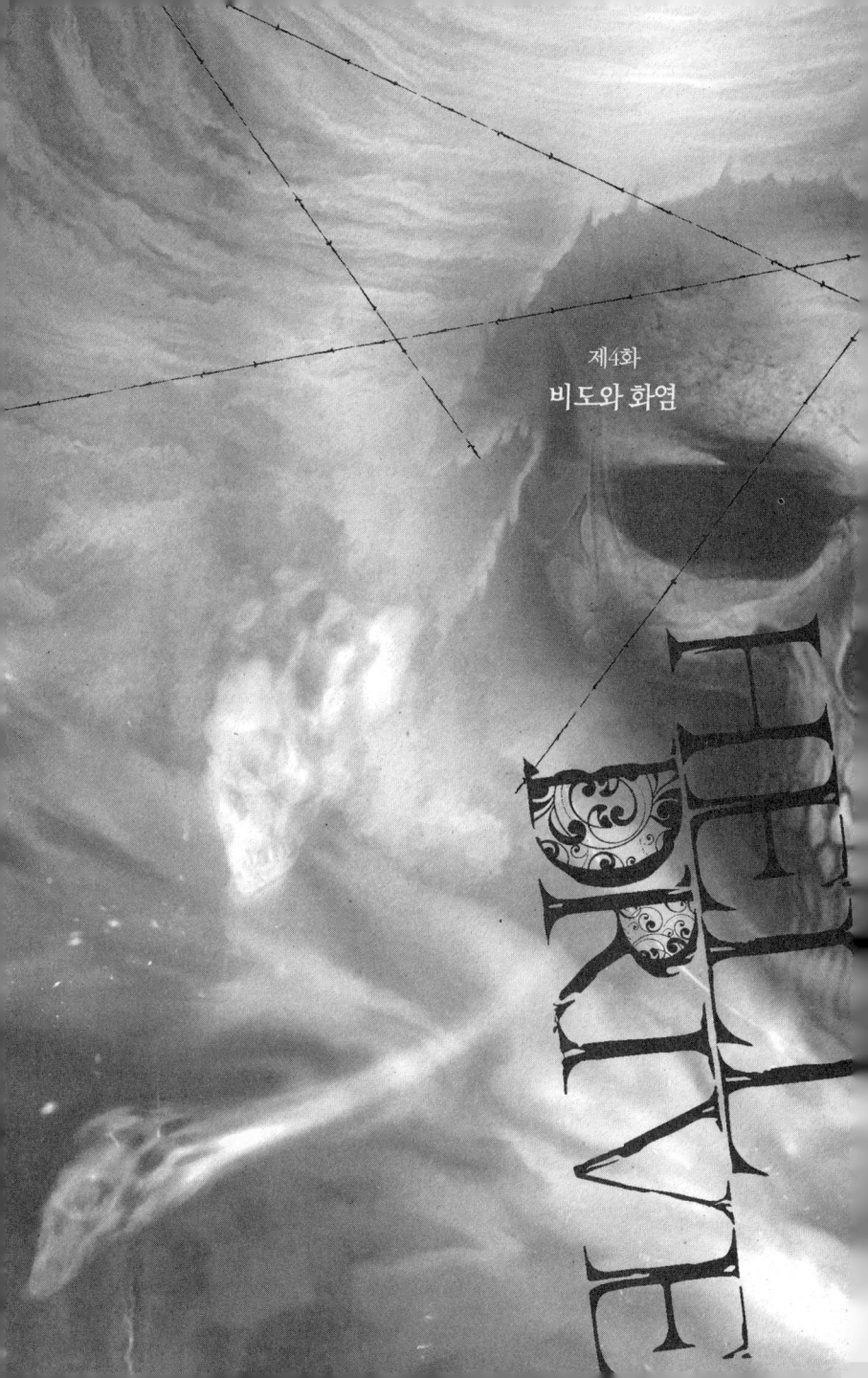

투명한 햇살이 따뜻하다.

비스듬히 열린 창을 통해 선선하게 불어오는 바람이 상쾌하다. 푹신한 침대에 몸을 묻으니 온몸 가득히 나른한 기운이 퍼진다.

"에구구구. 정말 천국이 따로 없구나."

침대 위를 뒹굴거리며 너구리 가면은 흡족하게 웃었다.

손톱만 한 화상을 핑계로 헬리오스 마탑에 눌러앉은 그는 그야말로 호의호식, 안락한 나날을 보내고 있었다.

듣던 것과는 달리, 헬리오스 마탑은 넓고 쾌적했다.

아니, 최상이다.

세상 그 어디에서도 이처럼 안락하고 편안한 마탑은 존재하지 않을 것이다.

'산꼭대기에 창고 같은 건물이라고?'

너구리 가면은 코웃음을 쳤다.

'보지도 않고 헛소리들은.'

고작 10층임에도 불구하고 헬리오스 탑의 규모는 대륙의 그 어떤 마탑과 비교해도 손색이 없었다. 게다가 내부 시설들은 또 얼마나 편리하게 설계되어 있는지.

덕분에 너구리 가면은 그 어느 곳에서도 누리지 못한 호사를 마음껏 누릴 수 있었다.

더더욱 마음에 드는 것은 식사를 해 주는 미인 주방장이 있다는 사실.

"이름이 리리아라고 했었지?"

그녀를 떠올리자 저도 모르게 입가에 미소가 지어졌다.

리리아는 본래 이 탑의 식구가 아니었다고 한다.

메딘산 아랫마을에서 어린 동생과 함께 여관을 운영했단다. 그러다 모종의 사건으로 여관이 불타자 그 길로 오빠가 있는 헬리오스 마탑에 눌러앉게 되었다고 한다. 비록 정식 제자는 아니지만, 다들 그녀를 헬리오스 마탑의 식구로 생각하는 모양이다.

"아름다운 외모에 음식 맛은 또 왜 그리 좋은지."

평생 찾아 헤매도 발견하지 못한 이상형을 이곳에서 찾았다.

"헬리오스 마탑, 정말 마음에 든단 말이야. 단 한 가지만 빼고 말이지."

세상에 완벽한 미인이 없듯이, 헬리오스 마탑도 모든 것이 만족스럽지는 않았다.

너구리 가면이 아쉬운 듯 입맛을 다셨다.

"주변에 풀풀 날아다니는 마족들의 기색만 없었어도 정말 완벽했을 텐데 말이야."

너구리 가면은 소울러다.

소울러의 특성상 그는 영혼의 흔적을 감지하는 능력이 뛰어났다. 그래서 탑 곳곳에 남은 마족들의 흔적을 쉽게 발견할 수 있었다.

완벽한 헬리오스 마탑의 사소한 단점.

하지만 마왕의 종적을 찾기 위해 이곳을 방문한 너구리 가면의 입장에서 보면 너무나도 치명적인 결점이라고 할 수 있었다.

"어떻게 한다?"

원칙대로라면 가문에 이 소식을 알려야한다.

그것도 지금 당장!

마족들의 흔적은 이곳이 마계와 무관하지 않다는 결정적인 증거다. 그리고 그러한 관계는 마왕과도 결부시킬 수 있다.

그럼에도 불구하고 너구리 가면은 가문에의 연락을 망설였다. 마계와 연관된 곳이라고 하기엔 이곳이 너무도 평화롭기 때문이다.

마족은 끔찍한 존재다.

정신병, 잔혹한 살인마, 역병, 광기, 살육, 파괴, 저주, 강간, 자살……

세상에 존재하는 모든 안 좋은 이미지를 한 데 합하면 대충 마족이라는 그림이 나온다. 세상 사람들이 악마의 소행이라고 믿고 있는 대부분이 실은 마족의 짓이다.

마족은 잔인하고 사악한 종족이다.

그들의 존재 자체가 악(惡)!

걸어 다니는 타락!

놈들이 어슬렁거리는 대지는 생명력을 잃고 죽음의 땅으로 변한다. 사람들은 자신도 모르는 사이에 잔인하고 흉포해지고, 새로 태어나는 아이들은 끔찍한 돌연변이가 된다.

이처럼 마족이 중간계에 미치는 영향은 섬뜩하기 짝이 없다. 또한 이것은 절대적인 변화이기도 하다.

마족이 있는 곳은 반드시 이러한 변화를 거친다.

헬리오스 마탑은 마족의 은신처다.

그것은 확실하다.

사방에서 흉흉하게 느껴지는 마족의 기운들이 그 증거다.

그렇다면 당연하게 마족들로 인한 폐해들이 나타나야 한다.

사람들은 미쳐 발광하고, 대지는 검게 타들어 가고, 변형된 짐승들이 행인을 노려야 한다.

그런데 정말 이상하게도, 이곳엔 그러한 변화가 보이지 않았다.

오히려 다른 어떤 지역보다도 맑고 깨끗하다.

마을 주민들은 건강하고 표정이 밝았으며, 산과 들에서도 별다른 이상 징후를 발견할 수 없었다.

"정말 이상하네. 분명 마족과 관련이 있는 곳인데……."

이해할 수 없는 현실.

너구리 가면은 고개를 가로저으며 난감해 했다.

혹시, 마족들의 계략인 것은 아닐까?

그들의 침범을 숨기기 위해 일부러 주변을 훼손시키지 않고 보존하고 있다든지…….

"그렇다면 주위에 풀풀 날리는 기운은 뭐야?"

여봐란 듯이 풀풀 날리는 마족의 기색.

만약 활기찬 마을의 모습이 마족들의 의도된 연출이라면 이런 기색조차도 남아 있지 않아야 한다.

생각하면 할수록 너구리 가면은 더욱 큰 혼란에 빠졌다.

"무슨 생각을 그렇게 골똘히 하세요?"

갑자기 들려온 목소리. 고개를 들어 보니 유달리 눈빛이 고운 아가씨가 그를 내려다보고 있다.

리리아다.

전직 여관 주인이자, 헬리오스 마탑의 주방장.

"아. 뭐 좀 생각할 게 있어서요. 그런데……."

너구리 가면의 시선이 리리아의 손에 들린 작은 접시로 향한다.

"먹을 겁니까?"

"간식꺼릴 좀 가져왔어요."

리리아가 접시를 그의 앞에 내려놓았다.

접시 위엔 먹음직스런 요리가 소복이 담겨 있다.

"저녁을 먹은 지 얼마 안 된 것 같은데……."

너구리 가면이 불룩 나온 아랫배를 쓰다듬으며 겸연쩍게 웃었다.

불과 한 시간 전에 저녁을 먹었다.

리리아의 솜씨는 정말 훌륭했다.

이렇게 맛있는 음식은 그의 인생을 통틀어도 한 손에 꼽을 정도였다. 당연히 배가 터지도록 먹었다. 그런데 그때 먹은 배가 꺼지기도 전에 다시 간식이 나온 것이다.

"부담되시나요?"

리리아가 어색하게 웃었다.

너구리 가면은 반사적으로 대답했다.

"아닙니다. 이렇게 아름다운 분께서 주신 음식인데요."

너구리 가면은 서둘러 접시 위의 음식을 먹었다.

맛은 정말 훌륭했다.

배가 꽉 찼음에도 불구하고 정신없이 집어 먹었다.

'신기하군.'

꽉 찬 배 어디에 빈 공간이 남아 있었는지 모르겠다. 정신을 차려 보니 이미 접시는 깨끗하게 비워졌다.

리리아가 더 가져오겠다며 자리에서 일어났다.

너구리 가면이 황급하게 그녀를 붙들었다. 더 먹었다간 정말로 큰일이 벌어진다. 어쩌면 뻥 하고 배가 터지는 모습을 보게 되는지도 모른다.

"사람들이 없으니 썰렁하네요."

리리아가 빈 접시를 품에 안으며 쓸쓸한 표정으로 말했다.

"다들 일이 있나 봐요?"

너구리 가면이 이를 쑤시며 물었다.

"네. 탑주님과 오드만 님은 먼 곳으로 여행을 가셨고, 다른 분들도 볼일이 있어서 가셨죠. 그런데 오빠는 어디로 사라졌는지 모르겠네요."

"오빠라면…… 리자크 님 말씀이십니까?"

"네."

리자크 이야기가 나오자 리리아의 표정이 밝아졌다.

그녀는 오빠를 무척 자랑스럽게 생각했다.

예전에는 마을의 말썽쟁이였었다는 둥, 몇 년 동안 도시에 나갔다 들어와서도 변함이 없었다는 둥, 그러다 헬리오스 마탑에 들어가서 인간이 됐다는 둥, 요즘엔 참 믿음직해졌다는 둥, 그게 다 탑주님 덕분이라는 둥…….

리자크에 관련된 이야기가 끝도 없이 이어졌다.

혹시 중요한 단서를 발견할 수 있을까 귀를 기울이던 너구리 가면도 끝나지 않는 그녀의 수다에 어느덧 꾸벅꾸벅 졸고 말았다.

"혹시 졸고 계신 건 아니죠?"

"쓰읍! 아, 아닙니다. 졸지 않았습니다."

입가에 침을 닦으며 너구리 가면이 급히 말했다.

그는 속으로 생각했다.

'아! 역시 세상에 완벽한 사람은 없구나.'

미모와 요리. 모든 것에 완벽한 그녀에게도 수다라는 치명적인 약점이 있었던 것이다.

급하게 입을 닦긴 했지만, 침 자국까지는 어쩔 수 없었다.

리리아가 입술을 내밀며 뿌루퉁해했다.

아아, 저 입술 모양은 뽀뽀 해달라는 걸까?

너구리 가면은 기습 키스를 심각하게 고민했다.

갑자기 들려온 우렁찬 소음만 없었다면 계획을 실행에 옮겼을 것이다.

쩌거거거걱!

천둥소리와 함께 지진이라도 난 듯 마탑이 흔들렸다.

"아! 오신 모양이네요."

리리아가 밝은 표정으로 말했다.

특유의 소음과 진동.

람스가 헬게이트를 열었을 때 나타나는 현상이다.

"탑주님을 뵙고 싶다고 하셨죠? 아마 지금쯤 오셨을…… 어라?"

너구리 가면에게 말을 걸던 리리아가 눈을 동그랗게 떴다.

방금 전까지 그녀의 앞에서 게으른 하품을 하고 있던 너구리 가면.

그가 감쪽같이 사라져 버렸다.

*　*　*

쩌거거걱!

공간의 균열 속에서 일단의 사람들이 나왔다.

"후아아."

주위를 둘러본 리자크가 안도의 한숨부터 쉰다.

"헬리오스 마탑이네요."

방금 전까지 지옥 같은 경험을 해서인지 마탑이 너무도 반갑다.

"반갑다. 마탑아."

리자크는 마탑의 허연 벽에 입을 맞추며 호들갑을 떨었다.

"흐흐. 고작 이 정도에 엄살은……."

디스터가 리자크의 등을 소리 나게 치며 말했다.

"아뜨뜨뜨!"

리자크가 등을 긁어 대며 엄살을 떨었다. 한참을 몸부림을 치다 디스터를 돌아보며 볼멘소리를 했다.

"디스터님은 어떤지 몰라도 전 정말 무서웠단 말입니다. 그것도 갑자기 끌려가서 합체를 하지 않나……."

합체라니.

이야기 속에서나 등장하는 일인 줄 알았다.

"기왕이면 아름다운 여자와 하고 싶었는데."

"오호라. 지금 나와 합체한 게 싫었다 이 말이냐?"

디스터가 두 눈을 가늘게 뜨며 그를 노려봤다.

"그, 그럴 리가요. 절대로 그렇지 않습니다."

리자크는 두 손을 맹렬히 흔들었다.

이 과격한 마족에게 밉보였다간 무슨 일을 당할지 모른다.

"하하하."

리자크와 디스터가 하는 짓을 보던 람스가 오랜만에 호쾌한 웃음을 터트렸다.

건조한 그와 달리 제자와 수하들은 하나같이 재미있는 성격의 소유자들이다.

그는 또 한 명의 제자에게로 눈길을 돌렸다.

오드만. 그는 에밀리의 손을 꼭 잡고 있었다.

이번에 헬리오스 마탑의 새 식구가 된 에밀리는 한 손으로는 오드만의 손을 잡고 다른 한 손으로는 지팡이를 들고 있었다.

눈을 동그랗게 뜨고 주위를 두리번거리는 모습이 겁먹은 토끼 같다.

　이곳이 낯설어서일 게다.

　람스는 오드만을 불렀다.

　"에밀리에게 헬리오스 마탑을 안내해 주게."

　"알겠습니다. 스승님."

　"당분간은 에밀리와 함께 지내도록 하게."

　오드만은 람스의 배려에 고마움을 표했다.

　안 그래도 당분간 에밀리와 시간을 보내며 리차드와 고아원의 이야기들을 듣고 싶었다.

　그는 친구를, 에밀리는 아버지를 잃었다.

　두 사람이 서로에게 기대면 슬픔이 조금은 덜할 것이다.

　"에밀리. 탑을 구경시켜주마."

　오드만이 에밀리의 손을 잡고 방을 나섰다. 그가 나서자마자 리자크가 람스의 곁에 다가와서 귓속말을 했다.

　"스승님. 괜찮을까요?"

　"뭐가 말이냐?"

　"사형 말이에요. 저래 봬도 남잔데, 어린 에밀리와 함께 지내도 괜찮을지 걱정입니다."

　"왜? 늙은 사형이 에밀리를 어떻게 할까 봐?"

　리자크가 눈을 가늘게 떴다.

　"남자는 애나 노인이나 다 짐승이잖습니까. 사형이 나이는 많아도 체력은 젊은이 못지않지요."

람스가 둘째 제자의 공연한 소리에 피식 웃으며 물었다.
"그럼 오드만 대신 누가 에밀리를 맡으면 좋겠느냐?"
리자크가 가슴을 두드리며 소리쳤다.
"외람된 말씀이지만 제가 적합할 것 같습니다."
"네가? 남자는 애나 노인이나 다 짐승이라면서? 너도 짐승이잖느냐?"
"전 다릅니다."
"어떻게 다른데?"
"제겐 여동생이 있지 않습니까?"
"그게 어때서?"
"하하. 그만큼 여성의 마력에 내성이 생겼다는 말이지요. 헉! 디스터님. 왜 갑자기 주먹을……."
"내성은 무슨! 저런 꼬맹이에게 여성의 마력 운운하는 네놈이 더 수상하다."
디스터가 거칠게 주먹을 휘둘렀다. 리자크가 다람쥐처럼 요리조리 몸을 피하며 죽는다고 소릴 질렀다.
"하하하."
람스는 다시 한 번 웃음을 터트렸다.
그렇게 한참을 웃다 넬을 돌아봤다.
혹시 그녀도 웃고 있지 않을까?
유감스럽게도 그녀는 평소처럼 무표정한 얼굴 그대로였다.
언제쯤 그녀가 웃게 될는지.

'언젠가 너도 다른 사람들처럼 활짝 웃게 될 거야.'

그녀가 스스로 변하지 않는다면 람스가 도와줄 생각이다. 하지만 아직은 그녀에게 기회를 주고 싶다. 그녀 스스로 잃어버린 감정과 기억을 찾을 수 있도록. 지금은 지켜봐 주고 싶었다.

람스가 넬에 대한 생각을 하고 있을 때였다.

가벼운 발소리와 함께 누군가가 나타났다.

훤칠한 키에 계절에 어울리지 않는 길고 두터운 외투를 입은 사내.

무엇보다 눈길을 끄는 건, 사내가 얼굴에 뒤집어쓰고 있는 가면이었다.

'너구리?'

사내는 웃고 있는 표정의 너구리 가면을 쓰고 있었다.

"오! 너구리 가면."

너구리 가면을 본 리자크가 반색을 했다.

베인과의 싸움을 본 그는 너구리 가면에게 홀딱 빠졌다. 시원시원한 성격과 악의 없는 장난도 마음에 들었다.

"내가 갑자기 사라져서 놀라지 않았소?"

리자크가 너구리 가면에게 말을 걸었다.

그러나 너구리 가면은 아무런 대답이 없었다. 심지어 그를 쳐다보지도 않았다. 그럴 겨를이 없었다.

'좋지 않군.'

너구리 가면의 심각한 표정을 본 람스는 미간을 찌푸렸다.

지금 이곳엔 마족인 디스터가 있다.

헬리오스 마탑이 마족과 관련이 있다는 것은 철저한 비밀이다. 만약 이 사실이 외부에 알려지게 된다면 심각한 문제를 초래하게 된다.

지금까지는 잘 감춰왔던 비밀이 너구리 가면에 의해 드러나고 말았다.

람스는 갈등했다.

너구리 가면을 어떻게 처리해야 할지.

그러나 정작 너구리 가면은 마족 디스터를 보고 있지 않았다. 그의 두 눈은 한 여자에게 고정된 채 움직일 줄 몰랐다.

"넬!"

*　　　*　　　*

너구리 가면의 음성이 심하게 떨리고 있었다.

'그녀를 알고 있다?'

넬을 알고 있는 사람을 만나는 것은 처음이다.

지금까지 넬의 정체에 대해 의문이 많았다.

어떻게 마왕과 소울하게 되었는지. 어쩌다 적탑의 지하에 봉인되었는지.

아쉽게도 비밀을 간직한 넬은 기억이 온전치 않았다. 간신히 자신의 이름만을 기억하고 있을 뿐이었다.

그런데 오늘 마침내 그녀에 대해 알고 있는 사람을 만났다.

하얀 너구리 가면을 쓴 사내.

얼굴에 저런 가면을 쓰고 다니는 사람을 소울러라고 부르던가?

그러고 보니 넬도 소울러였지.

그렇다면 너구리 가면이 넬에 대해 아는 것도 이해할 수 있는 일이다. 어쩌면 그가 평소 궁금하게 생각했던 넬의 비밀을 알려 줄지도 모른다.

람스는 너구리 가면에게 다가갔다.

그에게 물어볼 말이 많았다.

하지만 막상 그에게 말을 걸 수는 없었다.

너구리 가면의 분위기가 심상치 않게 변했기 때문이다.

처음 넬을 발견했을 때, 그는 혼란스러운 와중에도 반가움을 떠올리고 있었다.

그러나 지금은 다르다.

잠시 갈등하던 너구리 가면은 모종의 결단을 내렸다.

그의 기세가 사납게 변했다.

적의, 살의.

약간의 망설임을 동반하고 있긴 하지만, 넬에 대한 너구리 가면의 기세는 분명 적의다.

반응은 곧바로 나타났다.

피핏!

어느새 꺼내든 비도를 넬을 향해 거침없이 뿌렸다.

모두 세 자루.

은빛 섬광을 뿌리며 날아간 비도들은 하나같이 인체의 치명적인 급소를 노리고 있었다.

넬의 반응 또한 그에 못지않게 신속했다.

"끼르륵!"

그녀의 그림자에서 검은 촉수가 솟구치더니, 단숨에 비도들을 쳐냈다.

채챙! 칭!

은빛 비도들이 바닥에 일렬로 꽂혔다.

"끼르륵?"

다크니스가 하나뿐인 눈으로 너구리 가면을 노려보며 음침하게 떠들었다.

넬이 그의 말을 옮겼다.

"넌 뭐냐."

넬의 슬레이브인 다크니스를 본 너구리 가면의 반응은 한마디로 심각했다. 경악한 표정으로 마왕을 노려보다 마른침을 삼키며 갈라진 목소리로 외쳤다.

"마왕!"

너구리 가면은 다크니스의 정체를 알고 있었다.

그때, 놀라운 일이 벌어졌다.

지금까지 이상한 소리만을 끽끽대던 다크니스가 돌연 사람의 말을 한 것이다.

"호오. 날 알고 있나?"

다크니스의 커다란 눈이 좌우로 길게 찢어졌다.

"그때 그곳에 있던 자들 중 하나인가?"

다크니스가 클클 거리며 웃었다.

살기를 한껏 머금은 섬뜩한 웃음이었다.

"망할 마왕놈!"

살벌한 눈빛을 주고받던 마왕과 너구리 가면이 돌연 치열한 공방을 시작했다.

"죽어라. 소울러!"

좌좌악!

촉수다발이 날아들었다.

문어 다리처럼 길게 뻗어 나온 촉수들이 무서운 기세로 너구리 가면을 공격했다. 너구리 가면 역시 비도를 뿌리며 촉수를 쳐냈다.

치리리리링!

마왕의 촉수가 벽을 벌집으로 만들었다.

튕겨 나간 비도로 인해 천장과 바닥이 고슴도치로 변했다.

이대로는 건물이 위태롭다.

"그만 둬."

보다 못한 람스가 둘 사이에 뛰어들었다.

"아!"

"위험해!"

넬과 너구리 가면.

두 사람의 입에서 신음성과 경고의 외침이 터져 나왔다.

그러나 우려와 달리 람스는 너무도 수월하게 둘의 공격을 막아 냈다.

쩌거거정! 팡!

람스가 가볍게 팔을 휘두르자 너구리 가면의 비도들이 사방으로 흩어지고, 마왕의 촉수가 봄눈 녹듯 녹아내렸다.

"어째서 날 막는 겁니까!"

너구리 가면이 으르렁거리며 말했다.

평소의 그는 가볍고 유쾌한 사람이다. 그러나 지금은 극도로 흥분하여 작은 자극에도 비도를 휘두를 것만 같았다.

"당신은 지금 상황이 얼마나 심각한지 모르는 것 같군요."

"뭐가 심각하단 말인가?"

"지금 넬을 죽이지 않으면…… 정말 큰일이 벌어질 겁니다."

너구리 가면이 경고했다.

"그녀를 죽이겠다고? 그렇다면 난 방해할 수밖에 없겠군."

람스의 말에 너구리 가면이 날카로운 기세를 쏘아 냈다.

"다시 경고합니다. 방해하지 마십시오. 내 앞을 가로막는다면 당신이 누구건 용서하지 않겠습니다."

설사 람스가 일국의 왕일지라도 베어 버리겠다.
그의 경고에 람스는 낮게 웃었다.
"할 수 있으면 해 보게."
"후회하지 마시오!"
일갈과 함께 너구리 가면이 두 팔을 맹렬하게 흔들었다. 그의 소매 끝에서 비도가 소나기처럼 쏟아져 나왔다.
람스가 자세를 비스듬히 잡으며 주먹을 휘둘렀다.
먼지를 털어 내듯 가볍게.
주먹과 함께 일어난 화염이 비도들과 부딪혔다.
콰우우우우!
화염이 회오리치듯 용솟음쳤다. 뜨거운 불길과 함께 일어난 돌풍에 비도들이 허공으로 빨려 올라갔다.
쩌러러렁!
람스를 노리던 비도는 모조리 천장에 박혀 버렸다.
"이제 어쩔 텐가?"
람스가 물었다.
너구리 가면의 무기가 모조리 천장에 박혔으니 더는 저항하지 못하리라.
"흥!"
너구리 가면이 가볍게 코웃음을 쳤다.
겨우 이 정도로 소울러의 슬레이브를 봉쇄했다고 생각하다니. 가소롭다.

"돌아와!"

그가 외투의 끝자락을 힘껏 펼쳐냈다.

짜라라랑!

벌통으로 모여드는 벌떼처럼 천장에 박힌 비도들이 일제히 그의 외투 속으로 돌아왔다.

"호오."

람스는 감탄했다.

쇠붙이에 불과한 비도를 제 마음대로 부리다니.

듣던 대로 소울러는 신기한 재주가 많은 사람들이다.

"당신이 헬리오스 마탑주?"

람스는 고개를 끄덕였다.

"음."

너구리 가면은 침음성을 흘렸다.

헬리오스 마탑주.

소문대로라면 미치광이 헬리오스의 제자.

그런 자의 실력이면 뻔한 수준이라고 생각했다. 그러나 생각과 달리 람스의 존재감은 대단했다.

"저것이 무엇인지 알고 있소?"

너구리 가면이 다크니스를 턱짓했다.

람스가 고개를 끄덕였다.

그러면서 생각했다.

'대화 방식이 독특하군.'

공격을 열심히 퍼부은 다음에야 설득 작업에 들어가다니. 보통은 설득을 먼저 할 텐데 말이다.

한편, 너구리 가면은 람스의 태연한 반응에 흥분을 감추지 못했다.

"알면서도 날 막는단 말이오? 물러서시오. 놈은 마왕이오. 세상을 먹어 치울 추악한 마계의 왕이란 말이오!"

람스가 다크니스를 흘끔 보며 말했다.

"과거엔 그랬는지 몰라도 이젠 아니다."

"당신이 뭘 안다고!"

"아마도 그대보다는 많이 알 것이다."

상황이 이쯤 되자 너구리 가면은 분노를 참을 수 없었다.

"날 막지 마시오. 세상을 위해 마왕을 무찔러야만 하오."

물론, 람스는 물러설 생각이 전혀 없었다.

마왕은 이미 굴복시켰다.

굳이 소멸시킬 이유가 없다.

게다가 이 일엔 넬이 관련되어 있다.

마왕이 소멸되면 넬 역시 타격을 받는다.

어쩌면 마왕의 죽음과 함께 넬도 죽게 될지도 모른다.

그런 위험이 있는 줄 뻔히 알면서도 너구리 가면을 방치할 수는 없다.

"알겠소. 더는 부탁하지 않으리다."

너구리 가면도 람스가 설득되지 않을 거라는 걸 알게 되었다. 람스를 보는 그의 눈빛이 변했다.

너구리 가면은 지금 그를 적으로 인식했다.

피피핑!

너구리 가면이 손가락을 까딱였다.

섬광이 번쩍이더니 날카로운 비도들이 날아왔다.

람스는 제자리에 선 채 가볍게 주먹을 흔들었다.

퍼퍼펑!

날아들던 비도들이 허공에서 폭발했다.

휘이익!

너구리 가면이 외투를 넓게 펼쳤다.

마술을 보여 주는 마법사처럼 두 손을 어지럽게 펼쳤다.

촤아악!

외투의 안쪽에 꽂혀있던 비도들이 허공으로 솟아올랐다.

"쳐라!"

너구리 가면이 비스듬히 선 채 한 손을 내밀었다. 그의 손끝이 람스를 가리켰다.

촤아아악!

허공에 떠 있던 비도들이 일제히 람스에게 날아들었다. 창가로 비춰 들어오던 황혼에 은빛 비도가 노랗게 물들었다.

그 기세가 사납기 그지없다.

람스는 다시 한 발을 내딛었다.

화륵!

그의 발아래에서 검은 화염이 일어났다.

검은 비단처럼 람스를 감싼 검은 화염이 시키지도 않았는데 비도들에게 달려들었다.

화아아악!

검은 화염과 비도들이 한데 엉겨 붙었다.

람스의 검은 화염은 너구리 가면의 비도처럼 추적기능을 가지고 있다. 상대의 모든 것을 태워 버릴 때까지 영원히 따라다닌다.

비도와 검은 화염의 대결은 검은 화염의 승리로 끝났다.

너구리 가면이 자랑하는 비도가 흐물흐물 녹더니 바닥으로 주르륵 쏟아졌다.

하지만 너구리 가면은 실망하지 않았다.

지켜보던 리자크는 오히려 큰일 났다는 듯이 소리쳤다.

"스, 스승님. 비도는…… 녹아내려도 움직입니다."

녹아내려도 움직여?

무기가 녹아내리면 응당 무기로서의 가치가 사라지는 것은 당연한 이치. 하지만 소울러가 사용하는 무기는 달랐다.

촤악!

노랗게 달구어진 쇳물이 뱀처럼 고개를 들었다.

리자크의 말대로 비도는 쇳물로 녹아내려도 너구리 가면의 명령을 들었다.

"가라!"

너구리 가면이 외쳤다.

좌아악!

녹아내린 쇳물이 파도처럼 일어나며 람스를 덮쳤다.

람스의 표정이 순간 진지해졌다.

하늘을 제 마음대로 날아다니는 비도도 상대하기 어렵지만, 비도가 녹아서 된 쇳물은 상대하기가 더 어렵다.

화살을 쉽게 막을 수 있는 기사도 쏟아지는 물줄기에는 옷이 젖는다.

"신기한 재주로군."

정말 신기한 존재다. 소울러들은.

대체 이런 능력을 사용하는 자들이 얼마나 더 많을까.

가슴이 두근거린다.

마계에서도 경험해 보지 못한 상대들.

그는 싸움을 즐기는 편은 아니지만, 신기한 재주를 가진 자들과의 대결은 반기는 편이다.

"정신을 딴 데 팔고 있다니, 목숨이 몇 개나 있는 모양이지?"

너구리 가면이 조소했다.

그가 부리는 쇳물이 람스를 집어삼키려 했다.

쇳물로 변한 비도는 사람의 입, 코, 귀 등과 같은 구멍을 통해 내부로 침입한다. 제아무리 람스가 강하다 해도 내부를 공략하는 데는 당해 낼 수 없다.

"비도들은 녹아도 된다지만, 과연 비도를 조종하는 사람도 그럴까?"

람스가 주먹을 가볍게 말아 쥐었다.

화력을 주먹으로 끌어 모아 뿌리듯이 가볍게 흔들었다.

쿵!

정신을 차렸을 때엔 이미 너구리 가면의 아랫배가 주먹 모양으로 움푹 들어간 후였다.

"너무…… 빠르잖아."

너구리 가면이 신음과 함께 쓰러졌다.

상처 부위에서 화끈한 열기가 일어나 전신으로 퍼졌다.

그것은 참을 수 없는 고통이었다.

"이래서…… 적탑 계열과는 싸우기 싫었는데."

힘없이 중얼거린 너구리 가면이 기절해 버렸다.

그가 기절하자 람스를 덮치던 쇳물이 바닥으로 가라앉았다. 쇳물은 구불구불 뱀처럼 이동해서 너구리 가면에게 돌아갔다.

스스스스.

쇳물이 주인 잃은 강아지처럼 너구리 가면의 주위를 맴돌며 안절부절 못했다.

"주인이 의식을 잃어도 슬레이브는 활동을 할 수 있는 모양이군."

람스는 가볍게 탄성을 흘렸다.

소울드라이브.

다시 생각해도 정말 신기한 재주다.

* * *

람스는 기절한 너구리 가면을 1층의 침실로 옮겼다.
그런 다음 넬과 리자크를 불렀다.
먼저 리자크에게 물었다.
"그는 누구인가?"
리자크는 난감한 표정으로 뒷머리를 긁적였다.
사실 너구리 가면에 대해서는 아는 것이 거의 없었다.
그러고 보니 본명도 모른다.
"너구리 가면이라고 들었습니다."
"어떻게 만나게 됐지?"
"디스터님과 수련을 마치고 돌아오는 길에 우연히 그와 베인이라는 자의 싸움을 보게 되었습니다."
리자크는 당시의 상황을 열심히 설명했다.
너구리 가면과 베인의 대결.
소울러와 화염계열 매직 나이트 간의 치열한 공방이었다.
이야기를 하다 보니 흥분이 되어 리자크는 저도 모르게 열정적으로 싸움 광경을 묘사했다.
람스는 상황을 이해했다.
한마디로 말해, 리자크는 너구리 가면에게 반한 것이다.

성적인 의미가 아니라, 남자로서.

그의 강인한 모습과 능청스러운 성격이 리자크의 마음에 꼭 들었던 것이다.

충분히 이해할 수 있는 일이다.

하지만 스승의 입장에서 훈계를 하지 않을 수 없었다.

"그는 외인이다. 외부인이 나타나면 일단 경계부터 해야 한다. 만약 그가 좋지 않은 마음을 품었다면 너와 내가 탑을 비운 사이 리리아가 큰 어려움에 처했을 수도 있었다."

"죄송합니다. 스승님."

리자크는 깊숙이 고개를 숙였다.

다시 생각해 보니 경솔한 행동이었다. 마음에 든다는 이유로 제대로 알아보지도 않고 외부인을 탑 안으로 들이다니. 다시 생각해 보니 어처구니없는 행동이었다.

대체 왜 그렇게 어리석은 행동을 했는지 이해할 수 없는 일이다.

리자크를 지켜보던 람스는 넬에게로 시선을 돌렸다.

"다크니스."

넬의 슬레이브를 불렀다.

그녀의 그림자가 출렁하고 움직였다.

곧 둥근 공 모양의 다크니스가 나타났다.

"끼리릭!"

다크니스가 특유의 시끄러운 소음을 발했다.

"말할 수 있는 걸 안다."

람스가 엄한 목소리로 말했다.

"쳇!"

"언제부터 말을 할 수 있게 된 거지?"

다크니스가 람스의 눈치를 보며 대답했다.

"아마 한 달쯤 되었을걸."

"왜 이야기를 하지 않았나?"

"또 소멸되기는 싫었으니까."

다크니스를 길들일 때, 람스는 무자비한 폭력을 행사했다. 그래서 말을 할 수 있을 정도로 지능이 발달했음에도 불구하고 계속 아닌 척 행동했던 것이다.

"기억도 돌아왔나?"

"일부는……"

"넬과 얽힌 기억도?"

다크니스가 잠시 생각하다 대답했다.

"일부만……"

아쉽게도 다크니스의 기억은 완전하지 않았다.

람스는 실망하지 않았다. 일부라도 그녀에 대해 알게 된 것이 어딘가.

얼마 전까지만 해도 그는 넬에 대해 아는 것이 전무했다.

"어쩌다 그녀의 슬레이브가 되었나?"

람스가 넬을 보며 물었다.

넬은 인형처럼 멍한 표정으로 앉아 있었다.
"내가 마계에서 미쳐 날뛰고 있을 때였다."
다크니스가 입을 열었다.
그의 기억은 중간 중간이 끊어진 채 불완전했다. 하지만 대강의 상황을 파악하는 데는 문제가 없었다.
"왜 그렇게 화가 났는지는 모르겠지만, 하여간 분노해서 마족들을 모조리 먹어 치우기로 했었다. 그러던 어느 날…… 정확하게 언제인지는 모르지만, 누군가 날 부르는 소리가 들렸다. 거부하고 싶었지만, 내 의지와는 상관없이 중간계로 빨려왔지."
마왕을 소환한 것은 넬이었다.
"넬은 탈진한 상태였다. 내가 소환된 것을 보곤 희미하게 웃고는 그대로 기절해 버렸지."
이로써 넬이 마왕을 부른 것이라는 게 확실해진다.
어째서 그녀는 마왕을 소환한 걸까.
그것만은 다크니스도 알지 못했다.
"모르겠다. 다만, 의도적으로 부른 것이 아니라는 것만은 확실했다. 그녀 주위엔 다른 사람들이 많았는데, 다들 날 보고 놀랐으니까. 난 분노했다. 중요한 일을 방해받았으니 기분이 좋을 리가 없었다. 당장 그녀를 잡아먹고, 마계 대신 이 세계를 삼켜 버리려 했다."
다크니스의 기억은 성긴 그물처럼 군데군데가 끊어져 있었다.

"그 다음 기억은 모호하다. 큰 싸움이 있었던 것 같다. 그리고 누군가에 의해 봉인되었다. 누군지는 확실하게 기억나지는 않지만, 소울러들인 것만은 분명했다."

다크니스가 왜 너구리 가면을 보고 흥분했는지 알게 되었다. 다크니스의 입장에서 보면 넬을 제외한 나머지 소울러들은 원수와 다를 바 없었다.

하지만 아직 풀리지 않은 수수께끼가 많았다.

넬은 왜 마왕을 소환한 걸까.

어떻게 마왕과 계약을 했을까.

그리고 누가 그녀를 수정 기둥에 봉인한 걸까.

'너구리 가면이 정신을 차리면 밝혀지겠지.'

그때였다.

"할아버지!"

소녀의 찢어지는 비명.

에밀리였다.

람스가 번개처럼 몸을 일으켜 현장으로 달려갔다.

1층 구석에 오드만이 쓰러져 있었다. 에밀리가 쓰러진 그를 흔들며 안타깝게 외치고 있었다. 람스는 오드만의 코에 손을 가져갔다.

'다행히 호흡을 하고 있군.'

안정적인 호흡이다. 몸의 다른 부분에도 특별히 부상 흔적은 보이지 않았다. 단순히 기절한 것이다.

"무슨 일이니?"
람스가 에밀리에게 물었다.
에밀리가 훌쩍거리며 대답했다.
"할아버지와 주변을 구경하고 있었어요. 그런데 이 안에서 갑자기 가면을 쓴 이상한 사람이 튀어나와서 할아버지를······."
에밀리가 가리킨 방은 바로 기절한 너구리 가면이 쉬고 있던 곳이었다.
'마족들이 지키고 있었을 텐데.'
람스는 그의 감시를 마족들에게 명령했다.
스키머의 수하들인 어둠의 일족 십여 마리가 방 안팎을 철저하게 감시하고 있었다. 람스가 문을 열어 보니, 감시역의 마족들이 모조리 쓰러져 있었다.
'죽이지는 않았군.'
오드만처럼 다들 기절했다.
이 많은 수의 마족들을 상대하면서 소음 하나 일으키지 않고 모조리 기절시키다니. 너구리 가면의 실력은 람스의 생각보다 훨씬 대단했다.
"죄송합니다. 더 많은 아이들을 붙여 두는 것인데······."
람스의 그림자에서 불쑥 솟아난 스키머가 몸 둘 바를 몰라 했다. 너구리 가면에게 열 명의 마족을 붙인 것이 바로 스키머였다. 기절한 소울러 정도는 열 명의 마족이면 충분하리라 생각했다.

"너의 잘못이 아니다."

침대 아래에서 커다란 구멍을 발견했다.

사람 하나가 통과할 수 있을 정도의 크기였다.

"아무래도 그를 도와준 동료가 있었던 모양이군."

보나마나 너구리 가면은 이곳을 통해 빠져나갔을 것이다.

람스로서는 아쉬운 일이 아닐 수 없다.

너구리 가면을 통해 넬의 과거를 알게 될 절호의 기회를 놓쳤다. 하지만 그는 실망하지 않았다. 너구리 가면은 놓쳤지만, 그에 대한 단서는 알고 있다.

다크니스의 말에 따르면 넬과 마왕에 대해 알고 있는 사람들이 있다.

바로 소울러들.

"미카엘 가문이라고 했지."

소울러들의 성지. 그들의 대모(大母)가 있는 곳.

미카엘 가문을 찾아가보면 너구리 가면을 만날 수 있을 것이다. 굳이 그가 아니더라도 소울러 중에 넬을 알고 있는 사람이 있을 것이다.

람스는 미카엘 가문을 찾아가기로 마음먹었다.

그러나 당장 시작할 수는 없다.

다크니스와 너구리 가면의 충돌로 볼 때, 소울러들은 마왕을 극도로 증오하고 있음이 분명하다. 그들을 만나러 가기 전에 그에 대한 대비를 철저히 해야 한다.

하지만 상황은 그러한 여유를 허락하지 않았다.

"큰일 났습니다. 스승님."

뒤늦게 달려온 리자크가 숨을 헐떡이며 말했다.

심각한 표정. 무언가 좋지 않은 일이 생겼음이 분명한 얼굴이었다.

"넬이…… 넬이 마탑을 떠났습니다."

언제나 그림자처럼 람스의 뒤를 따르던 그녀가 말도 없이 사라진 것이다.

"설마……."

람스의 표정이 일그러졌다.

"너구리 가면의 뒤를 쫓아갔는가!"

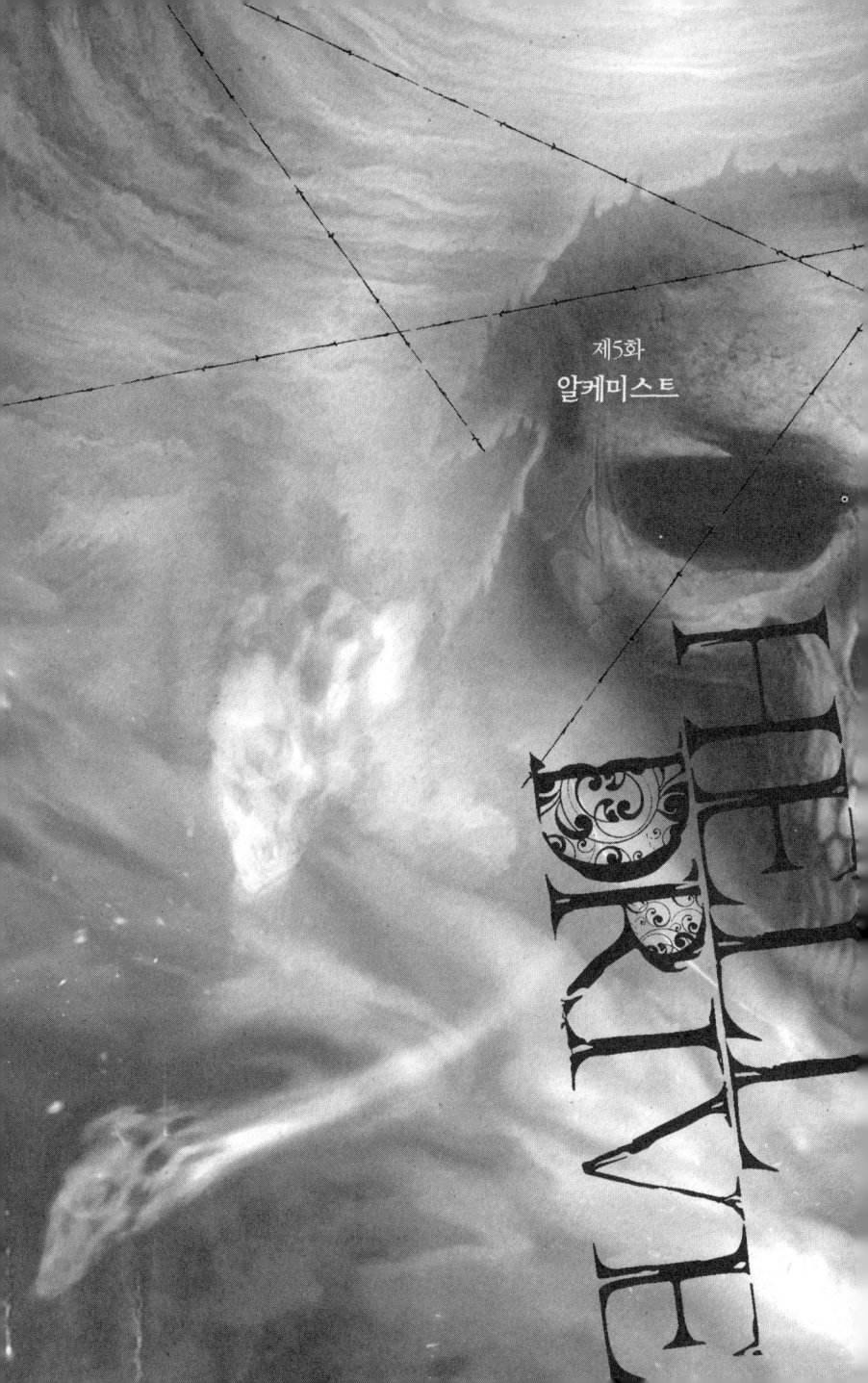

  헬리오스 마탑을 탈출한 지 하루 만에 너구리 가면은 미카엘 가문에 도착했다. 메딘 산에서 미카엘 가문은 상당히 먼 거리다. 제아무리 빠른 말을 동원해도 적어도 보름 이상은 걸리는 거리다.

  그런 먼 거리를 하루 만에 도달할 수 있었던 것은 텔레포트 게이트 덕분이었다.

  "고맙다. 두더지 가면."

  그는 자신을 도와준 또 다른 소울러에게 감사를 표했다.

  헬리오스 마탑을 무사히 빠져나올 수 있었던 것은 모두 두더지 가면 덕분이다.

"별말씀을. 대모께서 기다리고 계십니다."

공손하게 대답한 두더지 가면이 지면 아래로 스며들었다. 그는 지상을 걸어 다니는 것보다 지하로 다니는 것을 더 좋아했다. 괴벽을 가진 사나이지만, 잠입과 탈출에 관한 한 타의 추종을 불허하는 실력의 소유자이기도 했다.

너구리 가면은 그 길로 곧장 매지를 찾아갔다.

매지는 접객실에서 손님과 면담 중이었다.

손님은 기사였다.

그것도 머리끝에서 발끝까지 검은 갑옷을 입은 흑기사였다. 실내임에도 불구하고 투구까지 쓰고 있어 얼굴을 확인할 수 없었다.

'분위기가 음침한 사람이군.'

손님의 특이한 분위기가 신경 쓰인다. 하지만 지금은 그런 사소한 일에 신경 쓸 때가 아니다.

"대모님."

"왔냐?"

"네."

"갔던 일은 어떻게 됐어?"

매지는 평소처럼 간결하게 물었다.

"그것이……."

너구리 가면이 손님을 슬쩍 눈짓했다.

이 사람 앞에서 이야기를 꺼내도 되는지 묻는 것이다.

매지가 고개를 끄덕였다.

"상관없다."

너구리 가면이 조심스럽게 말을 꺼냈다.

"그녀를 봤습니다."

"아!"

매지가 가볍게 탄성을 흘렸다.

복잡한 표정으로 찻잔을 만지작거리던 그녀가 어렵게 입을 열었다.

"그 아이는…… 어때 보였어?"

"별다른 이상은 없어 보였습니다. 다만 절 알아보지 못하는 것으로 보아……."

"마왕에게 기억을 잠식당했을 수도 있겠구나."

"아무래도 그런 것 같습니다."

매지는 고개를 끄덕였다.

한참 동안 침묵하던 그녀가 착 가라앉은 음성으로 다시 물었다.

"놈은?"

마왕에 대해 묻고 있는 것이다.

넬에 대해 물을 때와는 달리 그녀의 목소리에 은은한 살의가 묻어나왔다.

마왕에 대한 그녀의 적의는 대단했다. 그녀의 살의에 주변이 집기들이 몸을 떨듯 드드드 흔들렸다.

너구리 가면은 마른침을 삼키며 대답했다.
"놈은 여전히 넬에게 붙어 있었습니다."
"허허."
매지가 허탈한 웃음을 흘렸다.
"그대로 소멸해 버렸길 바랐는데……."
안타깝게도 마왕은 여전히 넬에게 붙어 있다.
매지는 한동안 눈을 감은 채 마음을 다스렸다.
"마왕은 어디에 있지?"
"헬리오스 마탑에 있었습니다."
"우려대로 헬리오스 마탑은 마왕에게 먹힌 모양이군."
매지의 혼잣말에 너구리 가면은 갈등했다.
헬리오스 마탑은 과연 마왕에게 먹힌 걸까?
그렇다고 대답하기엔 걸리는 점이 많다.
갈등하던 그는 매지에게 우려되는 바를 전했다.
"마왕이 있음에도 환경에 변화가 없어? 마을 사람들도 타락한 낌새가 보이지 않았단 말이지?"
너구리 가면의 말에 매지는 심각하게 고민했다.
확실히 헬리오스 마탑의 상황은 마왕의 강림 이후에 발생하는 일반적인 변화와는 달랐다.
깊은 고민 끝에 그녀가 말했다.
"어쩌면 그러한 변화조차도 마왕의 간교한 수작일지도 모르겠다."

"의도된 것이라는 말씀이십니까?"

"마왕은 사악해. 세상에 존재하는 그 어떤 존재보다도 추악하고 이기적이며 또한 포악하지."

너구리 가면은 그녀의 말에 고개를 끄덕였다.

너구리 가면이 마왕을 본 것은 매우 어린 시절이었지만, 그때 보았던 마왕의 광폭한 모습이 뇌리에서 잊혀지지 않았다.

매지가 다시 말했다.

"메딘 산의 변화가 의외이긴 하지만 놈을 이대로 방치할 수는 없다."

"하지만 놈은 강합니다."

오래 전, 마왕이 처음 나타났을 때에도 소울러들은 엄청난 피해를 입었다.

헬리오스 마탑주의 능력도 큰 장해다.

다행히 매지는 그에 대한 해결책을 마련해 놓았다.

"이번 일에 성교가 힘을 보태어 준다더군."

너구리 가면의 표정이 밝아졌다.

성교.

그들을 한마디로 표현하면 마왕과 정반대편에 선 사람들이라고 말할 수 있을 것이다.

그들의 참전한다면 큰 도움이 될 것이다.

"성교가 참전한다면 성전을 선포하겠군요."

성교의 성전 선포는 그 여파가 대단하다.

대륙의 모든 나라가 마왕을 멸하기 위해 군대를 파견할 것이다. 세상에 존재하는 거의 모든 길드에서도 특별한 인재들을 보내온다.

중간계의 모든 힘을 하나로 응집시킨 총력전.

제아무리 마왕이 대단하다고 해도, 중간계 전체를 상대로는 가망이 없다.

그에 대한 매지의 대답은 의외였다.

"아니. 그들은 이 사건이 조용히 해결되길 원해. 성기사 몇을 지원하기로 약속하긴 했지만, 성전을 선포하지는 않을 거야."

"조용히…… 라고요?"

너구리 가면은 성교의 판단이 이해되지 않았다.

다른 존재도 아닌 마왕이다.

성전을 선포하고 전군 돌격을 명령해도 부족할 판이다.

그런데 고작 성기사 몇을 파견한다고?

아무래도 성교는 마왕을 뒷골목의 건달 정도로 착각하는 모양이다.

너구리 가면의 우려에 매지가 가볍게 웃었다.

"군대를 보내는 대신 오스칼 가문과 연락하여 한 사람을 보내 준다고 하던데……. 뭐, 그 사람 정도면 어떻게든 해결 될 것 같기도 하다."

"오스칼 가문!"

전설로 불리는 데몬 성전의 영웅, 지스.

바로 그의 가문이다.

현재 오스칼 가문의 전력은 제국에 버금간다고 한다. 그런 가문에서 사람을 보내 준다니. 분명 범상한 인물은 아닐 것이다.

너구리 가면은 묻지 않을 수 없었다.

"누가 출전하는지요?"

상대가 마왕이라면 무명의 기사를 보내지는 않을 것이다.

매지가 농 섞인 음성으로 말했다.

"뭐, 그다지 유명한 것 같진 않던데…… 알케미스트라고……. 네가 알지 모르겠구나."

"황혼의 소드마스터!"

너구리 가면은 탄성을 흘렸다.

알케미스트를 알지 모르겠다고?

당연히 알고 있다.

모를 리 없다. 그만큼 알케미스트는 유명한 인물이기 때문이다.

알케미스트는 본래 아이언 왕국이 자랑하는 소드마스터였다. 당시 그는 무적이었다. 대륙의 수많은 검사들이 그를 추앙했다. 비록, 후일 네크로맨서 로드에게 죽임을 당하긴 했지만, 전설급 영웅 지스에 의해 불사신으로 부활하면서 전보다 더 강해졌다.

사람들은 말한다. 이제 그는 더 이상 소드마스터가 아니라고. 전설의 반열에 올라도 부족하지 않은 실력의 소유자가 되었다고.

이처럼 알케미스트는 놀라울 정도로 강한 존재다.

또 한 가지 놀라운 사실은 그가 언데드면서도 성교의 축복을 받았다는 점이다.

본래 성교와 언데드는 하늘과 땅만큼이나 거리가 있다. 성교의 축복은 언데드에겐 죽음의 저주다. 그럼에도 알케미스트는 성교의 축복을 받았고, 죽음의 굴레에서 벗어나 성신의 휘하에 들었다.

역사는 그를 이렇게 기록했다.

언데드면서도 동시에 성신의 성기사가 된 유일무이한 데스나이트.

알케미스트는 이처럼 대단한 인물이다.

하지만 너구리 가면은 그를 조금 다른 의미로 기억하고 있다.

바로 그의 스승이자 소울러들의 대모인 매지의 하나 뿐인 친오빠로. 아는 사람이 드물긴 하지만, 알케미스트와 매지는 친남매였다.

너구리 가면은 문득 지금까지 신경을 쓰지 못했던 손님에게 주의를 집중했다.

처음 들어설 때부터 손님을 이상하다 생각했다.

실내임에도 검은 투구로 얼굴을 가리고 있었기 때문이다.

'검은 투구를 쓴 흑기사? ……!'

너구리 가면이 자리에서 벌떡 일어섰다. 그는 대뜸 손님에게 고개를 숙였다.

"처음 뵙겠습니다. 알케미스트님."

"허허허."

흑기사가 너털웃음을 흘렸다.

그가 매지를 보며 말을 건넸다.

"너의 제자는 눈치가 빠르구나."

"이제야 눈치를 챘으니 둔한 거지요."

"하하하하."

흑기사 호탕하게 웃었다.

그가 바로 성교에서 특별히 초빙한 오스칼 백작가의 사람.

알케미스트였다.

너구리 가면은 감동했다.

흑기사는 그야말로 살아 있는 역사다.

아이언의 혼란기부터 대륙 최강이라 일컬어지는 현재에 이르기까지, 그 모든 역사를 함께 한 위대한 영웅이 바로 알케미스트였다.

너구리 가면은 생각했다.

제아무리 마왕이 강하다 해도 결코 알케미스트에 비할 바는 아닐 거라고.

본래 언데드는 절대로 마왕을 넘어설 수 없다.

하지만 알케미스트는 평범한 언데드가 아니다.

성신의 축복을 받은 특별한 데스나이트.

그의 검은 마왕과 마족에겐 치명적인 독과 같다.

게다가 마왕은 중간계에서 제대로 된 힘을 발휘하지 못한다. 그러한 모든 상황을 평가할 때, 마왕은 결코 알케미스트의 상대가 되지 못할 것이다.

"그럼, 갈 곳도 정해졌으니 슬슬 일어나 볼까?"

알케미스트가 자리를 털고 일어났다.

"벌써 가시려고요?"

매지가 놀란 목소리로 물었다.

오랜만에 만난 오빠다.

이대로 헤어지면 또 언제 보게 될까.

그녀의 마음을 눈치 챈 알케미스트가 부드러운 목소리로 말했다.

"넌 같이 안 갈 생각이냐?"

그제야 매지의 표정이 밝아졌다.

"당연히 가야지요."

메딘 산까지 길은 멀다. 가는 동안 오빠와 많은 이야기를 나눌 수 있을 것이다.

"다시는 중간계에 욕심을 내지 못하도록 마왕 놈의 볼기짝을 흠씬 두드려 줘야겠군."

알케미스트가 자신만만하게 웃었다.

그의 말이 농담으로 들리지 않는다. 그만큼 그가 강하기 때문이다.

바로 그때였다.

전혀 생각지도 못한 방문자가 찾아온 것은.

콰앙!

별안간 문이 부서졌다.

파편과 먼지가 풀풀 날리는 사이로 하얀 가면을 쓴 여자가 조용히 걸어 들어왔다.

그녀를 본 사람들은 경악을 금치 못했다.

"넬!"

접객실의 문을 부수고 등장한 소녀.

그녀는 헬리오스 마탑에서 사라진 넬이었다.

*   *   *

넬의 등장으로 인해 화기애애하던 실내의 분위기가 급박하게 돌아갔다.

알케미스트와 너구리 가면은 즉각 싸움을 준비했다.

그에 반해 매지는 놀란 표정으로 넬을 보고 있었다.

흔들리는 눈동자.

말 못할 애환이 서린 눈빛이다.

"이 소녀가 마왕이라고?"

넬을 본 알케미스트가 물었다.

도저히 믿기지 않아서다.

이렇게 귀엽고 가녀린 여자가 사상 최악의 소울러라니.

매지가 한숨과 함께 고개를 끄덕였다.

"맞아요. 이 아이에요."

매지의 확인.

알케미스트는 더는 의심하지 않았다.

"그렇군."

고개를 끄덕임과 동시에 검을 뽑았다.

스릉.

"크크크크."

넬의 그림자가 출렁하더니 검은 풍선 같은 것이 떠올랐다.

마왕 다크니스였다.

다크니스가 충혈된 눈동자를 이리저리 돌리더니, 정확하게 매지에게 초점을 고정했다.

"오랜만이군."

씨익. 다크니스가 웃는다.

가닥가닥 끊어진 기억.

그럼에도 매지만은 분명히 기억하고 있었다.

다크니스를 수정 기둥에 봉인한 장본인이기 때문이다.

매지는 차가운 눈초리로 다크니스를 노려보았다.

"그렇군요. 무척 오랜만입니다. 그런데…… 여긴 어떻게."
다크니스가 너구리 가면을 슬쩍 눈짓했다.
"저 녀석을 따라왔지."
"원래부터 이곳을 알고 있지 않았나요? 굳이 너구리 녀석을 따라올 필요는 없었을 텐데."
"그게…… 넬의 기억에 조금 문제가 생겨서 말이야."
"아!"
매지는 안타까운 표정으로 넬을 보았다.
넬은 오늘도 가면을 쓰고 있었다.
방긋 웃고 있는 하얀 가면.
하지만 가면 아래에 감춰진 그녀의 얼굴은 무표정할 것이다.
"넬."
매지가 부드러운 목소리로 넬을 보았다.
"내가 기억나지 않니?"
"……."
넬은 말없이 매지를 지켜보다 고개를 가로저었다.
기억나지 않아요.
매지는 한숨을 쉬었다.
가슴이 욱신거리며 아파 왔다. 심장에 커다란 송곳이 쑤셔 박힌 듯한 고통이다.
마음이 복잡해졌다.

세상 그 누구보다도 넬의 행복을 바라고 있지만, 아무것도 해 줄 수 없는 자신이 무력하게 느껴졌다.

잠시 심호흡을 하며 마음을 가라앉힌 매지가 마왕에게 물었다.

"당신이 직접 이곳을 찾아온 걸 보니 무언가 할 말이 있는 모양이군요."

다크니스가 히죽 웃으며 말했다.

"물론 너희들을 모두 잡아먹으러 왔다."

"……!"

마왕의 선전포고. 분위기가 험악해졌다.

그때, 멍하니 서 있던 넬이 마왕의 뒤통수를 퍽 하고 때렸다.

"아야야. 왜 그래, 계집!"

마왕이 뒤를 돌아보자 넬이 원망의 눈길을 보냈다.

왜 쓸데없는 소릴 해?

"쳇. 알았다. 알았어."

마왕이 툴툴거리며 매지에게 다시 말했다.

"마음 같아서는 너희 모두를 모조리 먹어 치우고 이 세계도 타락시키고 싶지만……. 그건 어디까지나 내 뜻이고, 넬의 생각은 다르다."

"……뭐가 다르다는 거죠?"

"넬은 분란을 원치 않는다."

"분란?"
"그렇다. 그녀가 자신을 이대로 내버려 달라는군."
매지가 넬을 보며 애틋한 음성으로 말했다.
"아쉽지만 그건…… 불가능한 일이란다."
할 수 있으면 그녀의 행복한 삶을 바라고 싶다. 진심으로. 하지만 마왕을 방치할 수는 없다. 그녀 한 명을 위해 세상을 버릴 수는 없다.
"크흐흐흐."
마왕 다크니스가 진득하게 웃었다.
몸의 대부분을 차지하는 눈동자가 붉게 충혈되었다.
그가 넬을 돌아보며 보란 듯이 떠들었다.
"거봐. 내가 뭐라고 했어? 아무리 잘 설명해도 듣지 않을 거라고 했지? 이 버러지 같은 것들은 쓴맛을 보기 전에는 결코 말을 들으려고 하지 않아. 네 처지 따위는 처음부터 안중에도 없었다고!"
그는 분노하고 있었다.
마왕님께서 친히 방문했음에도 대화를 거부하는 인간들의 방약무인한 태도에. 그리고 넬의 호소가 무시당했다는 것에.
"내게서 자비를 구하지 말라!"
마왕이 스산한 목소리로 말했다.
순간 마왕의 존재감이 날카롭게 변했다.
날카로운 칼날과 같은 예기가 사방으로 뻗어나갔다.

너구리 가면과 같은 강자조차도 예리한 면도날에 전신을 난자당한 것처럼 찌릿찌릿한 통증을 느꼈다.

그러나 유독 한 사람만은 오히려 코웃음을 쳤다.

"마왕의 존재감이 고작 이 정도라고? 가소롭군."

알케미스트.

그가 지금껏 감추어 두었던 존재감을 풀었다.

고오오오오!

그의 전신에서 검은 기운이 안개처럼 피어올랐다.

순간, 사위를 압박하던 압력이 옅어졌다.

알케미스트의 존재감에 마왕의 기세가 희석된 것이다.

"하등한 데스나이트 주제에."

마왕이 알케미스트를 노려보며 이죽거렸다.

알케미스트는 가볍게 웃었다.

"천하의 마왕님께서 보시기에 데스나이트 쯤은 하등한 존재겠지."

그때, 요란한 발소리와 함께 부서진 문 너머에서 사람들이 우르르 몰려왔다.

눈부신 은빛 갑옷을 입은 기사들.

하이파 성교에서 파견된 성기사들이었다.

그 수는 무려 50명에 이르렀다.

'뛰어난 실력자들.'

성기사들을 본 너구리 가면은 감탄을 금치 못했다.

기사들의 전신에서 뿜어져 나오는 장엄한 서기.

범상치 않은 실력자들이다.

매지의 말과 달리 하이파 성교에선 마왕을 잡기 위해 심혈을 기울였다.

그들뿐만이 아니다.

어느덧 주위가 몰려든 사람의 기척으로 가득하다.

소란을 듣고 소울러들도 달려온 것이다.

마법사보다 훨씬 공격 능력이 뛰어나다는 평가를 듣는 소울러. 이곳이 소울러들의 성지인 만큼 몰려든 사람들의 실력 또한 대단했다.

"버러지들."

다크니스가 음침한 목소리로 중얼거렸다.

강적들이 주위를 포위하고 있음에도 다크니스는 두려워하지 않았다. 오히려 입맛을 다시며 즐거워했다.

"맛있는 먹이들이 잔뜩 몰려왔구나."

그 순간, 알케미스트가 명령을 내렸다.

"쳐라!"

차차창!

성기사들이 일제히 무기를 뽑아들고 몸을 날렸다.

소울러들도 각자의 특기를 발휘하여 마왕을 압박했다.

"으하하하. 오늘 너희를 모조리 먹어 치우고 과거의 힘을 되찾겠노라!"

마왕이 껄껄 웃으며 몸을 부풀렸다.
콰콰쾅!
폭발음과 함께 무시무시한 대결이 시작되었다.

*　　*　　*

가장 먼저 마왕에게 달려든 사람들은 성기사들이었다.
신의 축복을 받은 그들의 검이 새하얀 서기를 뿜어냈다.
그런 자들이 무려 50명.
성기사들은 밤하늘을 가르는 유성과 같은 기세로 마왕에게 짖쳐들었다.
다크니스는 피하지 않았다.
흉악한 미소를 피우며 몸을 부풀리더니, 공처럼 둥근 몸에서 튀어나온 팔로 성기사들을 찍어 눌렀다.
쾅!
"크억!"
콰쾅!
"크아악!"
마왕의 팔이 내리꽂힐 때마다 성기사 두서너 명이 신음과 함께 쓰러졌다. 순식간에 십여 명의 성기사가 쓰러졌다.
공격을 피한 40여 명의 성기사들이 빛을 뿜어내는 검으로 마왕의 몸뚱이에 상처를 입혔다.

젤리 같은 몸체가 쩍쩍 갈라지며 악취를 풍기는 오물이 쏟아졌다. 그 사이 마왕의 몸에서 솟구쳐 나온 촉수가 열 명의 성기사들을 벽에 집어던졌다.

쾅! 콰콰쾅!

벽에 부딪힌 기사들은 벌레처럼 몸을 부르르 떨다가 끝내는 의식을 잃고 말았다.

이렇게 20명의 성기사가 당했다.

"죽어라! 사악한 종자!"

"신의 심판이 내릴지니!"

소나기처럼 쏟아지는 빛의 향연.

그 찬란한 빛에 마왕의 검은 촉수가 봄 햇살에 눈 녹듯 녹아내렸다.

콰드득! 쾅!

서걱! 촤아아악!

성기사들의 축복은 마왕의 천적이라 할 만했다.

그러나 그것도 잠시 뿐.

마왕이 돌연 껄껄 웃어 댔다.

"크하하. 신의 축복이라는 게 고작 이 정도였느냐!"

스르르르르.

성기사들에게 당한 상처가 순식간에 수복되었다.

부부부부!

마왕의 둥근 몸에서 수십 개의 팔이 돋아나 성기사들을 밀치고, 집어 던지고, 후려갈겼다.

용맹하게 달려든 50명의 성기사들이 모조리 쓰러졌다.

마왕이 성기사들을 모두 쓰러트리자 소울러들이 공격을 개시했다.

촤아아아아악!

검, 도, 창, 도끼, 철퇴, 화살, 암기들, 그 외 듣도 보도 못한 기괴한 병기들이 우박처럼 쏟아졌다.

소울러들이 부리는 무기들은 한 떼의 새들처럼 마왕을 유린했다. 성기사들처럼 선이 굵은 공격은 아니었지만, 예리하고 세밀하여 마왕의 전신에 수많은 상처를 남겼다.

"크와아!"

마왕이 포효했다.

포효와 함께 검은 파장이 일어났다. 파문처럼 퍼져 나간 파장은 소울러들의 영혼을 뒤흔들었다.

"크윽!"

"악!"

"으아아악! 그만해! 그만해!"

소울러들이 머리를 부여잡고 비명을 질렀다.

누군가 그들의 머리에 직접 잔인한 영상을 흘려 넣었다.

마왕의 소행이었다.

소울러들이 마왕의 포효에 휘청거리자 곧바로 그들이 조종하는 슬레이브들에게도 영향이 미쳤다.

병기들의 신묘한 움직임이 한순간 둔해졌다.

그 짧은 틈을 노린 마왕이 촉수를 뻗어 소울러들의 무기들을 먹어 치웠다.

"아!"

"저런!"

"안 돼!"

슬레이브를 빼앗긴 소울러들은 경악했다.

설마 마왕이 병기를 집어삼킬 줄이야.

어쩌다 상대에게 병기가 상하는 일은 있어도 지금처럼 먹혀 본 적은 처음이다.

마왕의 배 속으로 들어간 병기들은 마나와 영혼을 빼앗겼다.

그 반동이 소울러들에게 고스란히 돌아왔다.

"컥. 커억!"

"흐윽!"

답답한 신음과 함께 소울러들이 목을 부여잡고 쓰러졌다.

물에 빠진 사람들처럼 팔다리를 허우적거리며 괴로워했다. 그들의 얼굴이 파랗게 질렸다.

마왕의 배 속에서 겪고 있는 슬레이브들의 충격.

그 충격이 소울러들에게 고스란히 전해진 것이다.

"이놈!"

검은 그림자 하나가 노호성을 지르며 마왕에게 달려들었다.

흑기사 알케미스트였다.

침착하게 힘을 비축하고 있던 그가 위급한 상황에 이르자 곧바로 행동에 나섰다.

쩌엉!

그가 검을 뽑아 휘둘렀다. 검 끝에서 일어난 검은 섬광이 십여 미르나 뻗어나갔다.

"크크크. 이번엔 네가 먹히고 싶은 게냐?"

마왕이 잔인하게 웃으며 촉수를 쏘았다.

촤아아악!

"어림없다!"

알케미스트가 호통을 치며 맹렬히 검을 휘둘렀다.

마왕의 촉수가 썩은 동아줄처럼 끊어졌다.

촉수가 통하지 않자 마왕은 팔을 동원했다.

둥근 공과 같은 몸 이곳저곳에 돋아난 팔들이 고무줄처럼 늘어나며 알케미스트를 몰아쳤다.

마왕의 팔은 촉수와는 비교할 수도 없을 만큼 두껍고 질기다. 속성상 마왕과 천적이라고 할 수 있는 성기사들도 마왕의 두꺼운 팔들만은 어찌하지 못했다.

그러나 알케미스트는 달랐다.

그가 검을 신묘하게 휘두르니, 단단한 마왕의 팔들이 무른 두부처럼 두 동강 나 버렸다.

촉수에 이어 팔까지 제거한 알케미스트는 거칠 것이 없었다.

단숨에 마왕의 면전까지 돌진하여 번쩍하고 검을 휘둘렀다.
쩌억!
마왕의 둥근 몸통이 잘 익은 수박처럼 반으로 쪼개졌다.
와르르.
마왕이 삼켰던 소울러들의 무기들이 바닥으로 쏟아졌다.
괴로워하던 소울러들의 숨통이 간신히 트였다.
"마왕? 흥, 내가 아는 마왕과는 격이 다르군."
절반으로 갈라진 마왕을 내려다보며 알케미스트가 냉소했다. 마왕이란 소리에 잔뜩 기대를 했는데, 고작 이 정도 수준이란 말인가?
그가 알고 있는 또 다른 차원의 마왕인 '프로레스크'와는 비교할 수 없을 만큼 약하다.
그의 비웃음이 마왕의 자존심에 깊은 상처를 입혔다.
"이놈!"
큰소리로 울부짖은 마왕이 힘을 끌어 모았다.
반으로 쪼개진 몸이 순식간에 복원되었다.
애초에 마왕은 물질과 반물질의 중간단계.
물리적 타격엔 큰 영향을 받지 않았다.
"봉인을 풀어!"
마왕이 넬에게 소리쳤다.
지금의 그는 너무도 약하다.
육체가 파괴된 것도 이유지만, 그보다는 넬이 그의 힘을 억

누르고 있기 때문이기도 하다.

 마왕은 넬의 슬레이브다.

 영혼 차원으로 몸과 마음이 속박되어 있다.

 넬은 봉인을 풀어 주지 않았다.

 기억이 완전치 않은 그녀였지만, 한 가지만은 분명하게 인지하고 있었다.

 '다크니스의 봉인을 풀면 위험해.'

 엄청난 재앙이 세상을 뒤엎을 것이다.

 "봉인을 풀어라!"

 마왕이 다시 소리쳤다.

 넬은 고개를 가로저었다.

 "이놈이 무슨 짓을!"

 알케미스트가 번개같이 검을 휘둘렀다.

 쩌거거걱!

 마왕의 몸이 순식간에 수십 조각으로 쪼개졌다.

 그러나 마왕은 죽지 않았다.

 쪼개진 작은 덩어리 하나하나에 입이 생기더니 수많은 군중의 외침처럼 한 목소리로 소리쳤다.

 "봉인을 풀어라! 이대로 죽을 셈이냐?"

 넬은 여전히 고개만을 흔들 뿐이었다.

 설사 목숨을 잃게 되더라도 봉인은 절대 풀 수 없다.

 마왕이 소리쳤다.

"헬리오스 마탑이 걱정도 안 되는 거냐!"

움찔.

넬의 어깨가 흔들렸다.

반응이 왔다. 마왕이 빠르게 외쳤다.

"이놈들은 헬리오스 마탑을 그냥두지 않을 것이다. 우리가 죽으면 다음엔 헬리오스 마탑을 노릴 것이다. 왜냐고? 놈들은 헬리오스 마탑이 마계에 점령당했다고 생각하기 때문이지."

마왕이 큰 소리로 말을 이었다.

"우리가 죽으면 메딘 산으로 군대가 몰려갈 것이다. 모두가 죽게 된다. 오드만과 리자크가 죽고, 마을 사람들도 죽음을 면치 못할 것이다. 그리고 헬리오스 마탑주, 결국엔 그도 죽게 되겠지."

마왕의 마지막 말에 넬이 고개를 들었다.

모두가 죽는다고?

"네가 마왕의 숙주로구나!"

뒤늦게 상황을 파악한 알케미스트가 넬에게 달려들었다.

마왕이 사력을 다해 그 앞을 막으며 소리쳤다.

"정말 안 할 생각이냐? 모두가 죽는단 말이다!"

갈등하던 넬은 끝내 고개를 가로저었다.

"내가…… 막겠어."

"뭐?"

다크니스의 눈동자에 놀란 빛이 떠올랐다.

지금 막겠다고 말한 건가?

설마 헬리오스 마탑의 재앙을 막겠다고? 무슨 힘으로? 천하의 마왕도 못할 일을 이 작은 계집이 하겠단 말인가?

"그만 죽어라!"

마왕을 수백 조각의 파편으로 분쇄한 알케미스트가 넬을 향해 검을 휘둘렀다.

"안 돼!"

마왕은 기겁했다.

급히 촉수를 뻗어 넬을 보호하려 했지만 알케미스트를 막아내기엔 역부족이었다.

촤악!

검은 섬광이 넬을 갈랐다.

이것으로 모든 것이 끝났다.

넬은 죽고, 그녀에게 기생하던 마왕도 사라진다.

"!"

갑자기 알케미스트의 표정이 급변했다.

'손에 걸리는 감촉이 없다.'

텅 빈 공간을 베어 버린 듯한 공허함.

분명 넬을 베어냈음에도 정작 아무런 느낌도 없다니.

이런 감촉은 오직 한 가지 경우뿐이다.

상대의 몸이 아니라 잔상을 벤 경우.

실제로 넬은 죽지 않았다.

위기의 순간, 그녀는 순간이동을 하듯 그 자리에서 사라졌기 때문이다.

'마법? 아니, 누군가 개입했다.'

고개를 돌려 넬을 찾은 알케미스트의 표정이 딱딱하게 굳었다.

넬은 홀의 중앙에 있었다.

한 사람이 그녀의 허리를 안은 채 나란히 서 있었다.

알케미스트를 비롯한 그 누구도 그의 출현을 눈치채지 못했다.

"괜찮니?"

알케미스트의 시선에는 전혀 아랑곳하지 않은 채 그가 넬에게 물었다.

"……!"

그를 본 넬의 눈동자에 잔잔한 파문이 일었다.

그녀가 떨리는 목소리로 그의 이름을 불렀다.

"람스."

"그래. 나다."

람스가 빙그레 웃었다.

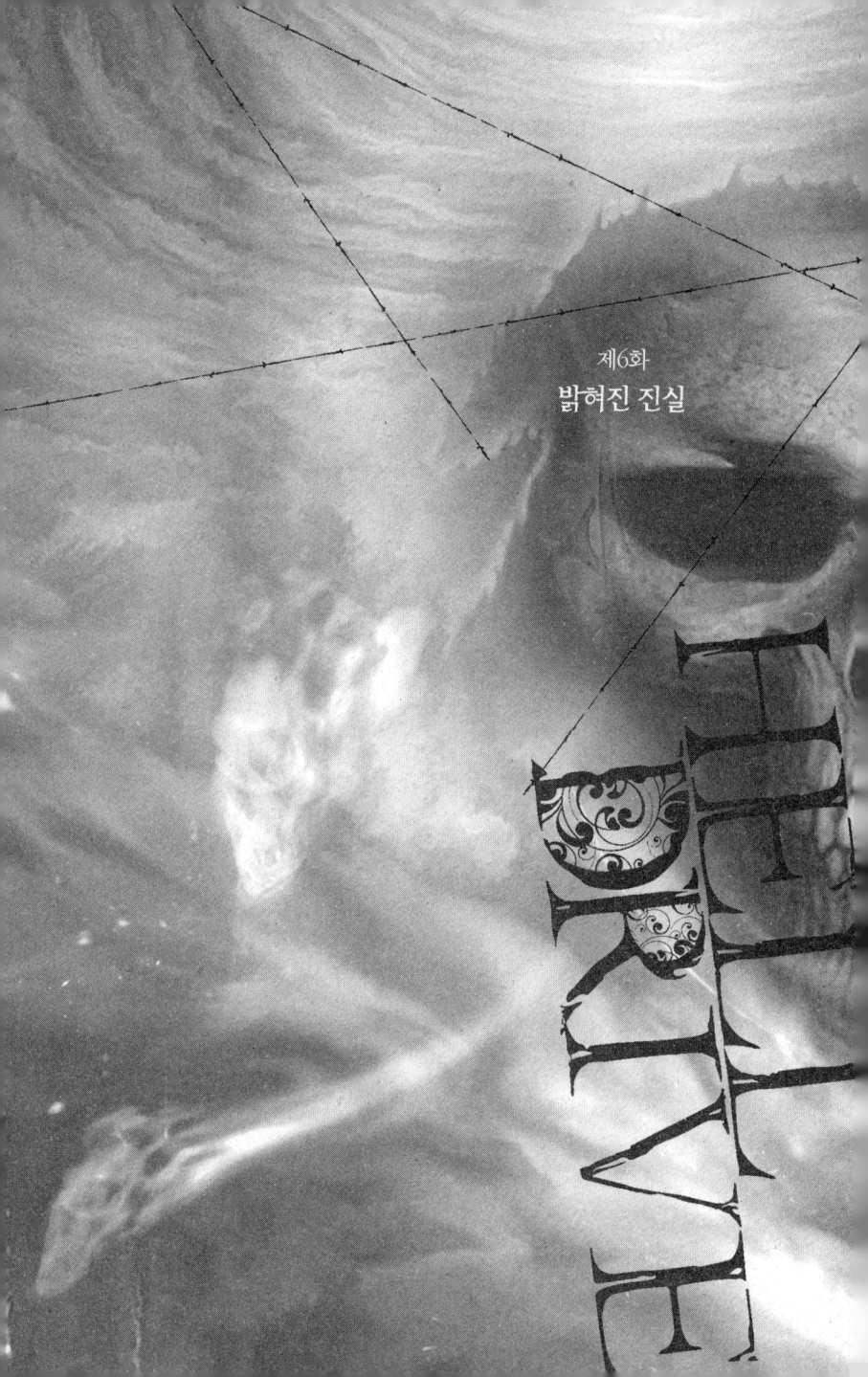

헬리오스 마탑의 탑주, 람스.

그의 출현으로 인해 장내의 분위기는 급격히 냉각되었다.

장내엔 적지 않은 사람들이 모여 있었지만, 그 누구도 그의 출현을 눈치채지 못했다. 그야말로 땅에서 솟아난 것처럼 갑자기 나타난 것이다.

더욱 놀라운 사실은 그가 알케미스트의 공격에서 넬을 구해 냈다는 점이다.

"저 자가……."

"헬리오스 마탑의 탑주."

"람스!"

다들 경악과 의문의 눈빛으로 람스를 봤다.

그러나 정작 람스는 그들에게 눈길조차 주지 않았다.

넬을 내려다보며 자상한 목소리로 이렇게 물었다.

"다친 곳은?"

넬이 고개를 가로저었다.

"다행이구나."

람스의 입가에 부드러운 미소가 걸렸다. 그러다 손을 들어 그녀의 이마를 가볍게 퉁기며, 엄한 목소리로 말했다.

"앞으로는 내 허락 없이 무단으로 움직이지 마라."

만약 그가 시간에 맞춰 나타나지 않았다면 어떻게 되었을까. 넬은 큰 부상을 면치 못했을 것이다.

넬의 가만 고개를 끄덕였다.

그녀의 얼굴에 옅은 홍조가 어렸다.

부끄러운 걸까? 아니면 미안해서일까.

어느 쪽이던 좋은 신호임이 분명하다.

붕괴되었던 그녀의 기억과 정신이 어느 정도 회복되었음을 알리는 징조이기 때문이다.

"이곳에 잠시 있거라."

람스가 말했다.

넬이 고개를 끄덕였다.

이후 그녀는 두 발이 바닥에 못 박힌 듯 정말로 꼼짝도 하지 않았다.

"다크니스. 그녀를 보호해."
"내게 명령하지 말란 말이야."
마왕이 구시렁거리며 넬을 품에 안았다.
사람들이 놀란 얼굴로 람스와 마왕을 보았다.
'방금 마왕이…….'
'헬리오스 마탑주의 말을 들은 것 같은데?'
믿을 수 없는 일이다.
천하의 마왕이 누군가의 명령을 따르다니.
절대 있을 수 없는 일.
그런데 그 있을 수 없는 사건이 방금 그들의 눈앞에서 일어났다.
"대체 어떻게 된 일이지?"
사람들은 혼란에 빠졌다.
그때, 람스가 앞으로 나섰다.
좌중을 한 차례 훑어 본 그가 정확하게 매지에게 시선을 고정했다.
듣기로 미카엘 가문의 가주가 여자라 했다.
이곳의 여성 중에 가장 강한 사람이 바로 그녀다.
"당신이 미카엘 가문의 가주요?"
매지가 고개를 끄덕이며 대답했다.
"그렇네. 내가 바로 미카엘 가문을 이끌고 있는 매지션이라는 사람일세."

매지션. 그녀의 본명이다.

'매지님께서 본명을?'

'말투도 평소와 다르잖아?'

그녀를 잘 알고 있는 사람들은 조심스런 그녀의 행동에 놀람을 감추지 못했다.

평소 매지는 위아래 없이 무례하고 거친 말투로 일관했다. 그래서 그녀를 불쾌하게 생각하는 대신이나 국왕도 적지 않았다. 그럼에도 불구하고 그녀는 자신의 버릇을 고치지 않았다. 그런데 어찌된 이유에서인지 람스에게는 조심스럽게 행동했다.

이유는 모른다. 그녀 스스로도 의아하게 생각했다. 하지만 왠지 그래야 할 것 같은 기분이 들었다.

그것은 람스가 지닌 위엄 때문이었다.

그는 마계를 통치하는 절대자 중 하나.

매지가 람스에게 느낀 어려움은 바로 이 때문이었다. 또한 람스의 내면에 도사린 위엄을 느낄 수 있을 만큼 그녀 역시 뛰어난 실력의 소유자라는 의미이기도 했다.

그녀가 찬찬히 람스를 뜯어 보며 말했다.

"그쪽이 소문 자자한 헬리오스 마탑의 탑주이신가?"

"그렇소."

"흐음. 하늘이 헬리오스 마탑에 너무도 뛰어난 인재를 내렸구나."

매지는 과거 우연한 기회로 람스의 스승인 헬리오스를 만난 적이 있었다.

헬리오스는 엉뚱한 사람이었다.

마법사들이 그를 미치광이라 부르는 것도 일리가 있었다. 그만큼 헬리오스는 괴벽의 소유자였다. 그는 독특한 성품만큼 뛰어난 발상의 소유자였는데, 유감스럽게도 정작 그의 재능은 발상만큼 뛰어나지 못했다.

그러나 그의 제자는 달랐다.

수많은 강자들에게 포위당한 상태에서도 감히 범접할 수 없는 고고한 기운이 그의 전신을 감싸고 있지 않은가.

평범한 재능의 스승 아래에서 수학한 사람이라고는 믿기지 않을 정도로 비범한 인물임이 틀림없다.

"당신은 마왕에 대해 알고 있다고 들었소만."

람스가 고개를 끄덕였다.

"알고 있소."

"듣자하니 적탑의 지하에서 넬과 마왕이 발견되었을 때 탑주도 그 자리에 있었다 하던데. 혹, 탑주는 마왕에 대해 미리 알고 있었던 것은 아닌가?"

의도적으로 마왕을 부활시킨 것인지 묻는 것이다.

"당시엔 모르고 있었소."

"그럼 나중에 알게 된 게로군."

"그런 셈이오."

"마왕에 대해 알게 되었으면서도 어찌하여 지금까지 방치했단 말이오! 마왕이 풀려나면 무슨 일이 벌어질 지 탑주는 예상하지 못했단 말이오?"

"조치라면 이미 취했소."

람스의 담담한 대답에 주위가 시끄러워졌다.

"조치를 취했다고?"

"천하의 마왕을 무슨 수로!"

"저렇게 버젓이 마왕이 활보하고 있는데, 무슨 조치를 취했단 말인가!"

람스의 태연함에 다들 분기를 참지 못하는 눈치였다.

매지가 손을 들어 좌중을 가라앉혔다.

그녀가 다시 물었다.

"탑주. 내가 잘못 들은 게 아니라면 방금 마왕에 대해 조치를 취했다고 말한 것 같은데…… 맞소?"

"분명 그렇게 말했소."

매지가 다크니스를 눈여겨보다 입을 열었다.

"하지만 내가 보기엔 전혀 달라진 게 없는 것 같은데……."

무슨 조치를 취했는지 묻고 있는 것이다.

람스는 진실을 밝히는데 스스럼이 없었다.

"마왕을 길들였소."

그의 말이 끝나기 무섭게 사방에서 비웃음소리가 들려왔다.

"마왕을 길들여?"

"터무니없는 소릴 하는 군."

"이제 보니 미친놈이었군."

"하하하. 그대가 마왕을 길들였으면 난 강아지 대신 드래곤을 키우고 있을 게요."

사람들은 람스의 말을 믿으려 하지 않았다.

다들 람스가 허풍쟁이라고 생각했다.

유독 매지만은 다른 사람들과 생각이 달랐다.

'아니야. 이 사람은 거짓말을 하고 있는 게 아니야.'

그녀는 소울러다. 그것도 정점에 이른 소울러.

당연히 사람의 영혼을 보는 데 탁월한 능력이 있었다.

사람의 영혼은 의외로 섬세하다.

기분과 건강 상태에 따라 여러 가지 색을 띤다.

살의를 느끼면 적갈색으로, 죽어 가고 있으면 검게, 병에 걸리면 회색으로, 독에 중독되면 녹색, 거짓말을 하면 뿌옇게 쪼그라들고, 기분이 좋으면 흰색 또는 분홍색, 무언가에 집중하면 황금색으로 빛난다.

영혼을 통해 본 람스의 색은 찬란한 황금색이다.

강렬한 붉은 기운으로 휘감긴 황금빛 영혼.

독특한 형태의 영혼이지만, 적어도 거짓말을 하지 않았다는 점은 분명하다.

매지는 고민했다.

그가 거짓말을 한 것이 아니라면 정말로 마왕을 길들였단 말인가?

문득, 방금 전의 일이 떠올랐다.

람스가 마왕에게 넬을 보호하라고 명하자, 마왕이 툴툴 거리면서도 넬을 보호하던 바로 그 장면.

"정말인가? 정말로 그대가 마왕을 길들였단 말인가?"

매지가 떨리는 음성으로 물었다.

만약 정말로 람스가 마왕을 길들였다면 굳이 넬을 죽일 필요가 없어진다. 적어도 람스가 온전히 살아 있는 동안에는 마왕을 걱정할 필요가 없을 것이다.

람스는 짧고 분명하게 대답했다.

"사실이오."

이번 역시 찬란한 황금색이다.

'정말이구나.'

매지의 표정이 밝아졌다.

그는 정말로 마왕을 길들였다. 어쩌면 그만의 착각인지도 모르지만, 그 스스로는 그렇게 믿고 있음이 확실하다.

"그대의 말은 믿기 힘들지만…… 그대가 거짓말을 한다고 생각하지는 않소. 자세한 이야기를 듣고 싶은데, 따로 자리를 가지는 게 어떻겠소?"

그녀가 대화를 청했다.

"바라던 바요."

람스도 흔쾌히 응했다.

하지만 주변의 다른 사람들은 그렇지 않았다.

"대화라고?"

"설마 매지님은 저 작자의 말을 믿는 건가?"

"말도 안 돼!"

"아니야. 매지님께 무슨 생각이 있으신 걸 거야."

그녀의 결정에 의견이 분분했다. 하지만 대체적인 분위기는 마왕을 상대로 무슨 협상이냐는 쪽이었다.

"넌 대화를 원할지 몰라도 난 그러고 싶지 않구나."

묵직한 목소리가 들려왔다.

알케미스트였다.

"오라버니!"

"매지. 이번은 너의 판단이 틀린 것 같구나. 상대는 마왕이다. 교섭이 통할 상대가 아니다."

"하지만……"

"설사 그가 정말로 마왕을 정복했다 하더라도 이대로 끝낼 수는 없다. 지금 당장은 그에게 억눌려 있을지 모르지만, 앞으로도 계속 그럴 거라고 생각할 수는 없다. 언젠가 반드시 마왕은 깨어난다. 매지, 넌 그런 일이 생기지 않을 거라고 확신할 수 있느냐?"

"……"

매지는 대답할 수 없었다.

마왕의 본성을 봤기 때문이다.

그 광폭하고 잔인함이란……. 결코 인간의 의지로 감당할 수 있는 힘이 아니었다.

"내가 물러설 수 없는 이유는 한 가지 더 있다."

그가 쓰러진 성기사들을 가리켰다.

"동료들의 복수를 해야 한다."

성기사들은 가장 먼저 마왕에게 달려들었고, 가장 먼저 쓰러졌다. 그들을 이끌고 온 알케미스트로서는 복수를 생각하지 않을 수 없다.

"그들은 죽지 않았소."

람스가 말했다.

"뭣이?"

"심장 소리가 뚜렷이 들리고 있소. 확인해 보시오."

소울러들이 쓰러진 성기사들에게 달려갔다. 상태를 확인한 소울러가 밝은 목소리로 외쳤다.

"심장이 뛰고 있습니다!"

과연 람스의 말대로 성기사들은 죽지 않았다.

"이럴 수가."

분명 성기사들은 마왕의 공격을 받고 쓰러졌다. 알케미스트는 당연히 그들이 죽었을 것이라 생각했다.

마왕은 그런 존재다.

잔혹하고 무자비한 공포.

그런데 마왕에게 당한 성기사들이 아직 죽지 않고 살아 있다니. 기적과도 같은 일이다.

"과연 그대의 말처럼, 지금의 마왕은 과거와는 다른 존재인 모양이군."

"분명히 그렇소."

"하지만 설사 그렇다 해도 난 물러설 수 없다. 마왕이 중간계에 해가 되는 존재인 것만큼은 분명한 사실. 이 자리에서 확실히 없애 후환을 제거하겠다."

알케미스트가 검을 비스듬히 기울이며 람스에게 다가왔다.

검은 투구 안쪽에서 활활 불타고 있는 붉은 눈동자가 이렇게 말하고 있었다.

'물러서라.'

람스는 물러서지 않았다.

오연히 선 채, 알케미스트의 살기를 담담하게 받아냈다.

"굳이 당신이 마왕을 쓰러트려야 한다면 먼저 날 쓰러트려야 할 것이오."

"왜인가? 어째서 마왕을 감싸고도는 거지?"

"글쎄……. 굳이 이유를 묻는다면……. 가족을 보호하는 것은 가장의 마땅한 책임이기 때문이라고 대답할 수 있겠군."

"마왕을 가족이라 부르다니. 마왕의 하수인으로 전락한 것인가. 비켜라! 비키지 않는다면 죽게 될 것이다. 헬리오스 마탑주."

알케미스트의 말은 진심이었다.

마왕을 비호하면 이유를 막론하고 죽여 버릴 생각이다.

"저희들이 함께 하겠습니다."

소울러 몇이 알케미스트와 뜻을 함께 했다.

그들의 광기 어린 모습을 보며 람스는 생각했다.

'싸움을 피할 수 없겠군.'

어떻게든 말로 해결하고 싶었다.

그것이 인간의 도리라고 생각했다.

하지만 지금처럼 상대가 죽자고 덤벼드는데 미련하게 대화를 이어나갈 생각은 없다. 대화는 상대를 물리치고 난 후에도 할 수 있다.

'무력에는 더 큰 무력으로.'

마계에서 배운 격언이다.

람스가 뒷짐을 진 팔을 천천히 풀었다.

*　　*　　*

"저희가 길을 트겠습니다."

힘차게 외친 소울러들이 람스에게 몸을 날렸다.

알케미스트가 마왕을 해치우는 데 방해가 된다고 판단했기 때문이다.

"쳐라!"

그들이 능력을 발휘하자 슬레이브들이 람스를 향해 쏘아졌다.

장검과 창이 먹이를 노리는 매처럼 날아들고, 밧줄이 뱀처럼 바닥으로 꾸물꾸물 기어왔다.

람스는 크게 놀라지 않았다.

이미 너구리 가면을 통해 소울러의 기묘한 재주를 경험했다.

"일어라."

람스가 오른손을 가볍게 뿌리자 붉은 불길이 또아리를 틀듯 그의 몸을 휘감았다.

화아악!

그의 발 아래를 감아오던 밧줄에 불이 붙었다.

"앗! 르네상스!"

밧줄의 주인이 비명을 질렀다.

'우선 하나.'

간단하게 밧줄을 처리한 람스가 허공을 향해 가볍게 주먹을 뿌렸다.

펑!

정수리로 날아들던 한 자루의 창이 그의 주먹에 휘말려 허공으로 튀어 올랐다.

람스가 다시 주먹을 뿌렸다.

퍼펑!

등 뒤를 노리던 장검이 스탬프에 찍히듯 바닥으로 떨어지고, 그림자 속에서 불쑥 튀어나온 기괴한 목각인형이 산산조각 났다.

"커억!"

"끅!"

슬레이브를 당한 소울러들이 쓰러졌다.

"이놈!"

손 쓸 틈도 없이 소울러들이 당하자 알케미스트가 급히 몸을 날렸다. 범상치 않은 실력의 소유자인 것은 알았지만, 설마 이렇게 간단하게 소울러들이 당할 줄은 몰랐다.

촤촤촤!

그의 검이 폭풍처럼 람스를 몰아쳤다.

어지럽게 휘날리는 검술이 마치 검은 폭풍을 보는 듯했다. 람스의 형세는 금세 위태로워졌다.

람스도 이때만큼은 태만하지 못했다.

재빠른 움직임으로 공격을 피하며 간결한 동작으로 주먹을 뿌렸다.

콰콰쾅!

검광이 그린 그물이 람스의 공격을 모조리 걸러냈다.

중간계에 온 이후로 람스의 공격이 막힌 것은 이번이 처음이다.

"대단하군."

람스는 감탄했다.

마계에도 검술을 사용하는 마족들이 있다.

개중엔 소드마스터 이상의 실력을 보유한 경우도 있다. 그러나 지금 눈앞의 사내, 알케미스트의 검술은 단연 독보적이다. 마계에서도 그 짝을 찾기 힘들 정도다.

공격이 어찌나 빠른지, 번쩍 하는 섬광을 보았을 때엔 뺨을 스치고 지나간 검광이 등 뒤의 벽에 커다란 상처를 새겨놓고 있었다.

"허. 오라버니와 대등한 실력이라. 젊은 사람이 정말 대단하구나."

매지는 람스의 실력에 혀를 내둘렀다.

천하의 알케미스트와 비등한 승부를 펼치다니. 게다가 그는 사전에 소울러 셋을 순식간에 쓰러뜨리기까지 했다.

"제 비도도 그의 화염을 뚫지 못했습니다."

너구리 가면이 굳은 얼굴로 말했다.

매지가 고개를 끄덕였다.

"그럴 게다. 지금 그의 실력은 확실히 대단하구나."

적어도 현재 가문에 남아 있는 소울러 중에는 그를 막을 자가 없다.

"과연 오라버니가 그를 당해 낼 수 있을지 모르겠군."

매지가 초조한 눈으로 알케미스트를 바라보았다.

* * *

"강하군."

알크미스트가 짧게 경탄성을 흘렸다.

한 사람을 상대로 이렇게 오랜 시간 공방을 주고받은 게 대체 얼마 만인지 기억조차 나지 않는다.

"이대로는 승부가 나지 않겠군. 아무래도 그대와는 제대로 붙어야겠어."

마왕을 위해 힘을 아낄 여유가 없다.

방심하면 당한다. 그만큼 람스는 강하다.

"바라던 바요."

람스 역시 피하지 않았다.

알케미스트를 설득하지 못하는 한, 이곳에서 벗어날 길은 없다. 말로 설득할 수 없다면 힘으로 하는 수밖에.

두 사람의 시선이 허공에서 맞부딪쳤다.

환상이었을까. 두 사람이 동시에 미소를 지었다.

그리고 다음 순간, 두 사람이 충돌했다.

콰콰쾅!

알케미스트의 검은 극히 간결했다.

결코 화려하지 않은 검술.

그러나 그 일격 일격이 적의 약점을 노리는 치명적인 공격들이었다. 단 한 번의 공격도 허술한 것이 없다. 검이 그리는 궤적은 이미 다음 수십 합 이후의 상황까지 모두 염두에 둔 것이어서 상대는 거미줄에 걸린 곤충처럼 옴짝달싹하지 못하고 당하게 된다.

람스의 공격 역시 간결했다.

그는 뒷짐을 지고 선 채, 이따금씩 소매를 펄럭이며 주먹을 뻗는 것이 전부였다.

간결하기로 치면 람스 쪽이 오히려 더 간결했다.

공격 횟수도 알케미스트의 절반에 불과했다.

하지만 람스가 손을 뻗을 때마다 알케미스트는 크게 긴장하며 뒷걸음질 치기 일쑤였다.

'이 녀석……'

알케미스트는 식은땀을 흘렸다.

'분명 나이는 20대 초반으로 보이는데……'

겉모습은 20대 초반인데, 실력은 전장에서 뼈가 굵은 백전노장이다.

'더 이상은 힘들겠군.'

이대론 기세가 조금씩 꺾이다 끝내 쓰러지고 말 것이다.

"조심하게. 이번엔 정말 위험할걸세."

알케미스트가 천천히 머리 위로 검을 들어올렸다.

후아악!

알케미스트의 전신에서 검은 안개와 같은 기운이 풀풀 일어났다.

람스도 뒷짐을 풀고 자세를 잡았다.
"간다!"
알케미스트가 일갈하며 검을 뻗었다.
강력한 기운이 검신에 맺혔다.
쫘아악!
검 끝에 맺힌 검은 기운이 귀곡성을 터트렸다.
번쩍!
하늘을 가리키던 검이 뇌성과 함께 땅을 가리켰다.
일검.
혼신을 다한 알케미스트의 최후의 공격이 펼쳐졌다.
그 여파는 실로 대단했다.
쩌거거걱!
검이 가리킨 천장과 지면이 잘 익은 수박처럼 쩍하고 갈라졌다.
갈라진 천장으로 햇살이 비스듬히 비쳐 들어왔다.
맙소사.
이곳은 1층이다. 그리고 이 건물은 무려 5층 건물이다. 갈라진 틈으로 햇살이 들어오고 있다는 것은 5층 위까지 모조리 절단 났다는 의미가 아닌가.
세상에 이런 검술이 있다니.
알케미스트의 일격을 본 사람들은 경악을 감추지 못했다.
가히 하늘을 가르고 대지를 쪼개는 검술이 아닌가.

'그런데 그는 어떻게 됐지?'

사람들의 시선이 람스에게 집중됐다.

람스는 처음 그 자리에서 한 치도 움직이지 않았다.

천장과 바닥, 그리고 벽이 쪼개졌다. 그 쪼개진 절단면 위에 그린 듯 서 있었다.

처음 그 모습 그대로.

'도대체 누가 이건 거지?'

사람들은 혼란을 느꼈다.

필살의 공격을 날린 알케미스트. 그리고 그의 공격을 받아낸 람스.

두 사람 모두 별다른 이상이 없어 보인다.

'설마 무승부?'

바로 그 순간, 검 끝으로 지면을 찍은 채 고고한 자태를 뽐내고 있던 알케미스트가 신음을 흘렸다.

"큭!"

그가 허리를 접으며 검은 피를 토해 냈다.

"무섭도록 빠른 주먹이로군. 그대는…… 권사인가?"

그의 갑옷 상의에 주먹 자국이 도장처럼 깊게 찍혀 있었다.

알케미스트가 검을 휘두른 짧은 순간, 람스도 일격을 날렸다.

공격은 동시에 시작되었으나 그 결과는 전혀 달랐다.

"아니. 난 마법사요."

알케미스트의 몸이 부르르 떨렸다.

"믿을 수 없다. 방금 전의 그 속도. 마법사가 낼 수 있는 주먹이 아니야."

"믿고 안 믿고는 당신의 자유요. 하지만 내가 마법사인 것은 분명한 사실이오."

알케미스트는 아연실색한 표정으로 람스를 봤다.

설마 정말로 마법사란 말인가?

마법사가 절정에 이른 자신보다 빠른 공격을 했단 말인가?

'하지만 만약 그가 정말로 마법사라면…… 대체 얼마나 강한 마법을 펼칠 수 있단 거지?'

이 정도의 주먹을 가진 자가 구태여 스스로를 마법사라 칭한다. 그렇다면 그의 특기는 주먹보다는 마법이라는 이야기가 된다.

그가 펼칠 마법을 생각하자 오싹하고 소름이 일었다.

'어쩌면 진짜 괴물은 마왕이 아니라 헬리오스 마탑주인지도 모르겠군.'

람스가 알케미스트 앞으로 뚜벅뚜벅 걸어왔다.

그가 물었다.

"계속하겠소?"

알케미스트가 공허한 눈으로 그를 올려다보았다. 그리고 고개를 좌우로 저었다.

"더는…… 무릴세."

비로소 람스가 빙그레 웃었다.

"당신이 언데드라 다행이오."

만약 그가 언데드가 아니었다면 방금 전의 일격으로 죽고 말았을 것이다. 만약 그가 죽었다면 대화는 물 건너간 이야기가 됐을 것이다.

람스조차도 여유를 둘 수 없을 정도로 알케미스트의 실력은 대단했다.

"이제 대화할 여건이 마련된 것 같소만."

람스가 매지를 돌아보며 말했다.

매지가 한숨을 쉬며 대답했다.

"그렇구려. 이젠 그 누구도 그대와 나, 두 사람의 대화를 막지 못할 것이오."

실제로도 그랬다. 알케미스트가 쓰러진 이후, 람스의 앞을 막는 사람은 아무도 없었다.

* * *

미카엘 가문의 후원에 자리가 마련되었다.

람스와 매지가 나란히 앉았다. 평소처럼 넬도 람스의 곁을 지켰다.

"차 가져 왔습니다."

너구리 가면이 쟁반에 차를 얹어가지고 들어왔다.

밝혀진 진실 *201*

매지의 자리에 하나, 람스에게 하나. 그리고 또 한 잔을 들어 람스의 곁에 앉은 넬에게 물었다.

"넬도 한 잔?"

넬은 고개를 저었다.

그러나 그녀의 슬레이브는 달랐다.

취르륵!

그림자에서 뻗어 나온 촉수가 찻잔을 가져갔다. 그러곤 눈치 없이 홀딱 마셔 버렸다.

"풰풰. 더럽게 맛없군."

마왕님께선 차의 떫은맛을 불평했다.

그러면서도 얌전하게 빈 찻잔을 쟁반 위에 올려놓았다.

너구리 가면이 눈을 반짝였다.

마왕이라는 소리에 무작정 경계를 하긴 했지만, 지금 보니 제법 인간 같은 감정도 있어 보인다. 어쩌면 대화가 통할지도 모른다는 생각에 말을 걸었다.

"혹시 찾으시는 차라도……."

"마족의 벌떡이는 심장이 들어간 블러드 하트가 있을까 모르겠군."

벌떡이는 심장이라고?

너구리 가면이 경기를 하듯 고개를 흔들었다.

"절대 없습니다. 그런 차는."

젠장. 역시 마왕은 사악한 종자였다.

너구리 가면은 마왕에 대한 경계심을 새삼 고취시키며 매지 곁에 앉았다.

매지가 그에게 눈을 부라렸다.

"넌 왜 여기에 앉는 거야? 볼일이 끝났으면 나가."

"에이 왜 그러세요. 저도 관계자 아닙니까?"

"관계자는 무슨!"

매지의 눈총에도 너구리 가면은 능청을 떨며 자리를 지켰다. 결국 그가 있는 가운데 대화가 이어졌다.

"넬과는 어떤 관계인지 궁금하네."

매지가 물었다.

처음 질문 치고는 너무도 평범하다.

대뜸 마왕에 대한 험담이라도 쏟아 낼 것 같았는데.

람스는 담담하게 웃으며 말했다.

"그녀는 우리 마탑의 가족입니다."

사실 헬리오스 마탑 내에서 그녀의 위치는 애매했다.

제자도 아니고, 그렇다고 손님도 아니다.

어쩌다 보니 함께 살게 된 처지랄까.

하지만 그 어떤 말로도 설명할 수 없는 끈끈한 연대감이 있었다.

그 연대감을 람스는 가족이라 표현했다.

"가족……"

매지는 잠시 가족이라는 단어의 의미를 음미했다.

날카로운 그녀의 눈매가 조금 부드러워졌다.

"그녀와 마왕의 관계를 이미 안다고 들었네. 그렇다면 앞으로 어떻게 할 계획인가?"

매지가 날카로운 어조로 말을 이었다.

"탑주는 강하네. 그러나 솔직히 마왕의 본성을 감당할 수 있을 거라고 보지는 않네."

매지는 람스의 진면목을 확인할 수 없었다.

그것은 경험 많은 그녀로서도 무척 신기한 일이다. 그녀는 소울러로서 거의 극한에 이른 능력을 지녔다. 어지간한 사람은 한 번 쓱 훑어보는 것만으로도 경지를 짐작할 수 있었다.

그것은 알케미스트와 같은 강자도 예외가 아니었다.

기도를 숨길 수 있는 사람은 많아도 영혼까지 숨길 수 있는 사람은 흔치 않다. 소울러는 바로 영혼을 보는 사람들이다.

그런 그녀가 람스의 수준은 전혀 파악할 수 없었다.

마왕을 길들였다는 람스의 믿을 수 없는 발언에도 마음이 동한 것은 바로 그 때문이다.

"앞으로 마왕을 어떻게 관리할 생각이오?"

그녀의 말에 다크니스가 '내가 집 지키는 가축이냐? 관리를 하게.' 라고 불만을 토로했다.

람스가 대답했다.

"넬을 수련시킬 생각입니다."

"넬을?"

"그녀는 마왕의 주인이죠. 그녀가 마왕을 감당할 수 있게 된다면 마왕으로 인한 문제는 자연스레 해결이 되리라 봅니다."

"틀린 말은 아니네만, 마왕은 인간이 감당할 수 있을 만한 존재가 아닐세."

마왕은 신과 같은 반열의 존재다.

인간과는 정신력의 차원이 다르다.

아무리 재능 있는 소울러라고 해도 마왕을 지배할 수는 없다. 그러나 이어지는 람스의 한마디에 매지의 마음이 흔들렸다.

"그녀는 마왕을 소환했습니다. 그리고 마왕과 계약까지 했지요."

"……!"

"묻고 싶군요. 소울러가 마왕을 소환하여 계약을 한다는 게 일반적인 기준으로 가능한 일입니까?"

불가능하다. 절대로 불가능한 일이다.

소울러는 모든 존재와 계약을 할 수 있는 것이 아니다.

자신보다 역량이 낮은 존재일 경우만 계약이 가능하다.

"불가능한 그 일을 넬은 해냈습니다. 이 말은 넬에게 마왕을 지배할 역량이 있다는 의미로 봐도 되지 않을까요?"

"……."

매지는 오랫동안 생각에 잠겼다.

람스의 말은 일견 일리가 있다.

넬이 마왕을 소환하여 계약했을 때, 소울러들은 기적이라고 말했다. 하지만 과연 그러한 일을 기적이라고 부를 수 있는 걸까. 지금까지 넬을 제외하곤 그러한 기적을 본 적이 없다.

왠지 모르게 람스의 말에 믿음이 간다.

아니, 그렇게 믿고 싶다.

넬이 마왕을 조율할 수 있을 것이라고.

그래서 더는 사람들의 위협을 받지 않고 평화롭게 살 수 있을 것이라고.

"대체 그 날 무슨 일이 있었던 겁니까?"

람스가 물었다.

그는 넬의 과거가 궁금했다.

매지가 깊은 한숨을 쉬었다.

"그 일은 너무도 갑자기 벌어진 일이었다오."

매지의 입에서 참혹한 과거사가 흘러나왔다.

* * *

넬은 총명한 아이였다.

어린 시절부터 소울드라이브에 천부적인 재능을 보였다.

특히 집중력이 대단했다.

무언가에 집중하면 근처에 벼락이 떨어져도 알지 못할 정도로 몰입했다.

집중력은 소울러에게 있어 가장 중요한 재능이다.

영혼과의 소통에 엄청난 집중력이 필요하기 때문이다.

넬은 그야말로 소울러가 되기 위해 태어난 아이라 해도 과언이 아니었다.

자연 그녀에 대한 사람들의 기대 역시 날로 높아졌다.

그리고 문제의 그 날이 되었다.

소울드라이브의 경지에 오른 그녀가 평생 함께 할 슬레이브를 선택해야 할 순간.

소울러가 부리는 슬레이브는 보통 2, 3개 정도.

슬레이브는 평생을 함께 할 동반자와 같은 존재다. 자연 그 선택이 신중할 수밖에 없다.

보통은 평소 애용하는 물건이나 무기들과 교감을 나눈다.

넬은 특이했다.

"전 아직 슬레이브를 정하지 못했어요. 특별히 애착 가는 물건도 없고……."

"아직도 정하지 못했다고?"

"네. 그래서 오늘 그걸 알아보려고 해요."

어떻게, 라는 말에 아름다운 숙녀로 자라난 넬이 해맑게 웃었다.

"많은 물건들을 주위에 놓아두고 소울드라이브를 펼쳐 보겠어요. 절 원하는 존재가 있다면 분명 반응할 거예요."

그녀의 부탁에 따라 온갖 물건들이 정원에 차곡차곡 쌓였다.

검과 칼 같은 무기들에서부터 밧줄, 양동이 같은 잡동사니까지. 신비한 보물에서부터 쓸데없는 폐품까지. 수없이 많은 물건들이 정원을 가득 채웠다.

물건들이 쌓인 한복판에서 그녀가 소울드라이브를 일으켰다.

소울드라이브를 시전한 지 얼마 되지 않아 반응이 왔다.

놀랍게도 정원에 쌓인 모든 물건이 허공에 둥둥 떠오르며 그녀의 주위를 맴돌았다.

사람들은 경탄했다.

이렇게 많은 사물들과 교감을 이루다니.

전설로 불리는 리드공에 버금가는 재능의 소유자가 아닌가.

그러나 그녀의 재능은 사람들의 생각보다 훨씬 대단했다.

그녀의 소울드라이브는 정원의 잡동사니로 만족하지 못했다.

넬은 더욱더 집중했다.

그녀의 정신력에 어울릴 만한 존재를 찾아 소울드라이브가 세상을 떠돌았다.

사 일 밤낮.

그녀는 몰입에서 깨어나지 못했다.

결국 그녀의 정신이 금단의 벽을 넘어 버렸다.

정확하게 오 일째 되던 날.

초조한 심정으로 그녀의 선택을 기다리던 소울러들 앞에 악몽이 출현했다.

검고 추악한……. 끔찍한 악의로 똘똘 뭉쳐진 그것은 바로…….

마왕이었다.

"크와아아아!"

거친 포효.

마왕은 분노했다.

중간계에 소환된 것에.

자신을 소환한 것이 작은 소녀라는 것에.

마왕은 당장 넬을 잡아먹으려 했다.

그러나 소녀의 집중력은 대단했다.

거부할 수 없는 계약의 올가미가 마왕을 덮쳤다. 차원을 넘은 충격으로 마왕이 크게 약화된 것도 운으로 작용했다.

결국 마왕은 소녀의 슬레이브가 되고 말았다.

오 일 내내 집중력을 발휘한 넬은 마왕과의 계약이 완성된 순간, 흐릿한 미소와 함께 기절해 버리고 말았다.

소울러가 정신을 잃자 마왕은 폭주해 버렸다.

그는 마왕이다. 마계의 왕.

그런 존재가 하찮은 소녀의 노예로 전락하다니.

꿈에서도 상상한 적이 없던 일이 아닌가.

마왕의 분노는 당연한 것이었다.

좋다. 이렇게 된 이상, 이 세상의 모든 것을 먹어 치우고 말 테다.

마왕의 폭주에 소울러들이 몸을 날렸다.

세상을 지키기 위한 소울러들의 고군분투가 이어졌다. 큰 희생 끝에 간신히 마왕을 잠재우는 데 성공했다.

넬이 다시 눈을 떴을 때, 그녀는 결박당한 상태였다.

가문의 중추적인 인물들이 모든 정신력을 총동원해 그녀의 몸과 마음을 압박했다.

넬은 깊은 물속에 잠긴 듯한 충격과 고통을 느꼈다.

사지를 옭아매는 끔찍한 고통.

온 몸이 바스러지는 통증에도 그녀는 울부짖지 않았다.

비록 정신을 잃은 상태였지만, 그녀는 마왕과의 계약 이후의 일을 알고 있었다.

매지가 눈물을 뿌리며 그녀에게 물었다.

"어째서 마왕과 계약을 했니?"

매지가 흐릿하게 웃으며 대답했다.

"전 그가 마왕인지 알지 못했어요. 단지 더 크고 위대한 존재와 계약을 하면 할머니께서 좋아하실 거라는 생각에."

그녀의 대답에 매지는 가슴이 미어졌다.

어째서 그렇게까지. 평범한 물건과 계약을 했어도 넘치도록 기뻐했을 것을.

"넬."

매지가 그녀의 손을 잡았다.

넬은 앞으로 벌어질 일을 짐작하고 있었다.

오히려 매지를 위로하며 말했다.
"걱정 말아요. 할머니. 저는 괜찮아요. 그러니까……."
 그녀의 내부에서 사악한 의지가 꿈틀거리고 있었다. 그녀는 사력을 다해 막고 있었지만, 오래 버틸 수는 없었다. 그녀를 압박하던 소울러들 중 몇이 비명을 지르며 쓰러졌다.
"크와아아악!"
 넬의 그림자에서 악몽이 흘러나오기 시작했다. 마왕이 또다시 현신하려는 것이다.
 매지는 마지막으로 넬의 얼굴을 두 눈에 담고는 주문을 외웠다.
"봉인."
 그렇게 그녀는 크리스탈 속에 봉인되었다.

            *   *   *

 매지의 이야기가 끝났다.
 람스는 한동안 입을 열지 못했다.
 결코 길지 않은 이야기였지만, 지난날 매지가 느꼈을 상처와 아픔이 고스란히 전달되었기 때문이다.
'그녀가 넬의 친할머니였다니.'
 정확하게 말하면 넬은 매지의 5세손이다.
 높은 경지에 오른 그녀는 평범한 사람들로서는 상상할 수 없을 만큼 오랜 세월을 살았다.

"이제 탑주는 모든 것을 알게 되었네."

오랫동안 입을 다문 채 침묵하던 매지가 입을 열었다.

"또한 내가 어떠한 마음으로 넬을 봉인하려 했는지도 알게 되었을 거라 보네."

그녀의 슬픔과 아픔.

충분히 이해할 수 있었다.

"난 누구보다도 넬의 행복을 빌어 주고 싶은 사람일세. 그래서 다시 한 번 묻고 싶네. 정말 넬이 마왕을 지배할 수 있을 거라 생각하는가?"

람스는 짧지만 힘 있는 목소리로 대답했다.

"물론입니다."

"……"

매지는 묘한 눈길로 람스를 바라보았다.

참으로 신기한 사람이다.

젊은 나이에 엄청난 능력을 가진 것도 그렇고, 젊은 사람답지 않은 진중함이 또 그렇다.

가당치도 않는 말도 그가 말하니, 마치 정말로 그렇게 될 것 같은 믿음이 생긴다.

"정말…… 믿어도 되겠소?"

람스가 고개를 끄덕이며 말했다.

"마왕은 두 번 다시 날뛰지 못할 것입니다."

구체적인 계획은 아무것도 없다.

그저 마왕을 감당할 수 있을 만큼 넬을 단련시키겠다는 약속이 전부다.

그럼에도 왠지 모르게 마음이 놓인다.

아니, 어쩌면 손주를 봉인하고 싶지 않아서 그런 것인지도 모른다. 평범한 아이들처럼 살아 주었으면 하고 바라는 마음 때문인지도.

"쉽지 않은 일일세."

"넬에겐 그만한 역량이 있습니다."

"마왕은 강하네. 또한 알 수 없는 존재지."

"그런 존재를 많이 경험해 봤습니다."

마왕과 같은 존재를 많이 경험했다고?

아직 새파랗게 젊은 사람이 할 만한 이야기가 아니다.

다른 사람이 말했다면 아마 코웃음을 쳤을 것이다.

인생이나 더 살아 보고 그딴 소리를 하라고.

하지만 람스가 말하니 새삼 다르게 와 닿는다.

"어디서 그런 자신감이 나오는지 궁금하군."

람스는 말없이 미소 지었다.

그 미소가 앙금처럼 남아 있던 불안을 모조리 녹여 버렸다.

매지는 마음의 결정을 내렸다.

"알았네. 탑주를 믿도록 하지."

그녀로서는 결코 쉽지 않은 결정이다. 어쩌면 지금의 이 결정으로 이 세상이 마왕의 소굴로 전락하게 될지도 모르기 때문이다.

뒤처리도 복잡하다.

이미 마왕에 대해 성교가 알고 있다. 당장 알케미스트를 설득하는 일도 쉽지 않다.

하지만 매지는 그 모든 고생을 감수하겠노라 다짐했다. 다행히 그녀에게는 큰 권력이 있다. 권력과 연줄을 백분 활용하면 이번 사건을 어떻게든 무마시킬 수 있을 것이다.

"대신 조건이 있네."

"뭡니까?"

"헬리오스 마탑에 사람을 보내고 싶네."

"……."

"나로서도 이번 결정은 큰 결단을 내린 걸세. 약간의 안전장치는 필요하리라 보네."

넬과 마왕을 감시하겠다는 말이다.

조금이라도 이상한 낌새가 보이면 방금 약속은 즉시 무효로 돌아갈 것이고, 헬리오스 마탑은 성난 군대의 공격을 받게 될 것이다.

람스는 오래 고민하지 않았다.

"그렇게 하십시오."

그때였다.

"제가 가겠습니다."

돌연 너구리 가면이 손을 들었다.
"헬리오스 마탑의 감시 역할. 제가 하도록 하죠."
사람들의 시선이 몰려들자 쑥스러운 듯 뒷머리를 긁적였다.
"그곳의 음식이 꽤나 마음에 들었거든요. 후후후."

* * *

람스는 넬과 함께 탑으로 돌아왔다.
"별일 없으셨습니까?"
오드만이 분위기를 살피며 물었다.
사단이 나도 큰 사단이 났을 일이었다.
"큰일은 없었다."
다행히 람스의 표정은 나쁘지 않았다.
오드만은 안도의 한숨을 내쉬었다.
한편, 리자크는 람스를 따라온 너구리 가면을 향해 이를 으득 갈았다.
"그런 짓을 하고도 태연히 돌아와? 배짱이 두둑한 놈이군."
너구리 가면에게 뒤통수를 맞았으니, 자연 그에 대한 감정이 좋을 수 없었다.
"뭘 그런 일로 화를 내고 그러는가. 친구."
너구리 가면은 아무 일도 없었던 사람처럼 태연하게 행동했다.

"이거 놔! 왜 갑자기 친한 척이야?"

리자크는 크게 흥분했다.

당장이라도 너구리 가면과 한판 붙을 것 같았다. 그러나 너구리 가면이 그의 귓가에 몇 마디를 속삭이자 봄 햇살에 눈 녹듯 그의 얼굴이 밝아졌다.

"그게 정말인가?"

"물론이지. 내가 거짓말을 할 사람으로 보이는가?"

"이미 전적이 있지 않은가?"

"어허! 그건 어디까지나 임무 때문에 그런 것이지. 평소엔 그렇지 않네."

"정말인가?"

"하하하. 이 사람 속고만 살았군. 동료들이 날 뭐라 부르는지 아는가? 신용의 너구리 가면. 일단 한 번 뱉은 말은 무슨 일이 있어도 지키기 때문이지."

"의심스러운데?"

"한번 믿어 보게. 그보다 좀 전에 소개시켜 주기로 한 아가씨의 은밀한 비밀을 하나 알고 있는데……. 혹시 궁금하지 않은가?"

"은밀한 비밀? 어허험. 무슨 그런…… 그런데 자네 차라도 한 잔 하고 싶지 않은가? 어험, 목이 탄다. 어허험."

방금 전까지 크게 붙을 것 같던 리자크와 너구리 가면이 어느새 의기투합하여 헤죽거리며 돌아다닌다.

사람을 다루는 데 천부적인 재능을 가진 너구리 가면이었다.

"뭡니까? 저 녀석은?"

오드만이 너구리 가면을 턱짓하며 물었다.

람스는 자세한 사정을 그에게 설명했다.

"그만하길 다행입니다."

그렇게 큰일이 있었는데도, 큰 희생 없이 종결될 수 있어서 정말 다행이다. 암담했던 상황을 생각해 보면 기적과도 같은 해결이다.

"그런데…… 정말 괜찮을까요?"

미카엘 가문의 가주가 뒷일을 해결해 주겠다고 약속했다지만, 일말의 불안이 남았다.

"걱정 안 해도 될 것이다."

매지가 람스를 믿었듯, 람스도 매지를 신임했다.

그녀는 결코 허언을 할 사람이 아니다. 자신의 입으로 뱉은 말은 어떻게든 지켜 낼 사람이다.

"하지만 너구리 가면이 있으면 여러모로 불편할 겁니다. 장로님들의 운신도 불편할 테고……."

"그건 신경 쓰지 않아도 된다. 이미 그는 마족에 대해 알고 있으니까."

"정말 괜찮을까요?"

"만약 문제가 생기면 내가 알아서 처리하도록 하겠다."

알아서 처리한다.
람스의 말에 오드만은 괜스레 오한이 일었다.
그의 머릿속으로 갖가지 생각이 떠올랐다.
세뇌? 고문? 개조? 바꿔치기?
이상하게도 떠오르는 생각은 하나같이 섬뜩한 '작업' 뿐이었다.

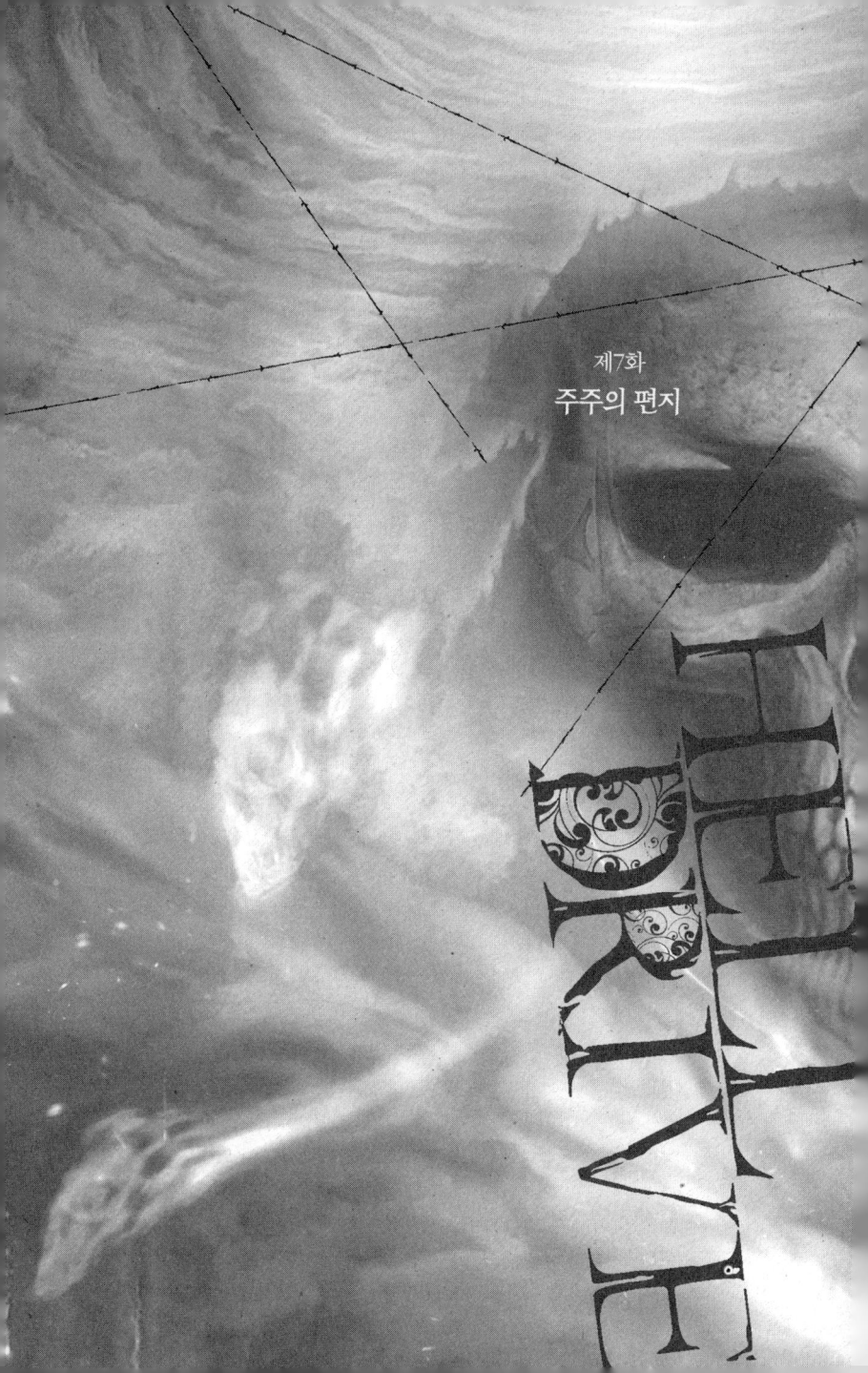

 소울러들과의 충돌이라는 크나큰 악재를 넘은 헬리오스 마탑은 곧 평범한 일상으로 돌아왔다.

 어느덧 마을 정비도 거의 끝나고 새로 지은 헬리오스 마탑도 그 위용을 자랑하게 되었다.

 새로 지은 헬리오스 마탑은 10층 높이의 건물이었는데, 마탑치곤 낮은 층수임에도 불구하고 여러 가지 이유로 사람들 사이에 회자되었다.

 그중 사람들의 입에 가장 많이 오르내린 이야기는 헬리오스 마탑의 터무니없을 정도로 넓은 공간이었다.

 10층짜리 건물의 직경이 30층 이상 되는 마탑보다 오히려 더 넓었다.

차후의 확장을 고려한 스키머의 안배였다.

그밖에도 방대한 규모에도 불구하고 정작 제자는 한 손에 꼽을 정도로 적다는 점도 입방아에 올랐다. 확실히 마탑이라고 하기엔 제자가 많이 부족했다.

새로운 마탑 건설이 끝나자 람스는 본격적인 제자 육성에 들어갔다.

일단 에밀리를 정식 제자로 받아들였다.

그녀와 함께 리리아와 리들도 제자가 되었다.

이들 세 사람은 오드만을 스승으로 모시게 되었다.

오드만이 섬세하고 배려심이 많아 제자들을 세심하게 배려할 것이라는 람스의 판단이었다.

이외에도 몇 명의 사람들이 제자가 되겠다고 찾아왔다.

예전에 주주를 따르던 산적들이었다.

"이곳에서 수련하면 정말 강해지는 거죠?"

무뚝뚝한 표정으로 묻는 부두목. 그의 목소리는 과거 그 어느 때보다도 진지했다.

마을에 큰일이 벌어졌을 때 속수무책으로 당했던 것이 꽤 분했던 모양이다.

람스는 그들 역시 제자로 받아들였다.

산적들은 주주의 제자가 되길 원했지만, 아쉽게도 주주는 현재 엉뚱한 곳을 헤매느라 자리에 없는 상황. 임시로 리자크가 그들을 가르치게 됐다.

"흐흐흐. 걱정 마십시오. 제대로 교육시키겠습니다."

리자크는 주먹으로 손바닥을 두드리며 의욕을 보냈다. 그 후로 한동안 계곡 쪽에서 사람들의 곡소리가 들려왔다.

우려와 달리 너구리 가면은 별다른 움직임을 보이지 않았다. 심지어 장로랍시고 버젓이 마을을 활보하고 다니는 마족들을 보고도 아무런 반응이 없었다.

"하하하. 마족이면 어떻고 인간이면 어떻습니까. 성격만 맞으면 되는 거죠. 마족님들은 마을의 발전을 위해 물심양면으로 노력하고 계시니 오히려 사악한 인간들보다 훌륭하십니다."

그는 마왕이 있는 곳이니 마족들이 설치는 건 당연하다고 생각했다.

그가 신경을 쓰는 건 마족들의 영향이다.

마왕과 마족들이 인간들에게 사악한 영향만 끼치지 않는다면 설사 마족들이 군대를 이끌고 나타나도 방관할 태도였다.

당연히 헬리오스 마탑의 마족들은 인간들과 좋은 관계를 유지하고 있었다. 그들의 주인인 람스가 부정한 행동을 용납하지 않았기 때문이다.

생각지도 못한 호재도 있었다.

고아원에서 데려온 에밀리.

그녀가 연금술을 익히고 있었다.

"리차드의 일을 돕다가 조금씩 익히게 된 모양입니다. 생각보다 수준이 높아서 큰 도움이 될 듯합니다."

오드만의 목소리가 잔뜩 들떠 있었다.

실상, 에밀리의 수준은 그리 낮지 않았다.

경험이 부족해서 그렇지, 이론적인 수준은 상당한 경지였다. 적어도 오드만이 만든 마법램프의 단점을 보강하는 데는 충분한 지식을 가지고 있었다.

이로써 헬리오스 마탑이 가지고 있던 큰 문제 하나가 해결되었다.

마법램프를 팔게 되면 고질적인 문제였던 수입원 발굴이 해결된다. 친구를 찾아갔던 여행이 헛수고로만 끝난 것이 아니라는 사실에 오드만은 크게 기뻐했다.

그렇게 헬리오스 마탑은 하루가 다르게 발전을 거듭했다.

산꼭대기 허름한 창고에서 시작한 볼품없는 마탑이 어느덧 번듯한 마탑으로 변했다.

관리하는 구역도 늘어서, 메딘 산 일대가 모두 헬리오스 마탑의 영역이 되었다.

실제 람스가 경영해야 할 곳은 메딘 산 뿐만이 아니라 인근의 이스턴 영지까지였다. 하지만 람스는 관리상의 번거로움을 피하기 위해 이스턴 영지의 경영을 노예인 리만에게 맡겼다.

리만은 훌륭한 영주가 되라는 람스의 말을 충실히 이행하여 이스턴과 라함을 잘 경영해 나갔다.

이렇듯 실타래에서 실이 풀려나가듯 헬리오스 마탑의 모든 일이 술술 잘 풀려나가고 있었다.
 어느 날, 한 명의 노파가 아픈 몸을 이끌고 헬리오스 마탑을 방문하기 전까지는 말이다.

*　*　*

 노파는 추레하고 볼품이 없었다.
 얼굴엔 주름이 가득하고, 안색은 파리해서 당장이라도 쓰러져 죽을 것만 같았다. 두 눈엔 허연 백태가 가득하고, 피죽도 못 먹은 듯 광대뼈가 툭 튀어나올 정도로 말랐다.
 그런 노파가 휘어진 작대기를 지팡이 삼아 메딘 산을 찾아왔다.
 헬리오스 마탑의 문을 두드리며 노파가 외쳤다.
 "이보시오. 이보시오."
 "뉘십니까?"
 부르는 소리에 평소보다 일찍 잠에서 깬 리자크가 눈을 비비며 문을 열었다.
 "이곳이…… 헬리오스 마탑이 맞습니까?"
 노파가 진물이 뚝뚝 떨어지는 눈으로 리자크를 올려다보며 물었다.
 "맞소. 그런데 무슨 용무인지……."

"그, 그렇다면 이곳에 헬리오스 마탑주께서 계십니까?"
노파는 람스를 찾아온 사람이었다.
리자크는 잠시 노파를 살폈다.
굽은 허리. 볼품없는 모양새.
금방이라도 죽을 것처럼 위태로워 보인다.
이런 노파가 무슨 일로 스승님을 찾아온 걸까.
"용무를 물어도 되겠소?"
노파가 품에서 한 통의 편지를 꺼냈다. 오랫동안 간직해온 듯 편지는 쭈글쭈글 구겨진 데다 흙먼지까지 묻어 지저분했다. 하지만 편지를 받아 본 리자크는 그 길로 곧장 람스에게 뛰어가야만 했다.
리자크의 소식을 듣고 한달음에 달려온 람스가 노파에게 물었다.
"당신이 주주의 편지를 가져온 사람이오?"
노파가 건네 준 편지.
그것은 실종된 주주가 쓴 편지였다.

* * *

주주의 편지는 인사로 시작됐다.

스승님. 잘 계신가요?

잘 계시겠죠? 분명히 잘 계실 거예요.
　　제 스승님이시니까요.

주주의 스승님이니까 당연히 잘 계실 거라는 확신어린 시작이었다.

　　저도 잘 있어요.
　　스승님의 얼굴을 뵌 지도 정말 오래됐네요.
　　제가 길을 좀 헤매다 보니 원치 않게 오랫동안 스승님을 뵙지 못하게 됐어요.

좀이라고?
그녀가 람스를 찾아 마탑을 나선 것이 오래전이다. 이 정도면 가히 국보급 길치다.

　　제가 걱정되시죠?
　　이렇게 귀엽고 어여쁜 제자가 낯선 타지를 헤매고 있다고 생각하니, 밤잠을 못 이룰 정도로 걱정되시죠?
　　헤헤헤. 걱정하지 마세요.
　　전 잘 있으니까요.
　　중간에 동료도 잔뜩 생겨서 심심하지도 않고요.
　　참, 동료들이 스승님께 안부 전해달래요.
　　누구냐고요?
　　후후후. 비밀이에요.
　　아마, 나중에 보면 깜짝 놀라실 걸요?

누굴까. 내용으로 보아 자신을 알고 있는 사람 같다.

　전 지금 마녀들의 숲이라는 곳에 와 있어요.
　제국과 탈론, 에이플, 카말, 자르단, 미스턴, 아이언 왕국을 거쳐 이곳에 왔어요. 정말 많이도 돌아다녔죠? 그래도 이제 얼마 남지 않았어요. 마녀들의 숲은 알타 왕국 내에 있는 곳이니까, 스승님이 계신 메딘 산맥까지는 금방 갈 수 있을 거예요.

　제국과 탈론, 에이플, 카말, 자르단, 미스턴, 아이언 왕국이라고? 대륙의 거의 모든 곳을 돌아다닌 셈이 아닌가.
　혹시 자신을 찾으러 다닌 게 아니고, 대륙 횡단 여행을 하고 있는 것은 아닌지 의심스럽다.

　원래 예정으로는 이곳에서 곧장 메딘 산으로 가야 했는데(최근에 알게 됐는데요. 텔레포트 게이트라는 게 있대요. 그걸 타면 한 번에 헬리오스 마탑까지 갈 수 있다고 하네요. 정말 놀랍죠?), 일이 좀 생겨서 못가고 있어요.

　맙소사. 이제야 텔레포트 게이트를 알게 됐다는 소리다. 그리고 그걸 대단한 비밀을 알려 준다는 듯이 써 놨다.
　람스는 그녀의 무지보다 말미에 써놓은 그녀가 오지 못하는 이유에 집중했다.
　주주는 마녀들의 숲에서 생긴 일에 대해 간략하게 적어 놓았다. 한마디로 말해, 그곳의 주민들에게 큰 불행이 닥쳐 그들을 도와주느라 오지 못하게 됐다는 소리다. 생각보다 그쪽 일이 심각한 모양이다.

 스승님. 아무래도 저 혼자만의 힘으로는 버거울 것 같아요. 스승님, 도와주세요.

주주가 간절한 어조로 부탁했다.
물론, 도와줘야지. 다른 사람도 아닌 제자의 일인데.

 스승님. 곧 다시 뵙게 되겠죠? 그 날을 기약하며 오늘도 귀엽고 깜찍한 제자 주주는 뜬눈으로 밤을 새우고 있답니다. 스승님. 보고 싶어요.

주주의 편지는 그렇게 끝이 났다.
편지에서 눈을 뗀 람스가 노파에게 고개를 돌렸다.
"마녀들의 숲이 어디에 있는가?"

    * * *

"탑주님. 저를 기억하시는지요."
노파가 고개를 조아리며 떨리는 목소리로 물었다.
"기억하네."
람스가 오른팔의 소매를 걷었다.

그의 손목에 은빛 팔찌가 걸려 있었다.

사막의 술탄에게서 선물로 받은 것이다.

노파는 바로 이 팔찌를 만든 주술사였다.

비록 노파와는 팔찌 일로 단 한 번 본 사이지만, 자신을 위해 세심한 신경을 써 준 것을 기억하고 있었다.

당시 노파는 람스를 두려워했다. 람스의 거대한 영혼을 엿봤기 때문이었다.

"아아! 미천한 저를 기억해 주시다니. 감격입니다."

말뿐인 감격이 아니다. 노파는 실제로 눈물을 흘리며 진심으로 감동했다. 노파와 람스의 관계는 그저 한 번 스쳐 지나간 인연에 불과하다. 그럼에도 불구하고 람스를 대하는 노파의 태도는 경외심으로 가득했다.

람스는 담담하게 노파의 인사를 받았다.

"편지에 보니 마녀들의 숲에 문제가 생겼다고 하던데……. 무슨 일인가?"

노파가 깊은 탄식과 함께 말을 이었다.

"일이 벌어진 것은 한 달 전쯤이었습니다."

쇳소리가 간간히 섞여 나오는 노파의 말은 알아듣기 힘들 정도로 탁했다. 물을 내주자, 그제야 목이 트이며 말을 수월하게 이어갔다.

노파의 사연은 이러했다.

원래 노파는 주술사 무리의 우두머리였다.

알타 왕국엔 고대부터 이어져 내려온 주술사 무리가 있었다. 그들은 점성술과 주술에 능했으며, 저주를 사용할 수 있었다.

이러한 능력을 바탕으로 주술사들은 까마득한 옛날부터 알타 왕국에 막대한 영향력을 행사했다.

그러한 주술사들의 지위가 흔들린 것은 알타신을 받드는 알타교가 널리 전파되면서부터다. 이후 주술사들은 권력에서 멀어졌다. 알타교 신자들에 의한 박해가 이어지자 주술사들은 험한 산속으로 숨어들었다.

"저희들은 알반 산맥에 살고 있었습니다. 사람들은 그곳을 마녀들의 숲이라 부르지요. 한 달 전쯤 그곳에 이상한 무리가 나타났습니다."

그들은 스스로를 아이써치라 불렀는데, 붉은색 로브를 입은 적탑 계열의 마법사들이었다.

"그들은 스스로를 마정석 광산 개발자라고 했습니다."

주술사들이 숨어 사는 마녀들의 숲 인근엔 유명한 마정석 광산이 있었다. 간혹 새로운 광맥을 찾기 위해 마녀들의 숲을 방문하는 외부인들이 있었다.

아이써치 무리 또한 그런 부류의 사람들이라 생각했다. 하지만 그것은 착각이었다.

아이써치들은 처음부터 주술사들을 노리고 있었다.

"적탑 계열의 마법사들이 주술사들을 노린다고?"

"네. 그들은…… 처음부터 저희 주술사들을 노리고 있었습니다. 마정석 광산을 찾는 척 하면서 주술사들을 하나둘 납치하고 있었습니다."

람스는 의문을 느끼지 않을 수 없었다.

마법사들이 무슨 이유로 주술사들을 납치한단 말인가.

노파의 말이 이어졌다.

"나중에야 그 사실을 알게 된 저희들은 힘을 합쳐 마법사들에게 저항했습니다."

주술사들은 결코 약하지 않았다. 그들은 신비한 주술과 저주로 마법사들을 곤란하게 만들었다. 그렇게 수적 우위로 바탕으로 한 싸움은 주술사들의 승리로 끝날 것처럼 보였다.

아이써치를 이끌고 있는 그 자가 나타나기 전까지는.

"아이볼. 그 놈의 이름은 아이볼이었습니다. 놈은…… 악마였습니다."

"아이볼!"

람스의 얼굴이 딱딱하게 굳었다.

노파에게서 예상치도 못한 이름이 흘러나왔다.

아이볼.

그는 바로 리버스의 수장 가운데 한 명의 이름이었다.

람스는 에밀리를 통해 리버스에 대한 몇 가지 정보를 얻을 수 있었다.

현재 남아 있는 리버스의 수장은 셋.

하트. 스컬킹. 그리고 아이볼.

아이볼은 조직 리버스의 참모 역할을 하는 자로서 적탑 계열의 마법사라고 했다. 또한 오래전 이르민을 납치할 계획을 세운 자도 바로 그였다.

그런데 전혀 의외의 곳에서 아이볼의 이름을 듣게 된 것이다.

'리버스.'

리버스가 연관되어 있다면 더 이상 남의 일이 아니다.

이미 헬리오스 마탑과 리버스는 한 하늘 아래에서 함께 살 수 없는 철천지원수 관계가 되었다. 메딘 산에서 리버스가 벌인 일을 람스는 결코 잊을 수 없었다.

특히, 아이볼이라면 헬리오스 마탑을 노린 무리들의 배후라고 할 수 있었다.

"아이써치 놈들이 노리는 게 무엇인가? 왜 주술사들을 노리는 거지?"

"모르겠습니다. 놈들이 저흴 노리는 이유를 도무지 알 수가 없습니다. 저흰 단지 조용히 살고 싶었을 뿐인데……."

노파이 탄식을 터트렸다.

"제발, 제발 도와주십시오. 탑주님. 이제 믿을 사람은 탑주님 한 분뿐입니다."

그녀의 눈물이 람스의 마음을 움직였다.

설사 노파가 간청하지 않더라도 아이볼이라는 이름을 들은 이상 움직이지 않을 도리가 없다.
복수를 마무리 짓기 위해서.
오브의 비밀을 캐기 위해서.
그리고 이 모든 혼란을 마무리 짓기 위해서.
람스는 마녀들의 숲으로 떠나리라 결심했다.

* * *

알타 왕국의 최남단.
높은 산맥을 중심으로 우거진 밀림이 끝도 없이 펼쳐져 있다. 산맥의 이름은 알반. 그리고 산맥을 중심으로 펼쳐진 밀림지역은 마녀들의 숲이라는 이름으로 불리고 있었다.
우거진 밀림 입구에 두 사람이 나타났다.
이스턴에서 텔레포트 게이트를 타고 이곳까지 날아온 람스와 그를 안내한 노파였다.
"이곳이…… 마녀들의 숲."
람스는 울창한 밀림의 위용에 감탄했다.
숲 입구에 들어서자 풍부한 마나의 흐름이 느껴졌다.
"저희 마을은 이곳에서 그리 멀지 않습니다."
노파가 초조한 얼굴로 발길을 재촉했다.
람스는 아직 노파의 이름을 모르고 있었다는 걸 깨달았다.
이름을 물었더니 노파가 씁쓸한 표정으로 대답했다.

"이름을 잊은 지 오래됐습니다. 마을의 아이들은 절 그랜마라고 부르고 있습니다."

"그랜마?"

"주술사들만의 언어로 오래된 여자를 뜻하는 말이지요."

람스는 그랜마의 안내를 받으며 밀림으로 들어섰다.

문득 허전함을 느꼈다. 그의 뒤를 항상 졸졸 따르던 넬이 없어서다.

이번 여행엔 제자들 없이 그 혼자 나섰다.

그림자처럼 함께 하던 넬마저도 이번엔 함께 하지 않았다.

너구리 가면 때문이었다.

그는 넬이 가는 곳이면 당연히 자신도 따라가야 한다고 주장했다. 감시자의 역할이 바로 그런 것이란다.

너구리 가면이 나서자 오드만, 리자크도 따라가겠단다. 리리아를 비롯한 다른 제자들도 따라가고 싶어 하는 눈치다.

일이 커질 것 같았다. 마녀들의 숲이 어떤 곳인지도 모르는데, 우르르 몰려가는 건 좋지 않다.

하는 수 없이 넬의 머리를 쓰다듬으며 말했다.

"이곳에서 기다리고 있으렴. 금방 돌아올게."

넬이 그를 멍하니 올려다보다 고개를 끄덕였다.

"이곳에서 기다려. 돌아와."

그녀는 '이곳에서 기다려'라는 말을 몇 번이나 중얼거렸다.

그 모습이 귀여워 머리를 쓰다듬어 주었다.

그렇게 람스는 오랜만에 홀가분한 여행을 떠나게 되었다.

넬을 떠올린 람스는 저도 모르게 미소를 지었다.

헤어진 지 불과 하루. 벌써부터 그 귀여운 얼굴이 보고 싶어진다.

'그런데 이 밀림······.'

람스는 미간을 찌푸렸다.

밀림으로 진입한 순간부터 정체를 알 수 없는 이질감이 느껴졌다.

묘한 비틀림.

숲 전체가 기묘한 파장으로 요동치고 있었다.

정상적이지 못한 흐름.

문제는 그러한 마나의 흐름이 람스의 몸과 능력에도 영향을 미치고 있다는 점이다.

'헬게이트를 사용할 수 없다.'

숲 전반에서 일어난 마나의 요동이 시공간을 비틀어 놓았다.

그리 크지 않은 변화지만, 섬세한 조작을 요구하는 공간 조율 능력에는 치명적인 영향을 미쳤다. 그 여파로 헬게이트를 열 수 없게 되었다.

몇 차례 시도해 봤지만, 끝내 헬게이트를 여는 데는 실패했다.

마계에서도 경험해 보지 못한 일이다.

헬게이트가 봉인되다니.

그로 인한 여파는 결코 가볍지 않다.

헬게이트를 열 수 없다는 것은 다른 지역으로 이동하거나 마족들을 불러들이는 게 불가능해진다는 의미다.

람스의 전력 중 가장 중요한 힘 가운데 하나가 봉인된 것이다.

'뭔가가 있군.'

람스의 표정이 전에 없이 딱딱하게 굳었다.

이 밀림에 무언가가 있다.

밀림을 보는 그의 두 눈이 서늘하게 번뜩였다.

* * *

밀림은 끝도 없이 펼쳐졌다.

길이라고 불릴 만한 것도 없었다.

그런 험한 곳을 노파 그랜마는 달리듯이 나아갔다.

신기하게도 평지에선 절뚝거리며 제대로 걷지도 못하던 그녀가 밀림에선 나는 듯이 빨랐다.

"이제 얼마 남지 않았습니다."

그랜마가 람스의 눈치를 살피며 말했다. 4시간 전에도 같은 말을 했다. 그가 돌아간다고 하면 어쩌나 전전긍긍하는 모습이다.

그렇게 다시 3시간을 달렸다.

하늘을 뚫을 기세로 높게 선 나무들이 무릎 정도 높이의 잡초들로 변했을 때, 마침내 두 사람은 주술사의 마을에 도착할 수 있었다.

하지만 그곳에 마을은 없었다.

존재하는 것은 마을이 있었던 흔적 뿐. 마을을 대신하여 너른 공터를 채우고 있는 것은 검게 타 버린 잔해와 바람에 날리는 하얀 재뿐이었다.

"아아아!"

마을의 참혹한 모습에 그랜마는 비명을 질렀다.

이 마을이 처음 생겼을 때부터 그녀는 이곳에 있었다.

이곳에서 젊은이들에게 주술을 가르치고, 아이들을 키웠다.

마을의 모든 곳에 그녀의 땀과 손때가 묻어 있었다. 그 흔적이 마을과 함께 사라졌다. 그녀의 추억이 불타 버렸다.

철없이 뛰어다니는 아이들의 웃음소리도, 젊은이들의 반항기어린 목소리도, 그리고 노인들의 주름 가득한 한숨까지도.

그녀의 모든 것이 재로 변했다.

"난 무엇 때문에…… 내가 무엇 때문에 메딘 산에 다녀왔는데……."

마을이 사라진 충격은 경험 많은 그랜마도 견딜 수 없는 것이었다. 결국 그녀는 혼절해 버리고 말았다.

* * *

그랜마는 몇 시간 후 간신히 정신을 차렸다.
희미한 그녀의 시야에 람스가 보였다.
"괜찮은가?"
그녀는 발작하듯 일어나 람스에게 매달렸다.
"탑주님. 탑주님. 억울합니다. 너무도 억울합니다."
노파 그랜마가 비명처럼 외쳤다.
모든 것을 잃어버린 그녀가 매달릴 수 있는 사람은 이제 람스 뿐이다.
"탑주님. 탑주님. 간청합니다. 이 노인네가 이렇게 간청합니다. 복수를 해 주십시오. 피의 복수를…… 제 일족의 복수를. 아아! 이 얼마나 끔찍한 일인가. 놈들에게 저주가 내리리라. 영원토록 지옥불 속을 뒹구는 저주를 받게 되리라. 아아 숲의 정령이시여. 그들을 용서하지 마옵소서."
람스에게 복수를 간청하던 노파 그랜마가 울창한 밀림을 향해 피맺힌 원한을 부르짖었다. 그녀의 외침에 숲이 공허한 울음을 흘렸다.
마을과 가족들을 앗아간 원수에게 영원한 죽음의 저주를.
그녀가 저주에 여념이 없을 때, 람스는 건물 잔해를 살피고 있었다.
건물이 불탄 흔적에서 뭔가를 발견해 냈다.

'마법이군.'

잔해 주변으로 강력한 마나의 파동이 감지되었다.

마을을 불태운 화염은 마법으로 만들어진 인위적인 불길이었다.

신기한 것은 불길이 정확하게 마을만을 태워 버렸다는 점이다. 주변의 숲이나 심지어 집 주변의 잡초들마저도 불에 탄 흔적이 없었다.

재로 변한 것은 마을뿐이다.

람스는 생각에 잠겼다.

불이라는 것은 주변 환경에 따라 쉽게 번지는 특성을 가지고 있다. 작은 바람에도 인근 산으로 쉽게 번진다. 하지만 이곳 마을을 불태운 화염은 그렇지 않다.

정확하게 가옥들만을 태워 버렸다.

마치 보이지 않는 장막으로 마을을 가두고 그 안에서만 화염을 일으킨 것 같은 모습이다.

이상한 점은 그뿐만이 아니다.

재만 남은 가옥에도 특이한 흔적이 남았다.

마을의 가옥은 삼십여 호가 넘는다. 모든 가옥이 한 채도 남기지 않고 모조리 불탔다. 놀라운 것은 불탄 가옥의 안팎이 완전히 재로 변해 버렸다는 점이다.

불에 탄 가옥이 재로 변한 것이 무에 이상할까.

아니, 충분히 이상하다.

아무리 큰 불이 나도 가옥 전체가 재로 변할 수는 없다.

설사 나무로 지은 집이라 해도 불에 잘 타지 않는 물건이 있는 경우도 있고, 흙에 파묻힌 부분이라던가, 우연히 물이 묻은 부분, 또 바람이 부는 방향에 따라 온전한 부분이 조금쯤은 남게 된다.

그런데 이곳의 가옥들은 모조리 재로 변해 버렸다.

지붕, 벽, 식탁, 침실은 물론, 땅바닥에 파묻은 부분까지 모조리. 단 한 집도 예외가 없다.

이 또한 기존의 화염 마법에서 볼 수 없는 특성이다.

람스는 과거의 기억을 곰곰 되짚었다.

그의 스승인 헬리오스는 비록 뛰어난 마법사는 아니었지만, 마법에 대한 지식과 열의만큼은 대단한 사람이었다. 그리하여 당시 어리고 철없던 람스에게 화염 마법에 대한 모든 지식은 물론이고 다른 속성의 마법에 대해서도 열심히 가르쳤다.

이러한 교육은 람스가 마계에서 독자적인 힘을 기르는 데에 큰 보탬이 되었다.

람스는 당시 스승이 알려 주었던 모든 화염 지식을 되짚었다. 어떤 마법이 이 마을과 같은 참상을 만들 수 있는 걸까.

없었다. 놀랍게도 그 어떤 화염 마법과도 유사한 면이 없다.

기존에 없던 화염 마법.

새로운 마법의 출현이다.

"흥미롭군."

람스는 입가에 가는 미소를 띠웠다.

새로운 마법. 그것도 화염계라.

마계에서 화염의 군주라 불렸던 람스로서는 흥미가 동하지 않을 수 없었다.

그가 마을을 살피고 돌아왔다.

그랜마는 여전히 저주를 퍼붓고 있었다.

그 모습을 묵묵히 지켜보던 람스가 입을 열었다.

"걱정 말게. 마을이 불탄 건 어쩔 수 없지만, 사람들까지 죽은 것은 아니니까."

그 말에 울부짖던 그랜마가 벌떡 몸을 일으켰다. 대뜸 람스의 다리에 매달리며 간절한 목소리로 외쳤다.

"바, 방금 뭐라고 그러셨습니까? 사람들이 죽지 않았다고?"

람스가 고개를 끄덕였다.

"마을 어디에도 죽음의 흔적이 보이지 않네. 숲 밖으로 향한 다수의 발자국으로 보아 일이 벌어지기 전에 피신한 것 같네."

"아아! 감사합니다. 감사합니다. 위대한 숲의 은총이시여."

마을이 사라진 것은 슬픈 일이나, 죽은 사람이 없다는 기쁨에 비할 바는 아니다. 마을은 사람이 있어야 비로소 가치를 갖는 것이다. 돌아올 사람이 있다면 마을은 어떻게든 다시 일어설 수 있을 것이다.

"그들은…… 그들은 어디로 갔습니까?"

간신히 마음을 추스른 그랜마가 람스에게 물었다.
"저쪽."
람스가 숲의 어두운 구역을 가리켰다.
마을을 벗어난 흔적이 그곳으로 이어지고 있었다.
"구렁이의 땅."
그랜마가 고개를 갸웃했다.
왜 하필 저곳으로 도망갔을까. 길이 험해서 도망가기도 힘든 곳인데.
어쨌든 그들을 만나면 쉽게 해결될 의문이다.
그랜마가 몸을 일으켰다.
지팡이를 짚고 구렁이의 땅을 향해 바쁘게 걸음을 옮겼다. 람스가 그 뒤를 조용히 따랐다.

* * *

두 사람은 마을 밖으로 이어진 흔적을 쫓아 구렁이의 땅으로 들어섰다.
"누군가 사람들의 뒤를 쫓고 있군."
숲 안쪽으로 이어진 흔적 위에 새로운 흔적이 겹쳐져 있었다.
마을 사람들의 뒤를 쫓아간 사람들이 있다.
필시 주술사들을 노리는 아이써치라는 무리일 것이다.

"서둘러야겠군요."

그랜마가 초조한 음성으로 말했다.

두 사람의 발걸음이 빨라졌다.

흔적은 숲 깊은 곳을 향해 이어졌다. 울창하게 자란 나무들이 하늘을 온통 가려, 대낮임에도 불구하고 사위가 어두워졌다.

사각사각. 걸음을 옮길 때마다 바닥에 깊게 쌓인 낙엽이 비명을 질렀다.

수풀이 우거진 곳에서 색다른 흔적을 발견했다.

"이곳에서 싸움이 있었다."

나무들의 허리가 불에 지져졌고, 낙엽이 쓸린 흔적, 깊게 파인 구덩이.

꽤 심하게 부딪힌 흔적이다.

"적의 수는 열 명이 넘는데…… 그들을 막아선 사람들의 수는 그보다 훨씬 많군. 넝쿨이 끌린 듯한 자국이 있는데…… 이게 주술사들의 힘인가?"

"그렇습니다. 숲의 저주를 펼쳤군요. 나무뿌리와 넝쿨로 적들을 묶으려 했던 것 같습니다. 저쪽 나무에 걸린 지푸라기 인형들은 저주의 흔적들입니다."

"하지만 적을 막기엔 여의치 않았던 모양이다."

"상대가 좋지 않습니다. 화염은 적어도 숲 안에서만큼은 절대적인 파괴력을 가지는 마법입니다."

주술사들의 힘은 약하지 않다. 하지만 화염계 마법 앞에선 그 힘을 제대로 발휘하지 못한다.

"그리 오래된 흔적이 아닙니다. 반나절 정도 지난 것 같습니다. 그런데……."

흔적을 살피던 그랜마가 미간에 주름을 만들었다.

"아무래도 마을 사람들을 인솔하는 사람은 길 찾기에 재능이 없는 것 같습니다."

사람들의 진로를 보면 이상한 점이 한둘이 아니다.

똑바로 가면 금방 갈 수 있는 길을 이리저리 복잡하게 가고 있다.

"어쩌면 의도적인지도……."

아마도 인솔자는 추적자들에게 혼란을 주기 위해 일부러 복잡하게 이동한 모양이다. 누군지는 몰라도 그 의도는 정확하게 들어맞았다.

추적자들이 몇 번이나 길을 잃어버린 흔적이 보인다.

이동 경로가 얼마나 복잡한지, 정작 길을 가는 마을 사람들보다 그 뒤를 쫓는 추적자들이 더 많은 시간을 잡아먹고 있었다. 이리저리 복잡하게 찍힌 발자국을 하나하나 살피다 보니 많은 시간이 소요되는 것이다.

람스는 피식하고 웃었다.

'주주가 마을 사람들을 통솔하고 있는 모양이군.'

이상할 정도로 복잡한 이동 경로. 길치가 아니면 절대로 이런 식으로 이동하지는 않는다. 이 정도로 헤매려면 주주처럼 국보급 길치는 돼야 가능할 것이다.

다행히 람스는 주주의 이동 경로를 헤매지 않고 정확하게 짚어 낼 수 있었다.

주위에 남아 있는 미미한 열기. 마나의 흐름. 그리고 냄새.

순수한 그의 능력과 마계에서 익힌 여러 가지 경험들을 활용하니, 복잡한 이동 경로를 손바닥의 손금처럼 훤하게 꿰뚫어 볼 수 있었다.

흔적을 쫓아 한 시간 정도를 더 달렸다.

'싸우는 소리가 들린다.'

숲의 저편에서 시끄러운 소음이 들려왔다.

워낙 먼 곳이라 귀를 기울이지 않으면 들을 수 없을 정도로 작은 소리였다.

"먼저 가겠다."

람스가 앞서 달리기 시작했다.

그가 마음먹고 제대로 달리자 그야말로 번개처럼 빨랐다.

'정말 대단하구나.'

람스의 움직임에 그랜마는 놀람을 감추지 못했다. 그가 강할 것이라 짐작은 하고 있었다. 하지만 이 정도일 줄은 몰랐다.

'나도 서둘러야겠다.'

그랜마가 발을 열심히 놀리며 람스의 뒤를 따랐다.

* * *

 질퍽질퍽한 습지 위.

 두 무리의 사람들이 양편으로 나뉘어 치열하게 싸우고 있었다.

 한 쪽은 아이와 노인들로 구성된 주술사들이고, 다른 한쪽은 붉은색 로브를 입은 아이써치 무리였다.

 주술사와 아이써치.

 두 무리의 대결은 시간이 지날수록 아이써치 쪽으로 무게의 추가 기울고 있었다.

 그나마 중간에 합류한 이방인들이 아니었다면 이 싸움은 오래전에 아이써치의 승리로 마무리되었을 것이다.

 이방인들의 실력은 대단했다.

 그들은 고작 네 명의 인원으로 그보다 수십 배나 많은 아이써치 무리들을 훌륭하게 막아 냈다. 그러나 한 시간 전, 마을의 아이가 적에게 사로잡히면서 상황이 극히 암울해졌다.

 "흐흐흐."

 얼굴에 칼자국이 있는 사내가 음침하게 웃었다.

 그가 주술사들의 앞을 가로막고 있는 여인을 쏘아보며 말했다.

 "이제 그만 항복하시지."

 "싫어!"

20대 초반의 여인이 빽 소리 질렀다.

"어이쿠, 귀야. 아직도 힘이 넘치는 모양이네."

칼자국 사내가 손가락으로 귀를 후비며 너스레를 떨었다.

하지만 힘이 넘치는 것은 목소리뿐이다.

여인은 이미 지칠 대로 지쳤다.

자신의 두 다리로 서 있는 것이 용할 지경이다.

이곳까지 오는 동안 수차례 적과 부딪쳤다. 그때마다 아낌없이 마법을 쏟아 부었다.

마나가 바닥난 지 이미 오래. 스승님에게서 지옥과도 같은 수련을 받지 않았다면 절대로 버티지 못했을 것이다.

"제법 대가 센 계집이로군. 그만하면 오래 버텼다. 저쪽의 멍청한 두 사내처럼 되고 싶지 않으면 그만 포기해."

칼자국 사내가 한편에 쓰러진 두 사내를 가리키며 건들거렸다.

적들을 상대로 위협적인 실력을 과시하던 창법사와 거구의 사내였다. 그 두 사람은 인질을 잡고 협박하는 놈들에 의해 큰 부상을 입었다.

"넌 어떻게 할 테냐?"

칼자국 사내가 인질이 된 어린아이 하나의 멱살을 움켜쥐고 덜렁 들어올렸다.

"이 아이가 죽는 꼴을 볼 테냐?"

양 갈래 머리를 한 아이는 죽는다고 울어 댔다.

"시끄러!"

칼자국 사내가 아이의 뺨을 힘껏 내갈겼다.

겁을 집어먹은 아이가 울음을 그쳤다.

"쯧. 애나 어른이나 계집이나, 패야 말을 듣는다니까."

칼자국 사내가 음침하게 웃으며 검은 머리칼의 여인에게 말했다.

"포기해. 안 그럼…… 알지?"

피 묻은 칼을 아이의 턱 아래에 겨눴다. 단순한 위협이 아니라는 듯 칼끝으로 아이의 여린 살을 조금 찔렀다.

아이의 턱에서 흘러나온 피가 지저분한 칼을 타고 바닥으로 뚝뚝 떨어졌다.

공포에 질린 아이는 울지도 못하고 팔다리를 벌벌 떨며 경기를 일으켰다.

그 모습이 불쌍하기도 하련만, 칼자국 사내는 오히려 비릿하게 웃었다.

"더 할까?"

"알았어요. 알았다고요."

그녀가 손에 든 빗자루를 놓았다. 그녀는 지팡이 대신 빗자루를 사용하는 조금 특이한 마법사였다.

"여기까지 왔는데, 하늘도 무심하시지."

그녀가 하늘을 올려다보며 한숨을 쉬었다.

이런 곳에서 끝나다니. 허탈하다. 괜히 자신 때문에 고생한

동료들에게 미안해진다.

주술사들은 힘없는 미소로 그녀를 위로했다.

"괜찮네."

"아가씨는 많이 노력했어."

"아무 상관도 없는 우리들을 위해……. 정말로 이 은혜를 어떻게 갚아야 할지 모르겠네."

그녀가 아니었다면 애초에 여기까지 오지도 못했을 것이다. 결과는 아쉽지만, 그녀에게 받은 은혜는 지나칠 정도로 과하다.

"흐흐. 진작 그럴 것이지. 네년 때문에 고생한 걸 생각하면 이가 갈리는구나."

칼자국 사내가 이를 드러내며 으르렁거렸다.

여인을 보는 그의 눈에 살기가 가득했다.

"이제 아이를 풀어 줘."

여인이 말했다.

"누구? 아! 이 애?"

손에 들린 아이를 흘끔 내려다본 칼자국 사내의 얼굴이 순간 섬뜩하게 변했다.

"원한다면 풀어 주지. 영원히 인질이 안 되도록 확실하게 말이야."

그의 칼이 아이의 턱을 향해 힘껏 올려졌다.

"안 돼!"

여인이 비명을 질렀다. 그러나 그녀의 비명에도 칼자국 사내는 아이를 향한 칼을 회수하지 않았다.

"그러지 마!"

주술사들 사이에서 작은 인영이 다람쥐처럼 튀어나갔다. 아직 어린 소년이었다. 소년이 머리로 칼자국 사내의 팔을 들이받았다.

"윽!"

아이를 향해 휘두른 칼이 떨어졌다.

"이놈이!"

칼자국 사내가 소년을 발로 찼다.

소년이 재주를 넘으며 공격을 피했다. 그와 동시에 바닥으로 떨어진 아이를 품에 안았다.

"으아앙!"

소년에게 안긴 아이가 비로소 울음을 터트렸다.

"울지 마라. 괜찮아. 울지 마."

소년이 아이를 위로했다.

"네가 지금 누굴 위로할 상황이냐?"

칼자국 사내가 차갑게 비웃었다. 그가 포대 자루를 차듯 소년을 걷어찼다. 소년은 피할 수 없었다. 품에 아이가 있었기 때문이다. 매정한 발길에 소년이 비명과 함께 땅을 굴렀다.

"그러지 마!"

여인이 버렸던 빗자루를 다시 들었다.

빗자루를 휘두르며 간단한 마법진을 그렸다. 순식간에 완성된 마법진에서 검은 화살더미가 솟구쳤다.
"레인 오브 다크니스!"
3레벨의 흑마법.
그녀의 수준은 제법 높았다.
마법진에서 생성된 화살의 개수가 무려 50여개에 이른다. 남아 있는 모든 마나를 구석까지 털어서 간신히 쏘아 보낸 것이다.
하늘로 날아오른 검은 화살들이 포물선을 그리며 칼자국 사내에게로 쏟아졌다. 하지만 칼자국 사내는 혼자가 아니었다.
"어딜!"
"고작 이 정도의 마법뿐이냐?"
"힘이 많이 빠졌구나."
칼자국 뒤에 서 있던 사내 둘이 허공으로 몸을 날렸다.
"화염검!"
"깨져라!"
칼을 뽑아 휘두르자 검신을 타고 흐르던 불길이 폭풍처럼 쏟아져 나갔다.
검술을 익힌 마법사. 그들은 매직나이트였다.
퍼퍼펑!
여인이 쏜 검은 화살들은 매직나이트들의 불길을 감당하지 못하고 모조리 터져 버렸다.

"아아!"
여인이 지쳐 쓰러졌다. 핑하고 현기증이 일었다.
이번의 마법……. 지나치게 무리했다.
그 모습을 본 칼자국 사내가 낄낄거리며 웃었다.
"마나가 떨어진 모양이지?"
승기를 잡았으면서도 지금까지 나서지 않았던 것은 여인의 능력이 두려워서다. 그녀는 듣도 보도 못한 기괴한 마법으로 칼자국 사내의 수하를 여러 명 쓰러트렸다.
여인은 속임수에도 능했다.
그래서 지쳐 보이는 모습 역시 속임수가 아닐까 하는 우려에 함부로 움직이지 못했다.
그러나 이젠 두려워할 이유가 없어졌다.
여인은 확실히 지쳤다.
방금 전의 검은 화살 마법.
그 위력이 전과 비교하면 확연히 약하다.
벌벌 떨리는 몸. 간신히 뜨고 있는 눈.
아마 지금 당장 쓰러져 자고 싶을 것이다. 다른 사람들에 대한 걱정으로 간신히 버티고 있는 것일 테지.
"쌍년이. 사람 애먹이고 있어."
칼자국 사내가 투덜거리며 여인에게 다가섰다.
"주주 누나……. 피해."
맞아서 떡이 된 소년이 작은 목소리로 외쳤다. 칼자국 사내의 무참한 발길질에 내장이 상한 소년은 입을 열 때마다 피가 울컥울컥 뿜어져 나왔다.
"으아앙!"
소년의 품에 안긴 아이가 철없이 울었다.
"아! 저놈의 애새끼. 시끄럽잖아! 좀 조용히 시켜!"
칼자국 사내가 짜증을 냈다.
그의 수하들이 바닥에 침을 뱉으며 소년과 아이에게 다가갔다.
"울지 마. 울지 마."
소년이 아이의 머리를 쓰다듬으며 위로했다.
아이는 오히려 더 크게 울었다.
"이거, 그냥은 안 되겠는데요?"
아이에게 다가간 수하가 말했다.
칼자국 사내가 짜증난 목소리로 외쳤다.
"그럼 죽여 버리든가. 어차피 애새끼는 필요 없잖아!"
스릉.
칼자국 사내의 말에 수하들은 아무런 고민 없이 칼을 빼들었다. 살인에 익숙한…… 아니, 살인에 능한 자들이었다.
"이제 좀 조용해지겠군. 그럼, 이젠 이쪽 년을 손봐야겠지?"
칼자국 사내의 시선이 다시 주주라는 여인에게 향했다.
"그만두시오!"

"무슨 짓을 하려고!"
"이분은 아무런 상관도 없소!"
주술사들이 그녀의 앞을 가로막았다.
그녀를 위해선 죽을 수도 있다는 각오였다.
"이건 또 무슨 일이야?"
칼자국 사내가 어처구니없다는 듯이 인상을 일그러뜨렸다.
"오늘따라 왜 이리 거치적거리는 게 많은지 모르겠네."
그가 칼집째 칼을 휘둘렀다.
주술사들은 별다른 저항도 하지 못하고 쓰러졌다.
"짜증나는 새끼들. 쓸모가 없었으면 예전에 죽였을 거다. 버러지 같은 놈들. 퉤."
"그, 그러지 마."
어느새 기어온 주주가 사내의 발을 잡고 늘어졌다.
"어라? 여기까지 와 주셨네? 찾아가는 귀찮음을 덜었는 걸?"
칼자국 사내가 반갑게 말했다. 손을 뻗어 주주의 머리채를 잡고 위로 들어올렸다.
주주의 두 다리가 허공으로 덜렁 들려졌다.
머리가 통째로 뜯겨져 나가는 것처럼 아팠다.
"……!"
주주는 이를 악물며 아픔을 참았다.
이런 작자는 상대가 신음을 흘리면 오히려 더 즐거워한다.

고통에 몸부림을 치면 짜릿한 쾌감을 느낄 테지.

주주는 신음 대신 싸늘한 눈으로 그를 노려봤다.

"허. 고년 눈깔 하고는……. 적당히 갖고 놀다가 치우려고 했더니, 쌍! 눈깔이 영 마음에 안 드네."

칼자국 사내가 칼로 주주의 눈을 겨눴다.

"하긴 눈깔 정도는 없어도 재미를 보는 데는 문제가 없으니까."

"……."

번뜩이는 칼날이 동공 앞을 맴돈다.

주주는 눈을 감았다.

아! 이렇게 눈을 잃는구나. 앞을 못 보면 불편해지겠지? 스승님의 얼굴도 다시는 볼 수 없을 테고……. 그건 좀 많이 안타깝네.

그녀가 고소를 지었다.

"웃어? 이 년이 돌았나? 어디, 눈깔이 뽑혀도 그렇게 웃을 수 있나 보자."

칼자국 사내가 욕설을 퍼부으며 칼에 힘을 주었다.

그때 그 일이 벌어졌다.

"까르르르르!"

아이의 소란스런 웃음소리.

울음이 아닌 웃음이었다.

주주의 눈을 파내려던 칼자국 사내가 짜증을 냈다.

"그런데 저 새끼들은 뭔 짓을 하는데 애가 웃어?"
애 좀 조용히 시키랬더니 간지럼이라도 태우는 거야?
고개를 돌려 아이를 봤다.
아이는 웬 낯선 사내와 있었다.
사내가 아이를 위로 들었다 놨다하며 어르고 있었다.
뭐지 저놈?
처음 보는 녀석이다.
또 새로운 녀석이 나타났다.
주주라는 이 여자가 나타났을 때처럼.
'다 끝나가는 마당에.'
도대체 수하들은 저 놈이 나타날 때까지 뭘 하고 있었단 말인가.
주위를 살폈다. 아니, 굳이 멀리서 찾을 필요도 없었다. 수하들은 사내의 발아래에 쓰러져 있었다.
대체 언제 쓰러진 거지? 아무런 소리도 못 들었는데.
"제엔장."
칼자국 사내의 얼굴이 험악하게 일그러졌다.
"까르르르!"
다시 아이의 웃음이 터졌다.
낯선 사내가 아이를 내려놨다.
아이가 초롱초롱한 눈으로 사내를 올려봤다.
사내는 과묵했다.

귀엽다는 말이라도 한마디 할 법한데, 묵묵히 아이의 머리를 쓰다듬어 주기만 했다.

갑자기 주주가 눈물을 흘렸다.

그녀가 떨린 목소리로 입을 열었다.

"스승님."

낯선 사내를 본 후의 반응이었다.

'스승님?'

칼자국 사내는 일이 더럽게 흐르고 있다는 느낌을 받았다. 이 독한 년의 스승이라니. 그렇다면 적어도 이년보다는 강할 게 아닌가.

독한 년도 실력으로 이기지 못했다. 하물며 독한 년의 스승이라면 더 두고 볼 필요도 없다.

다행히 인질이 그의 손 안에 있었다.

그것도 낯선 사내에게 가장 짐이 될 인질이.

"거기 멈춰. 이 여자 머리통이 날아가는 걸 보고 싶지 않으면 말이야."

칼자국 사내가 피 묻은 칼로 주주의 턱 아래를 겨눴다.

"손가락 하나만 까딱해도 이 여자의 턱에서부터 정수리까지 긴 터널을 만들어 주겠다!"

그의 협박에도 불구하고 낯선 사내는 아무런 반응을 보이지 않았다.

제자가 적의 수중에 있음에도.

'대체 이 녀석 뭐야?'

이런 유형의 인간은 또 처음이다.

설마 내 협박을 단순한 위협으로만 생각한 건 아니겠지?

'어디 이 여자의 코가 잘려 나가도 그렇게 여유롭게 생각할 수 있는지 두고 보자.'

칼자국 사내가 독한 맘을 먹었다.

그 순간, 낯선 사내가 눈앞에서 사라졌다.

"뭐? 사라져?"

그리고 다음 순간 낯선 사내는 칼자국 사내의 눈앞에 나타났다.

'순간이동?'

아니, 실제로 순간이동을 한 것은 아니었다. 하지만 그만큼 빨랐다. 눈을 감았다 뜬 순간 이미 눈앞에 있었으니까.

"이런 개자식이. 헛수작하면 인질이……."

으드득.

불편한 소리와 함께 끔찍한 통증이 일었다.

칼을 든 그의 팔이 이상한 각도로 꺾여 있었다.

너무 심하게 놀라면 비명이 나오지 않는다. 칼자국 사내의 경우가 바로 그랬다. 그의 파리한 입술을 비집고 나온 건 비명 대신 놀란 의문성이었다.

"어허헉?"

너무 놀라서 심장이 입 밖으로 튀어나올 것 같다.

내 팔이 언제 이렇게 된 거지?

턱.

낯선 사내가 손가락으로 그의 정수리를 짚었다.

그가 말했다.

"턱에서부터 정수리까지 긴 터널이라. 그것도 나쁘지 않겠군."

저음에 제법 듣기 좋은 목소리.

이런 목소리를 가진 녀석이 왜 그렇게 입이 무거운지 의문이다. 하지만 칼자국 사내에겐 지옥의 악마보다도 두려운 목소리였다.

그는 공포에 저항하듯 소리쳤다.

"이런 개 같은……."

순간 펑 하는 소리와 함께 눈앞이 하얗게 변해 버렸다. 뜨거운 국물을 머릿속에 들이부은 느낌. 그것으로 끝이었다.

머릿속이 녹아내리고도 살 수 있는 사람은 없다.

칼자국 사내 역시 마찬가지였다.

털썩.

속이 빈 헝겊인형처럼 쓰러진 그는 두 번 다시 움직이지 않았다.

"스승님."

주주가 낯선 사내에게 덥석 안겼다.

낯선 사내. 그는 다름 아닌 람스였다.

폐허가 된 마을에서부터 사람의 흔적을 쫓아온 그가 마침내 이곳까지 오게 된 것이다.

주술사들을 쫓아온 곳에 사라졌던 막내 제자가 있는 것이 꽤나 놀라웠을 텐데도, 람스는 말없이 그녀의 등을 다독여 주었다.

"오랜만이로구나, 주주."

할 말은 많다.

그러나 지금은 재회의 정을 나누는 것이 먼저다.

그동안의 밀린 이야기는 천천히 해도 늦지 않으리라.

제8화
일족의 배신자

"아아. 감사합니다. 감사합니다. 숲의 은총이 이들과 영원히 함께하길."

주술사들과 재회한 그랜마가 기쁨의 눈물을 흘렸다.

"그랜마님."

"무사하셨군요."

주술사들이 그랜마의 주위에 모여들며 기쁨의 눈물을 흘렸다.

그랜마와 주술사들이 서로를 얼싸안고 기쁨을 나누고 있을 때, 람스와 주주 역시 나란히 앉아 밀린 이야기를 나눴다.

주주는 스승과의 재회가 너무도 기뻤다.

그의 곁에 착 달라붙은 채 쉴 새 없이 조잘조잘 떠들어 댔다.

"정말 와주셨군요. 스승님이시라면 꼭 찾아오실 거라 믿었어요."

람스를 보는 주주의 눈이 별처럼 초롱초롱 빛났다.

"어떻게 된 일이냐? 이 숲은 어떻게 온 것이고, 어쩌다 주술사들과 함께 움직이게 된 것이냐?"

"그것이 어쩌다 보니……."

주주가 헤헤 웃으며 말문을 열었다.

그녀가 이 숲을 찾아오게 된 것은 순전히 우연이다. 회색안개 숲을 간신히 빠져나와 무작정 알타를 향해 이동하다 보니 이곳에 도착했다고 한다.

"밀림을 헤매다 우연히 주술사들의 마을을 발견했어요."

그녀가 도착했을 당시, 주술사들은 아이써치 무리와 힘겨운 싸움을 하고 있었다. 정의에 불타는 주주는 어려움에 처한 주술사들을 그냥 볼 수 없었다. 동료들과 힘을 합쳐 적에게 대항했다.

"로쉬와 다른 사람들은 적탑에서 만난 게냐?"

람스의 품엔 작은 소년이 안겨 있었다.

로쉬.

늪 부족 술탄의 아들.

그는 칼자국 사내에게 큰 상처를 받고 기절해 있었는데, 람스의 치료를 받고 뒤늦게 정신을 차렸다.

람스를 본 로쉬는 '드디어 만났다'라고 외치더니 그 후론

줄곧 그의 품에서 잠을 자고 있다.

고롱고롱 코를 골다 이따금씩 '사부님 나빠요'라며 잠꼬대를 한다.

로쉬를 내려다보며 주주가 말했다.

"네. 로쉬와 파에톤님. 그리고 브로큰하트 아저씨도 모두 적탑에서 만났어요."

그녀는 간단하게 세 사람과 동행하게 된 경위를 전했다.

파에톤과 브로큰하트는 주술사들의 치료를 받고 있다.

브로큰하트는 제법 큰 부상이어서 오드만이 만든 포션을 사용했음에도 불구하고 정신을 못 차리고 있다.

람스는 어쩌다 그들이 주주를 따라나섰는지 궁금했다.

"다들 스승님을 뵙겠다고 했어요."

주주가 배시시 웃으며 대답했다.

람스는 잠시 생각에 빠졌다.

왜 그들은 자신을 보려고 한 걸까.

브로큰하트는 적탑에 가는 도중에 모종의 사건으로 알게 된 사람이고, 로쉬 또한 그와 유사한 경우다.

파에톤은 앞서의 두 사람과는 경우가 조금 다르다.

그와는 함께한 시간이 매우 짧다. 그나마 그가 인상에 남은 것은 넬이 봉인에서 풀려날 때 함께 있었기 때문이다.

어찌 보면 다들 람스와는 크게 관계가 없는 사람들이다. 그런데 다들 자신을 만나러 왔다 하니, 람스로서는 의문이 아닐 수 없었다.

"오랜만일세."

치료를 마친 파에톤이 그의 곁에 앉았다.

"오랜만이네."

"자네…… 정말 살아 있었군."

파에톤이 유령을 보듯 놀란 표정으로 람스를 빤히 쳐다보았다. 그는 아직까지도 람스가 살아 있다는 것이 믿기지 않았다.

"난 자네가 적탑에서 죽은 줄 알았네."

"왜 내가 죽었을 거라 생각했는가?"

"뒤늦게 정신을 차리고 보니 이미 지하가 무너졌더군. 난 자네가 마왕과 함께 갇혀 버린 줄 알았네."

당시 람스는 헬게이트를 통해 마계와 헬리오스 마탑을 오고 갔다. 당연히 적탑의 마법사들은 아무도 그를 보지 못했다.

듣고 보니, 파에톤이 그렇게 오해할 만했다.

"미안하군. 당시 사정이 워낙 급박해서 알릴 만한 여유가 없었네."

"이해하네. 그런 괴물을 상대했으니. 그런데 요행히 괴물을 무찌른 모양이군."

"아닐세. 우리 마탑에 얌전히 잘 있네."

"……!"

람스의 말에 파에톤의 두 눈이 휘둥그레졌다.

그 무시무시한 괴물을 죽이지 않았다고?

"걱정 말게. 잘 길들여 놨으니."

"길들이기까지 했단 말인가?"

파에톤은 더더욱 놀랐다.

그 괴물을 람스는 마왕이라 불렀다.

당시 그가 본 괴물의 힘과 마력은 마왕이라는 말이 과분하지 않을 정도로 대단했다. 그런 괴물을 길들였단 말인가!

"자넨 내 생각보다 훨씬 더 놀라운 사람이로군."

람스는 대답대신 웃음을 흘렸다.

이야기가 자꾸 마왕 쪽으로 흘러갔다. 부담을 느낀 람스가 슬쩍 말꼬리를 돌렸다.

"그런데 아이써치란 녀석들이 적탑 계열의 마법사들이라던데…… 그들이 누구인지 알고 있나?"

칼자국 사내의 수하들이 사용한 화염검은 적탑 고유의 마법이다.

"모르겠네. 적탑 소속의 매직나이트들은 대부분 알고 있네만, 방금 전의 그 녀석들은 처음 보는 자들이었네."

마법과 검을 동시에 익힌 매직나이트는 매우 희귀한 존재다. 검술을 일정 수준 이상 익히기도 어렵지만, 마법을 함께 익히는 것은 더욱 어려운 일이다.

천재적 재능과 부단한 노력. 그리고 막대한 지원이 뒷받침되어야 한다.

그 때문에 유명한 마탑들에서도 보유하고 있는 매직나이트의 수는 그리 많지 않다.

파에톤은 대륙에 존재하는 거의 대부분의 매직나이트들을 알고 있다. 특히, 적탑 계열의 매직나이트라면 모르는 자가 없다고 자신할 수 있다.

그런데 방금 전의 그 작자들은 이곳에서 처음 본 자들이다.

"뭔가 이상해. 매직나이트들이라고 보기엔 실력도 보잘것없고. 뭔가 구린 냄새가 나는군."

파에톤의 말에 람스도 동의를 표했다.

이들의 실력은 하찮은 수준이다. 검과 마법을 모두 사용하긴 했지만, 그 수준은 그리 높지 않다. 애초에 재능도 없는 자들이다.

"이 일은 결코 쉽게 넘길 수 없는 일일세."

파에톤의 눈빛이 매섭게 빛났다.

전혀 엉뚱한 곳에서 적탑 계열의 매직나이트들이 양산되고 있다. 적탑의 탑주로써 그냥 넘길 수 없는 일이다.

그때, 그랜마가 주술사들을 이끌고 람스에게 왔다.

"고맙습니다. 여러분 덕분에 목숨을 부지할 수 있었습니다."

그랜마를 위시한 주술사들이 람스와 그의 일행에게 고마움을 표했다. 특히, 주주에겐 절까지 해가며 감사해 했다.

"에헤. 별일 아닌데……."

주주가 뒷머리를 긁적이며 쑥스러워했다.

"별일 아니라니요. 주주님께서 베푸신 은혜는 결코 작지 않습니다. 남을 위해 목숨을 건다는 건 결코 아무나 할 수 있는 일이 아닙니다."

"왜 자꾸 그러세요. 부끄럽게. 그런데 다치신 분들은 어떠신가요?"

"다행히 탑주님께서 주신 포션이 큰 효과를 봤습니다."

람스가 여행을 떠날 때 오드만이 포션을 챙겨 주었다.

그 포션을 다친 사람들에게 아낌없이 베풀었다. 에밀리의 지식으로 강화된 포션은 전과는 비교할 수도 없을 만큼 뛰어난 효과를 자랑했다.

어지간한 상처는 순식간에 아물게 할 수 있을 정도였다.

"젊은 청년들이 보이지 않는 군요. 혹 다른 곳으로 피신했습니까?"

주술사들의 면면을 살펴본 람스가 물었다.

이곳에서 만난 주술사들은 모두 35명.

그들 모두가 아이와 노인들뿐이다.

젊은 사람은 단 한 명도 보이지 않았다.

그랜마의 안색이 어두워졌다.

"젊은 아이들은 이미 열흘쯤 전에 놈들에게 잡혀갔습니다."

열흘 전이라면 주주가 이곳에 도착하기 전이다.

아이써치 놈들은 노인과 아이를 제외한 젊은 주술사들을 모조리 납치해 갔다. 당시엔 아이써치의 사악한 음모를 몰랐다. 갑자기 돌변한 놈들에게 속수무책으로 당할 수밖에 없었다.

"사악한 종자들."

"지옥 불에 영원토록 고통 받을 더러운 족속들!"

마을 사람들에게서 원한어린 외침이 터져 나왔다. 아이써치의 수하들이 지금 눈앞에 있으면 당장 천 갈래 만 갈래 찢어발겨 버릴 기세다.

"그들이 어디로 끌려갔는지 아십니까?"

람스가 물었다.

그는 여러 가지 이유로 아이써치에게 호기심이 생겼다.

헬게이트를 봉쇄당한 원인을 찾기 위해서라도 그들을 찾아야 했다.

그랜마가 마을 사람들에게 물어보고 대답했다.

"숲의 북쪽으로 향한 것 같다고 합니다. 마정석 광산이 있는 곳이지요."

"숲의 북쪽이라."

람스가 그랜마가 가리킨 방향을 보았다.

높게 솟은 알반 산맥 주위에 짙은 먹구름이 드리워져 있었다.

* * *

알반 산맥 아래 리치몬드 광산.

광산 입구에 설치된 천막에서 두 사람이 심각한 대화를 나누고 있었다.

"아이볼님. 아무래도 늙은 주술사들을 납치하려던 일이 실패한 것 같습니다."

"왜냐?"

아이볼이 건조한 목소리로 반문했다.

"방해하는 놈들이 있었던 모양입니다."

아이볼은 혀를 찼다.

"일이 막바지에 이르니 귀찮은 벌레들이 다 꼬이는군."

그러나 말과는 달리 아이볼의 태도는 여유로웠다.

"그보다 작업의 진척은 어느 정도냐?"

"마지막 공정 중입니다. 다만 아직도 문제가 해결되지 않았습니다."

"주술력인가?"

"네. 마력을 고정하려면 주술의 힘이 더 필요합니다."

"과연 마도의 유산이로군. 재현하기가 쉽지 않아."

계획대로였으면 일찌감치 작업을 마무리하고 다음 단계로 나아갈 수 있었을 텐데. 전혀 생각지도 못한 것이 발목을 잡고 있다.

"그 마을에 주술사들이 남아 있던가?"

"노인들이 몇 있습니다. 아이들도 있지만, 문신을 받지 않은 아이들은 주술력을 발휘하지 못합니다."

"노인들의 주술력이 과연 도움이 될까?"

"본래 주술력은 나이가 들수록 강해지는 경향이 있습니다.

다만, 노인들은 체력이 약해 마법진의 반발을 버티기 힘들 것입니다."

"그래도 뽑아 낼 만한 주술력은 가지고 있단 소리군."

"그렇습니다."

"요컨대 노인들만 잡아오면 마법진이 완성된다는 말이렷다?"

"노인들만 찾으면 됩니다. 하지만 놈들이 숲 깊은 곳으로 숨어 버려서……. 마녀들의 숲은 너무도 울창하여 작정하고 숨으면 찾기 어렵습니다."

"잡아온 주술사 중에 쓸모가 없어진 녀석들이 있었지?"

"주술력을 모두 소모한 녀석이 몇 있습니다."

"그들을 죽여라."

"네?"

"그냥 죽이진 말고. 확성 마법으로 숲 전체에 비명이 퍼지도록 만들어."

"……!"

"달갑지 않은 모양이군. 왜? 이제와 동족을 배신하자니 괴로운가?"

"아닙니다. 어떻게 해야 숨어 버린 노인들을 효과적으로 유인할 수 있을지 그 방법을 고민했을 뿐입니다."

"흐흐흐. 동족을 죽이는 일인데도 아무런 거리낌이 없다?"

"제게 더 이상 일족은 존재하지 않습니다. 전 그저 아이볼님의 충실한 수하일 뿐입니다."

"알아서 잘 처리하리라 믿는다, 라지."

"맡겨만 주십시오."

무고한 사람들을 잔인하게 죽이자는 이야기를 이 두 사람은 아무런 거리낌 없이 주고받았다.

그들에게 있어 사람의 목숨은 그야말로 하찮은 벌레와 다를 바 없었다.

대화를 마친 아이볼이 라지에게 손짓을 했다. 그만 물러가란 뜻이었다.

라지가 나가고 얼마 후, 아이볼이 몸을 일으켰다.

이상하게 마음이 들뜬다.

천막을 나섰다.

광산 입구에 설치된 거대한 마법진이 보였다.

마법진의 크기는 실로 거대했다.

성인 남자 백 명이 마법진 안에 누워도 빈 공간이 남을 정도로 크다.

불과 몇 달 전만해도 이곳 마정석 광산은 리치몬드 상단이 운영하고 있었다. 지금은 아이볼의 것이 되었다.

정당한 거래는 없었다. 아이볼은 거래 대신 리치몬드 상단을 세상에서 지워 버리는 선택을 했다.

"이제 얼마 남지 않았구나."

마법진을 둘러본 아이볼이 희미한 미소를 그렸다.

오랫동안 기다려 온 염원.
마침내 그 결실이 거둘 때가 되었다.

*   *   *

람스와 그의 일행들은 그랜마의 안내를 받으며 북쪽 숲을 향해 나아갔다. 이번 일은 적과 직접적으로 조우할 가능성이 크다. 때문에 스스로 몸을 지킬 수 있는 사람만 함께했다.
주주, 파에톤만이 그와 동행했다.
아직 어린 로쉬와 깨어나지 못한 브로큰하트는 주술사들과 안전한 곳에 남았다.
험한 밀림을 헤치며 두어 시간 가량 달렸다.
서북쪽 방향에서 찌잉 하는 불쾌한 소리가 들려왔다.
소음은 웅웅하는 여향을 남기며 숲 구석구석을 깨웠다.
"확성 마법이군."
파에톤이 눈살을 찌푸리며 말했다.
"간이 큰 놈들이군."
확성 마법은 목소리를 증폭하는 마법이다.
그 때문에 적에게 자신의 위치를 노출시킬 위험이 있다. 그럼에도 불구하고 확성 마법을 사용한다는 것은 그만큼 자신이 있다는 의미다.
곧 누군가의 음성이 들려왔다.

"주술사들은 듣거라!"

거친 목소리가 쩌렁쩌렁 울렸다.

낯선 사내가 오만한 목소리로 말을 이었다.

"너희에게 들려줄 게 있다."

목소리가 꺼지고 찌잉거리는 잡음이 반복되더니, 곧 새로운 음성이 들려왔다.

"왜, 왜 이러는 거야."

당황한 목소리.

알타 남부 지역 특유의 어눌한 음성.

"주만."

그랜마가 신음 섞인 음성으로 그의 이름을 불렀다.

확성 마법을 통해 흘러나오고 있는 목소리의 주인은 주술사 마을의 젊은이 중 하나였다.

"왜, 왜 이러는 거야."

주만이 당황한 목소리로 말했다. 그는 무언가에 크게 놀란 듯 보였다.

"이, 이러지마. 제발."

주만이 간청했다.

곧이어 끔찍한 비명이 터져 나왔다.

"으아아아아악!"

폐부를 쥐어짜는 듯한 고통스런 비명.

주만이 얼마나 심각한 고문을 받고 있는지 보지 않아도 짐작할 수 있을 지경이다.

한 번 시작된 비명은 둑을 허물고 범람하는 홍수처럼 끊임없이 이어졌다.

주주는 두 손으로 귀를 막은 채 주저앉았다.

"하지 마. 하지 마!"

그녀의 간절한 외침에도 불구하고, 주만의 비명은 끊이지 않았다.

그 이후로 10분이 넘도록 주만의 처절한 비명이 이어졌다. 마지막 순간 끄르륵 하는 기묘한 소리와 함께 주만의 비명이 끊어졌다.

확성 마법으로 작은 목소리들이 새어나왔다.

주만이 의식을 잃었다는 보고. 물을 끼얹어도 정신을 못 차린다는 이야기가 작은 목소리로 들려왔다.

"쓸모없는 녀석."

처음 확성 마법을 시작했던 사내가 차가운 코웃음을 흘렸다. 이어 그가 다시 말했다.

"정신 못 차리면 그만 죽여."

주만은 끝내 정신을 차리지 못했다.

서걱 하는 절삭음이 숲을 왕왕 울렸다. 그리고 무언가 묵직한 것이 바닥으로 쓰러졌다.

"내가 하려는 말이 무언지 이젠 짐작하겠지?"

확성 마법을 통해 처음의 목소리가 돌아왔다.

"하루의 시간을 주겠다. 정확하게 하루가 지난 시간부터 한 시간에 한 명씩 젊은 녀석들을 이렇게 만들어 주겠다. 다른 녀석들이 더 죽는 걸 듣고 싶지 않으면 빨리 나타나는 게 좋을 거야."

그것을 끝으로 확성 마법이 종료되었다.

묘한 정적이 일었다.

주주는 엉엉 울었고, 그랜마는 사색이 되었다.

경험 많은 파에톤마저 안색이 변할 정도였다.

"잔인한 놈들."

다들 분노에 몸을 떨었다.

람스도 전에 없이 차가운 표정이 되었다.

"서두르자."

람스가 뚜벅뚜벅 걸음을 옮겼다.

그 냉정한 모습에 파에톤이 질린 표정으로 물었다.

"자네는 동정심도 없나?"

충격적인 사건을 접하고도 전혀 흔들림이 없는 그의 모습이 무척이나 냉정해 보였다.

람스가 그를 돌아보며 말했다.

"우리가 늦으면 더 많은 사람이 죽게 된다."

파에톤의 표정이 딱딱하게 굳었다.

"그렇군."

다들 묵묵히 람스의 뒤를 따랐다.

어찌된 이유에선지 그랜마가 뒤쳐졌다.

그녀는 놀람과 경악으로 크게 떠진 눈으로 알반 산맥을 바라보고 있었다.

"이 목소리는 설마…… 라지?"

인질을 협박하던 그 목소리는 그녀의 귀에 너무도 익은 사람의 것이었다.

* * *

"흐흐. 이 정도면 알아듣겠지."

확성 마법을 정지시킨 라지가 음침하게 웃었다.

"과연 그들이 나타날까요?"

수하가 물었다.

나타나면 어떤 꼴을 당하게 될지 뻔한데, 나올 리 없지 않은가.

라지의 생각은 달랐다.

"온다. 일족의 미래를 무척 중요하게 생각하는 노인네들이니까."

그의 목소리엔 확신이 담겨 있었다.

주술사들에 대해 잘 알고 있는 자만이 표할 수 있는 자신감이다.

"그나저나 누가 이 쓰레기 좀 치워. 악취가 진동하잖아."

라지가 잔인하게 죽은 시신을 발로 툭툭 차며 말했다.
그의 명령에 수하들이 달려와 시체를 들었다.
차가운 목소리가 들려온 것은 바로 그때였다.
"건들지…… 마라!"
수풀을 헤치고 한 명의 노파가 나타났다.
그랜마.
주술사들을 이끌고 있는 숲의 어머니.
"라지. 과연 너였구나."
주름진 두 눈이 이글이글 불타는 듯했다.
"그랜마."
라지는 미간을 찡그렸다.
그랜마는 그가 가장 만나고 싶지 않은 사람이었다.
"오랜만이네."
라지가 어색하게 웃으며 말했다.
그랜마가 노한 표정으로 물었다.
"그게…… 할미에게 할 말이냐?"
"그럼 뭐라고 해야 할까?"
라지가 두 팔을 벌리며 활짝 웃었다.
"반가워요, 할머니. 이게 얼마만이에요? 잘 지냈어요? 내가 보고 싶지는 않았고요? 하하. 물론 저도 잘 있었습니다…… 이렇게 말이야?"
수다스럽게 떠들던 그가 무표정한 얼굴로 말을 이었다.

"미안, 할머니. 상황이 상황인지라 이렇게 하고 싶은 마음은 없네. 보다시피 내가 마을 사람들에게 미움 받을 짓을 하고 있는 중이거든."

그랜마의 눈자위가 실룩거렸다.

미움 받을 짓이라. 지금의 상황은 단순히 미움 정도로 설명할 수 있는 사건이 아니다.

그랜마는 당장 욕이라도 퍼붓고 싶은 것을 간신히 참았다. 그보다 먼저 묻고 싶은 것이 있었다.

"스몰은…… 스몰은 어떻게 된 거냐."

"스몰?"

"너와 함께 나간 동생 말이다."

"아! 그 녀석?"

라지의 입가가 기분 나쁘게 비틀렸다. 뒤이어 그랜마에겐 하늘이 무너지는 소리를 태연스럽게 뱉어 냈다.

"죽었어. 그 녀석은."

"뭣?"

그랜마의 눈이 찢어질 듯 커졌다.

믿기지 않았다. 스몰이 죽었다는 것을. 아니, 그보다 동생의 죽음을 너무도 태연하게 말하는 라지의 태도가 믿기지 않았다. 혹시 장난인 건 아닐까? 스몰이 죽은 것도, 라지가 지금 벌이고 있는 모든 만행도.

죽은 듯 핏물 속에 엎어져 있는 주만이 당장 고개를 들고 일어나 모든 게 장난이었다며 헤헤 웃어 줄 것만 같았다.

그랜마는 눈을 반쯤 내리깔며 물었다.

"어떻게…… 어떻게 죽은 거냐?"

"누구?"

"네 동생 말이다!"

그랜마가 버럭 고함을 질렀다.

모르는 척 딴청을 부리는 라지의 행동에 분노가 일었다.

그에 반해 라지는 남의 이야기를 하듯 손가락으로 귀를 후비며 딴청을 했다.

"살해당했어."

"어디서 누구에게 죽었느냐?"

"적탑에서. 마왕이라 불리는 괴물에게."

"아아."

그랜마가 탄식을 터트렸다.

하늘이라도 무너진 듯 바닥에 주저앉아 눈물을 흘렸다.

라지와 스몰.

두 사람은 모두 그녀의 손주들이다.

요절한 아들이 남긴 유일한 보물들.

다행히 아이들은 할미 손에서 건강하게 자랐다. 머리도 좋고 영특하여 장래가 촉망되었다.

마을 사람들은 그들이 미래의 훌륭한 지도자가 될 것이라 믿어 의심치 않았다.

그랜마도 그렇게 생각했다.

어린 시절부터 모든 역량을 총동원하여 라지와 스몰을 가르쳤다. 할머니의 편애로 다소 오만한 면이 있긴 했지만, 재능이 넘쳐서 그렇겠거니 하고 생각했다.

말썽을 부리던 아이들이 스스로 세상 밖으로 나가 경험을 쌓고 오겠다고 말했을 때, 얼마나 기뻐했던가.

그런데 그 눈에 넣어도 아프지 않을 아이 중 하나가 마을을 팔아먹었다.

혈육의 배신에 그랜마의 가슴은 갈기갈기 찢어지는 것 같았다.

그녀가 터질 것 같은 가슴을 간신히 내리누르며 떨리는 음성으로 물었다.

"동생이 죽었는데…… 어째서 알리지도 않았느냐."

"알리면? 내가 무슨 소리를 들을 것 같아? 죽일 놈 살릴 놈. 다 내 책임이라며 온갖 욕설을 퍼붓겠지. 마을로 돌아가도 평생 죄인처럼 살아야 할 테고."

"그래도…… 그 아이는 네 동생이었다. 다른 사람은 몰라도 적어도 나에게만은 알려 줘야했어."

"됐어. 그런 고리타분한 이야기는. 그런데 온 건 할멈뿐이야?"

라지가 주위를 두리번거렸다.

할멈이 나타났다면 다른 노인네들도 어슬렁거리고 있어야

하는데, 보이는 사람은 할멈뿐이다.

라지가 냉소했다.

"아직 제정신을 못 차렸군. 자기 자식들이 죽는 소리를 들어야 비로소 기어 나올 모양이군."

라지의 두 눈이 살기로 충만했다.

말로만 그런 것이 아니라 실제로 그럴 생각이다.

"놈! 아직도 정신을 못 차린 게냐!"

그랜마가 지팡이로 땅을 치며 외쳤다.

대체, 어디까지 망가질 생각이란 말인가.

"어째서…… 그 착하던 네가 이렇게 된 거냐? 어째서……."

슬픔에 찬 그랜마의 절규에 라지는 태연하게 대답했다.

"나? 원래부터 이랬어."

태연하게 대꾸하던 라지가 문득 생각이 떠오른 듯, 두 눈을 희번덕거렸다.

"그런데 생각해 보니, 할머니는 주술사들의 지도자였지?"

느낌이 이상했다.

"……무슨 말을 하고 싶은 게냐?"

"아니. 할머니를 인질로 잡으면 숨어 버린 노인네들이 나타나지 않을까 하고."

그랜마는 고개를 가로저었다.

"날 사로잡아도 소용없다. 네 일에 협조할 생각도 없다만, 설사 내가 나선다 해도 그들은 나오지 않을 게야. 이곳에 오기 전에 그렇게 하라고 했으니까."

"물론, 그냥은 안 나오겠지."

그랜마를 보는 라지의 눈길이 섬뜩하게 변했다.

먹이를 보는 독사의 눈빛.

그랜마는 저도 모르게 몸을 떨었다.

"무슨 짓을 할 생각이냐?"

"글쎄, 어떤 짓일까?"

라지가 히죽히죽 웃었다.

"혹시…… 그랜마가 비명을 지르면서 애원하면 늙은이들도 조금은 흥미가 동하지 않을까?"

그의 사악한 마음을 읽은 그랜마가 통곡하듯 외쳤다.

"이놈아. 난 너의 할미란 말이다!"

"알고 있어. 그래서 이렇게 부탁하고 있잖아. 내가 하는 일 좀 도와줘. 어차피 살날도 얼마 안 남았잖아?"

그랜마는 이제 눈물도 나오지 않았다.

그녀는 이번 일로 모든 것을 잃었다.

오랜 세월 정성을 들인 마을도 사라졌고, 관심과 사랑을 주었던 손주들도 하나는 죽고 다른 하나는 일족을 팔아먹은 악인이 되어 돌아왔다.

"정말 하늘도 무심하시지."

그녀는 처음으로 하늘을 원망했다.

만약 누군가가 정말 저 위에 있다면 이런 상황은 절대로 보여 주지 말았어야 한다.

 차라리 라지를 만나지나 못했으면 이렇게 가슴이 찢어지도록 아프지는 않았을 것을.

 이 모든 게 꿈이었으면 싶다. 그러나 현실은 무섭도록 냉정했다.

 "저 노인네 좀 잡아 와."

 라지가 수하들에게 명령을 내렸다.

 붉은 로브를 입은 사내들이 그랜마에게 달려갔다.

 그때, 숲 저편에서 또 다른 목소리가 들려왔다.

 "그랜마에게 손 대지 마!"

 수풀이 흔들리며 몇 사람이 모습을 드러냈다.

 라지는 속으로 쾌재를 불렀다.

 그럼 그렇지. 이 위험한 곳에 그랜마 혼자만 왔을 리 없지. 필시 마을의 다른 장로들이렷다.

 그러나 정작 나타난 이들을 확인한 라지는 안색이 하얗게 질려 버리고 말았다.

 모두 세 사람.

 그중 두 명의 얼굴이 낯익었다.

 람스와 파에톤.

 적탑의 지하에서 만났던 사람들이다.

 잠시나마 그들과 치열하게 싸웠었다. 그래서 잘 알고 있다. 이 두 사람이 얼마나 강한지.

'젠장. 어째서 저 작자들이…….'

라지는 기겁했다. 적탑 지하에서 겪은 악몽이 아직도 선명하게 뇌리에 남아 있었다.

"할멈. 외부인을 끌어들였군."

그랜마를 노려보며 라지가 이를 갈았다.

"그게 마을을 팔아 버린 네놈이 할 말이냐?"

"흥."

냉소를 뱉으면서도 라지는 눈을 데굴데굴 굴렸다.

어떻게 하면 이 상황을 타계할 수 있을까.

놈들은 강하다.

괴물 같은 존재다.

한 명도 감당하기 힘든데 둘이 한꺼번에 나타났으니, 싸워 보지 않아도 결과가 뻔하다.

'일단은 이곳을 벗어나야 해.'

어떻게든 아이볼이 있는 곳까지만 가면 방법이 생긴다.

문제는 어떻게 이곳에서 벗어나느냐 하는 거다.

'미끼가 필요해. 놈들의 시선을 잡아둘 만한 미끼가.'

다행히 그는 혼자가 아니었다.

그를 따르는 수하들이 있었다.

"저 녀석들을 죽여라!"

라지가 수하들에게 명령을 내렸다.

그리곤 그 즉시 몸을 뒤로 돌려 정신없이 내뺐다.

그 모습에 그랜마는 다시 한 번 절망했다.

이 얼마나 비겁한 모습이란 말인가.

"죽어라!"

"뼈 한 조각 남기지 않고 태워 주마!"

멋모르는 수하들이 검을 뽑아들고 달려들었다.

엉성한 움직임으로 검을 휘두르니, 검신에서 붉은 화염이 화륵 하고 일어났다.

열 명의 수하 모두가 매직나이트다.

"어디 공장에서 매직나이트를 찍어 내기라도 하는 거야?"

파에톤이 어이없어 하는 표정으로 창을 휘두르며 앞으로 나섰다.

화륵.

그의 창이 화염에 휩싸였다.

그야말로 진정한 적탑의 매직나이트다. 양산형의 매직나이트들은 결코 그의 상대가 되지 못했다.

마법을 쓸 필요도 없었다.

파에톤이 창을 가볍게 휘두르자, 불똥을 튀기며 달려들던 매직나이트들이 비명과 함께 모조리 쓰러졌다.

"제, 제길."

도망가는 와중에 뒤를 돌아본 라지가 비명을 질렀다.

역시 놈들은 엄청난 괴물들이다.

싸워 봐야 승산이 없다.

그는 꼬리에 불붙은 망아지처럼 허겁지겁 거친 산길을 내달렸다.

"그를 쫓으면 아이볼을 만날 수 있겠군."

람스가 도망치는 라지를 보며 말했다.

공포에 질린 놈이 갈 곳은 오직 한 곳뿐이다.

그의 뒤를 쫓으면 자연히 배후를 만날 수 있을 것이다.

"전…… 이곳에 남겠습니다."

그랜마가 람스의 허락을 구했다.

원래 그녀는 일행의 안내를 맡았다. 하지만 이곳에서 손주의 추악한 모습을 보고 말았다. 뒤를 쫓아갈 용기가 나지 않았다. 손주의 타락한 모습을 더 이상 보고 싶지 않았다.

람스는 그녀의 마음을 이해했다.

"그렇게 하게."

"감사합니다. 탑주님."

그랜마는 람스에게 절을 했다. 그러곤 싸늘하게 식은 주만의 시신을 수습했다.

시신을 수습하며 그랜마가 노래를 불렀다.

자연의 품으로 돌아가길 기원하는 주술사들의 장례 의식.

그 노래가 구슬프기 그지없었다.

노파의 회한어린 노래를 잠시 바라보던 람스와 그의 일행들이 라지의 뒤를 쫓아 몸을 날렸다.

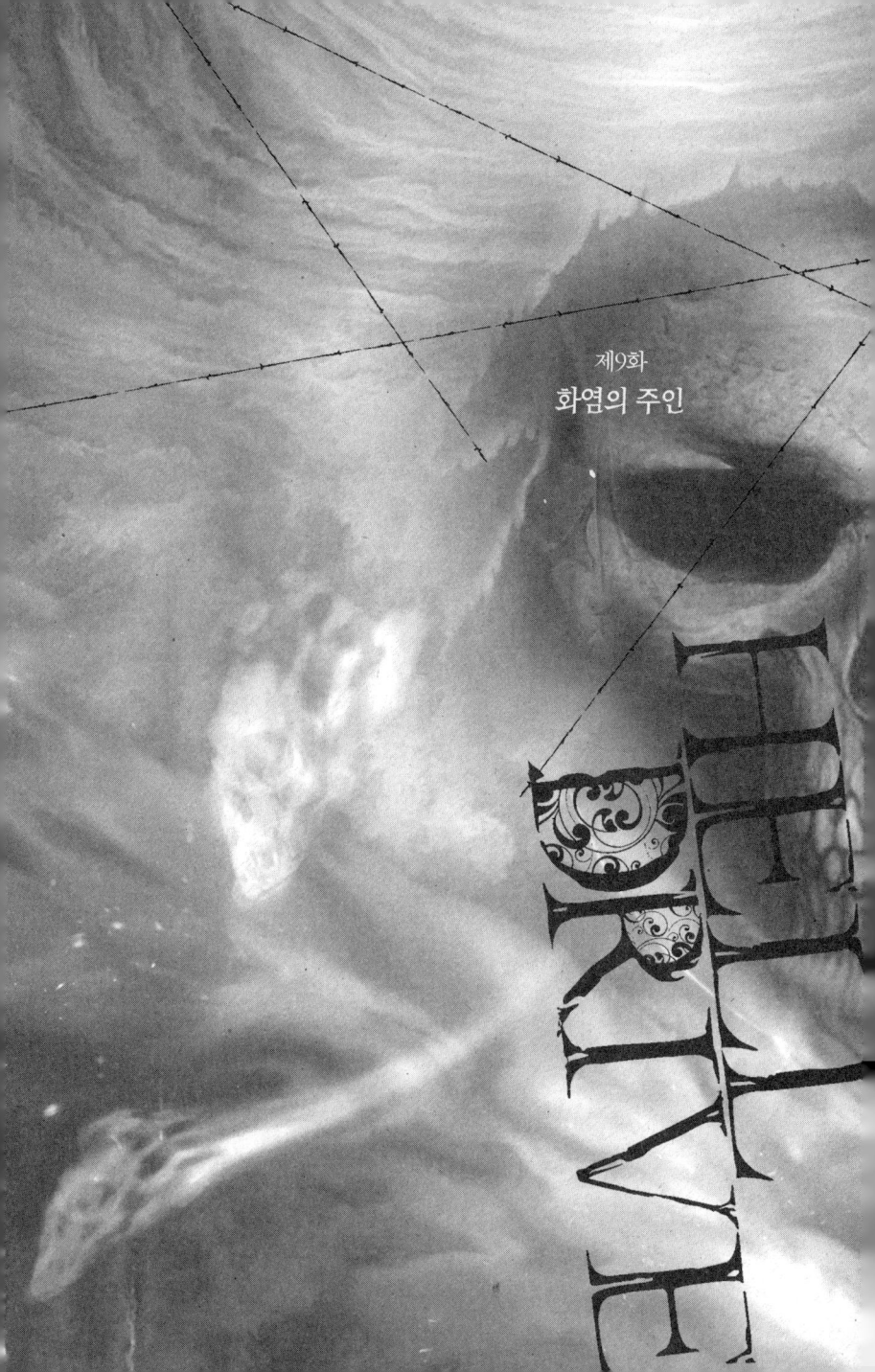

웅웅!

거대한 마법진이 요란한 굉음을 토한다.

마법진 위에 둥둥 떠 있는 검은 구체가 위태롭게 진동한다. 그때마다 마법진과 구체 사이에서 스파크가 정신없이 튀었다.

어딘지 불안해 보이는 움직임.

이대로는 위험해.

아이볼은 입술을 깨물었다.

생각보다 파국이 일찍 찾아왔다.

어쩌면 오늘 저녁을 넘기지 못하고 마법진이 붕괴될지도 모른다.

아이볼의 두 눈이 붉게 충혈되었다.

마법진 위에 떠 있는 검은 구체를 올려다보았다.

그의 염원.

그런데 그 염원이 지금 무너지려 하고 있다. 고작 주술사라는 하찮은 존재들로 인해서.

그때, 한 사람이 허겁지겁 달려왔다.

라지였다.

"아이볼님."

"무슨 일이냐?"

"노, 놈들입니다!"

"놈들?"

이게 무슨 뚱딴지같은 소리란 말인가.

라지가 자세한 사정을 전했다.

"아이볼님께서 시키신 대로 젊은 놈을 죽이고, 그 과정을 숲 전체에 들리도록 했습니다."

"그런데?"

"소리를 듣고 나타난 것은 늙은이들이 아니라 파에톤과 헬리오스 마탑주였습니다."

"헬리오스 마탑주?"

또 그놈인가.

아이볼의 무심한 얼굴 위로 한 가닥 짜증이 일었다.

언제부터인가 중요한 일을 할 때마다 헬리오스 마탑주가 나타나 일을 방해하기 시작했다. 벌써 몇 번째인지.
"차라리 잘됐군."
이 기회에 확실히 죽여 버리자. 이번엔 직접. 누구의 손도 빌리지 않고.
지금까지는 힘을 사용할 수 없는 상황이라 이런저런 핑계로 남에게 미뤘지만, 이젠 사정이 다르다.
마법진 위의 검은 구체.
힘을 끌어 쓸 매개체가 지금 그의 눈앞에 있다.
"그런데…… 주술사는?"
"네. 그것이 갑작스런 적의 출현으로……."
"한 명도 구하지 못했다?"
"죄송합니다. 하지만……."
라지가 변명을 하려하자 아이볼이 손을 들어 그의 입을 막았다.
"마법진의 상태가 좋지 않구나."
라지가 마법진을 보니 과연 상태가 극도로 위험해 보였다.
주술력의 부족으로 마법진의 마나가 폭주하고, 마법진 위에 놓인 검은 구체 역시 불안하게 흔들리고 있었다.
"놈들만 사라지면 며칠 안으로 주술사들을 대령하겠습니다."
아이볼이 고개를 가로저었다.
"며칠? 아니다. 그러면 너무 늦고 만다."

"그러면 대체 어찌해야……."

방법을 묻는 라지에게 아이볼이 하얀 미소를 보였다.

"라지, 너도 이곳 출신이라고 했었지?"

"……!"

그제야 라지는 아이볼의 눈가에 맺힌 살기를 발견했다.

"저, 전 안 됩니다."

도망가려하자 아이볼의 갈고리 같은 손톱이 그의 어깨를 파고들었다.

"아아악!"

라지가 비명을 질렀다.

아이볼이 그의 귓가에 소곤거리듯 말했다.

"안타깝게도 시간이 없구나."

비정하게 말한 아이볼이 불안하게 요동치는 마법진 안으로 라지를 던져 버렸다.

"크아아아!"

마법진으로 떨어진 라지가 비명을 질렀다.

주술력을 간절히 원하던 마법진이 굶주린 짐승처럼 라지의 정기를 빨아들였다.

라지의 피부 위로 굵은 혈관이 불뚝불뚝 튀어나오고, 코와 입에서 붉은 피가 흘러나왔다. 피부 역시 쭈글쭈글하게 변했다. 마법진에게 정기를 빼앗긴 라지는 급속하게 노화가 진행되었다.

그 대가로 불안하게 흔들리던 마법진이 안정을 되찾았다.
"오오!"
아이볼이 감탄을 흘렸다.
마법진 위의 검은 구체.
그의 염원을 풀어 줄 구체가 영롱한 빛을 머금고 있었다.
"라지. 대단한 주술력을 가지고 있었군. 이럴 줄 알았으면 귀찮게 노인네들을 수색할 필요도 없었을 텐데."
아이볼이 아쉽다는 듯 입맛을 다시며 마법진 안으로 걸음했다.
불안하게 일렁이던 검은 구체가 완전한 원형을 유지한 채 그를 기다리고 있었다.
그 빠져들 것처럼 매끄러운 표면이란.
광택으로 번질거리는 구체의 표면에 아이볼의 마른 얼굴이 비춰졌다. 그 비쩍 마른 얼굴이 한 줄기 삭막한 미소를 띠었다.
"멋지구나."
이 순간을 위해 얼마나 참았던가.
다른 수장들이 오브의 힘을 믿고 마음껏 날뛸 때도 그는 참아야 했다. 미래를 위해 모든 힘을 차곡차곡 비축해야 했다. 지난한 세월이었다. 힘을 가지고도 사용하지 못하는 괴로움은 이루 말할 수 없을 만큼 힘든 법이다.
이젠 끝이다.
오늘 이후로 두 번 다시 참지 않으리라.

그간의 노력과 인내는 결코 그를 배신하지 않았다.

보라. 그의 마법이 이처럼 멋진 구체를 만들어 내지 않았는가.

"이제 때가 되었노라."

이제 그의 염원이 이뤄질 때다.

그때였다.

"그대가 아이볼인가?"

숲의 어두운 구석에서 람스와 그의 일행들이 나타났다.

아이볼이 힐끔 뒤를 돌아봤다.

"그대들이군."

라지가 언급한 귀찮은 떨거지들.

그 중 한 명이 아이볼을 알아봤다.

"바론의 탑주?"

아이볼을 본 파에톤이 눈을 휘둥그레 떴다.

"죽은 사람을 둘이나 만나게 되다니. 허! 내가 혹 죽기라도 한 건 아닌지 모르겠군."

한 명은 람스. 그리고 또 다른 한 명은 아이볼이라 불리는 바론의 탑주다.

바론은 리버스에 의해 무너졌다.

탑주를 비롯한 제자들 모두 습격으로 사망했다고 했다.

그것이 공식적인 발표였다.

그런데 죽었다던 바론의 탑주가 이곳에 멀쩡하게 살아 있다.

"이제 보니 바론 마탑의 붕괴는 처음부터 그대의 음모였군."

오브를 연구하던 바론 마탑의 붕괴로 적탑은 큰 혼란에 휩싸였다. 도대체 누가 감히 적탑 산하의 바론 마탑을 공격하여 마법사들을 몰살시킬 수 있단 말인가.

그 풀리지 않던 의문이 해소되었다.

죽었다던 바론 마탑의 탑주가 이곳에 버젓이 살아 있다. 마법진 주위를 보호하듯 둘러싸고 있는 마법사들 또한 바론 출신임이 분명하다.

"바로 그렇소."

아이볼은 순순히 인정했다.

학수고대하던 마법은 완성되었다.

뻔한 핑계로 시간을 끌 필요가 없어졌다.

"왜지? 왜 그런 일을 벌인 거지? 어째서 죽은 척했는가!"

파에톤이 큰 소리로 외쳐물었다.

아이볼은 태연하게 말했다.

"적탑 아래에서는 아무래도 실험에 제약이 많았소."

"핑계 대지 마라!"

파에톤이 으르렁거렸다.

"핑계?"

"처음부터 오브를 독점할 생각이었지?"

"독점? 하하하하."

아이볼이 가소롭다는 듯이 웃었다.

"흐흐. 오브의 가능성을 꿰뚫어 보지도 못한 머저리 놈에게 들을 말은 아닌 것 같군."

"뭣이?"

"길가에 핀 약초도 그걸 알아보는 사람만이 진가를 아는 법. 너희 같은 머저리들이 백날 연구해 봐야 오브의 비밀을 밝혀낼 수 있었을 것 같은가?"

"오만하구나!"

"그게 과연 오만한 생각일까? 내가 바론 마탑에 머물며 오브의 모든 비밀을 밝혀냈다고 하자. 과연 그 권리와 성과가 온전히 내 것이 될 수 있을까? 아니야. 모두가 달려들 테지. 내 공을 치하하면서도 정작 너희는 내 성과물을 빼앗아가기 위해 안달을 낼 거야. 승냥이 떼처럼 몰려들어서 모든 걸 갈취해 가겠지. 내게 남는 것은 고작 약간의 명성 뿐."

"그래서 적탑을 배신한 건가? 호응하지 않는 제자들을 죽이고, 바론 마탑을 붕괴시키면서까지?"

죽음을 위장하기 위해 아이볼은 자신을 따르지 않는 마법사들을 모조리 죽여 버렸다.

"위업을 달성하기 위한 작은 희생일세."

"그런 건 희생이 아니야. 안타까운 죽음일 뿐이지."

"뭐라 부르든 상관없네. 어찌 되었건 난 필요한 일을 했을 뿐이고, 마침내 목적하던 바를 완성했다네."

"목적하던 바? 그 괴상한 구체 말인가?"

파에톤이 마법진 위에 둥둥 떠 있는 구체를 턱으로 가리켰다.

아이볼이 뿌듯한 표정으로 대꾸했다.

"내 평생의 성과지. 어떤가? 신비롭고 놀랍지 않은가?"

"고작 그딴 것을 위해 제자들을 죽였단 말이냐!"

파에톤이 고함을 질렀다.

아이볼은 비릿하게 웃었다.

"마법사는 누구보다 냉정하고 계산적인 존재가 아닌가?"

아이볼은 오히려 이런 일에 흥분하는 파에톤이 이상하다고 생각했다.

"네놈!"

파에톤이 흥분하며 창을 꺼냈다.

그 모습을 바라보던 아이볼이 피식 웃었다.

마치 혈기가 넘치는 젊은이를 바라보는 노인과 같은 미소였다.

"나와 싸워 보겠다고?"

"그렇다. 널 해치우고 말리라. 그리하여 어지러워진 적탑의 질서를 바로잡겠다."

"과연 혈기방장한 젊은이로군. 하지만 나와 싸우기 전에 그대가 알아야 할 이야기가 있다네."

"시끄럽다!"

파에톤이 아이볼을 향해 몸을 날렸다.

적탑의 배반자! 단숨에 목을 치리라!

득달같이 달려드는 파에톤을 보고도 아이볼은 느긋한 표정으로 말을 이었다.

"이 마법진의 쓸모가 궁금하지 않은가? 저런, 표정을 보아하니 전혀 궁금하지 않은 모양이군. 하지만 곧 관심이 생길 걸세. 왜냐면 이 마법진은 바로 자네처럼 특수한 사람들을 위해 만들어진 것이기 때문이지."

아이볼이 마법진의 한곳을 가볍게 밟았다.

두두두둥!

마법진이 밝은 빛을 토하며 북을 치듯 묵직한 파장을 방사하기 시작했다.

"윽!"

돌연 파에톤이 신음을 흘렸다.

머릿속을 쥐어짜는 듯한 고통!

미친 말처럼 날뛰던 그가 다리가 풀린 망아지처럼 땅바닥을 굴렀다.

"크윽! 이, 이것은……."

당황하는 파에톤에게 아이볼의 득의에 찬 웃음소리가 들려왔다.

"하하하. 이 마법진은 바로 오브를 빨아들이는 물건일세. 마법진에서 흘러나오는 파장은 세상에 존재하는 모든 오브에게 영향을 미치지."

"……!"

"그래. 바로 자네처럼 오브를 흡수한 오브 유저를 위한 물건이지. 마법진에서 흘러나오는 파장은 오브 유저에게 치명적인 영향을 미친다네. 극심한 두통, 구토, 뼈마디의 뒤틀림. 그러다 점점 머릿속이 뒤죽박죽으로 엉망이 되고, 결국엔 정신이 붕괴되지."

"오브 유저를…… 모조리 죽일 작정이냐?"

"천만에. 정신이 붕괴된 오브 유저들은 파장에 실린 단 한 가지 명령에 따라 몸을 움직이게 된다네. 바로 이 마법진을 향해 달려오는 것. 그 후엔 스스로 가슴을 열고 오브의 힘을 꺼내 놓게 되어 있지."

"오브 유저를…… 조종하는…… 마법?"

"그래. 이 마법진은 바로 그런 물건일세."

그렇다면 마법진 위의 검은 구체는 또 무언가. 검은 구체에서 뿜어져 나오는 마력 역시 심상치 않았다. 오히려 마법진보다 검은 구체가 더 위험한 물건으로 보였다.

"후후후. 그대는 모를 걸세. 이 마법진을 만들기 위해 내가 얼마나 많은 것을 희생했는지……."

"네놈. 오브를 모아 무슨 짓을 하려는 거냐!"

"이미 말하지 않았는가? 오랜 염원을 이룰 것이라고."

지나칠 정도로 친절하게 마법진에 대해 설명하던 아이볼이

화염의 주인 303

파에톤에게서 눈을 돌려 람스를 보았다.

람스 역시 미간에 깊은 주름을 새겨 넣고 있었다.

고통스러운 표정.

"그대가 바로 헬리오스 마탑주인 모양이군."

라지가 말했다. 헬리오스 마탑주와 파에톤이 이곳으로 오고 있다고.

아이볼이 람스를 번들거리는 눈으로 살피며 말했다.

"지금까지 그대의 힘을 이상하다고 생각했지. 미치광이의 제자가 어떻게 그렇게 대단한 힘을 가지게 된 걸까. 이제 이해가 되는군. 그대 역시 오브 유저였어."

사실이다. 람스 역시 오브를 통해 능력을 각성한 오브 유저다.

"그대를 제거하기 위해 부단히도 노력했는데, 오늘 뜻하지 않게 그대를 잡게 되었군. 참으로 행복한 날이로군."

염원하던 마법진이 완성되고, 원수라 할 수 있는 헬리오스 마탑주를 사로잡았다. 그야말로 그를 위한 날이라고 해도 과언이 아니다.

아이볼은 크게 만족했다.

"잘됐군. 마침 실험물이 필요했는데 말이야. 이렇게 훌륭한 실험물이 둘이나 나타났으니 정말 기분 좋은 일이야."

그가 잔뜩 흥분한 아이처럼 손을 비볐다.

"자, 그럼 누구부터 시작해 볼까. 오브와 심장을 헌납하는 영광스런 일일세. 원하는 사람이 있으면 말하게. 내 특별히 고통 없이 죽여드리지."

그는 파에톤과 람스를 맛있는 먹이 보듯 했다.

실제로 마법진의 영향력은 막대했다.

부들부들 떨던 파에톤의 코와 입에서 피가 울컥 솟아나왔다.

머리가 쪼개질 듯이 아프다.

이대로는 정말로 정신을 잃고 미치광이 될 것 같다.

"순순히…… 당할까 보냐!"

몸을 떨던 파에톤이 괴성을 질렀다. 창을 지팡이 삼아 몸을 일으키더니, 그야말로 혼신의 힘을 다해 아이볼에게 달려들었다.

'단 한 번의 공격으로 끝낸다.'

그는 처음부터 전력을 다했다.

"일어라! 불길이여!"

화악!

붉은 화염이 회오리처럼 치솟았다.

불길에 휩싸인 그의 창이 웅웅 하고 울어 댔다.

사력을 다한 파에톤의 공격은 정말 대단했다.

"죽어라!"

그의 외침이 타오르는 불길처럼 뜨겁고 맹렬했다.

"흥. 3개의 오브를 흡수한 힘이 고작 그 정도인가?"

차갑게 냉소한 아이볼이 구체에 한 손을 올린 채 다른 한 손으로 파에톤을 가리켰다.

"……!"

불길함을 느낀 파에톤이 창으로 얼굴을 가렸다.

파스스.

불길을 깃발처럼 펄럭이던 파에톤의 창이 순식간에 재가 되어 흩어졌다.

"뭣?"

파에톤의 두 눈이 찢어질 듯 커졌다.

그의 창은 평범한 무기가 아니다.

지상 최강의 강도를 지녔다고 해도 과언이 아닌 물건이다.

그런 창이 한순간에 재로 변했다.

"한눈 팔 틈이 있는가?"

아이볼이 다시 손가락으로 그를 겨눴다.

파에톤이 급히 화염탄을 뿌렸다.

파파팡!

작은 불똥들이 유성우처럼 쏟아져 나왔다.

"소용없다."

아이볼이 화염탄들을 손가락으로 겨눴다.

파스슷!

벌레가 살을 파먹는 듯한 소음과 함께 화염탄들이 재로 변해 흩어졌다.

다시 아이볼의 손가락이 그를 겨눴다.

피할 수 없음을 느낀 파에톤이 두 손으로 얼굴을 가렸다.
"고작 그 정도로 내 공격을 막을 수 있을 것 같은가?"
귓가에 속삭이는 목소리.
급히 고개를 들어 보니 아이볼이 그의 곁에서 빙그레 웃고 있는 것이 아닌가!
'어느새?'
의문이 채 가시기도 전, 아이볼이 그의 목덜미를 낚아채서 마법진 안으로 던져 넣었다.
"으아악!"
파에톤이 비명을 지르더니 이내 축 늘어졌다.
다행히 라지처럼 늙지는 않았지만, 힘의 근간이 되는 오브의 힘을 모조리 빼앗기고 말았다.
"흐흐흐."
아이볼이 흡족하게 웃었다.
파에톤의 힘을 흡수한 마법진 위의 구체가 붉게 달아올랐다. 마법진이 오브를 뽑아냈음을 확인한 아이볼이 이번엔 람스에게 고개를 돌렸다.
"이번엔 그대 차례일세."
그 섬뜩한 눈초리에 주주는 어깨를 떨었다.
더럭 겁이 났다.
파에톤이 한순간에 당하다니.
그녀는 파에톤이 얼마나 강한지 잘 알고 있었다.

마녀들의 숲으로 오기까지 많은 일들이 있었다.

작게는 동네 불량배의 시비에서부터 크게는 회색안개 숲의 언데드까지.

많은 적들과의 싸움에서 파에톤은 압도적인 능력을 보였다.

그가 왜 일인탑주로 불리는지 이해됐다. 그의 전력은 능히 하나의 마탑에 견줄 만했다. 그런 파에톤이 허무하게 당했다.

람스가 걱정되는 건 당연한 일이다.

물론, 그녀는 스승님을 믿고 있다.

하지만 아이볼 역시 믿기 힘들 정도로 강하다.

불안했다. 혹시라도 스승님이 다치게 될까 봐.

"걱정 마라."

람스가 말했다.

이곳에 도착한 이후로 내내 표정이 좋지 않던 람스가 깊은 숨을 내쉬었다. 그리고 눈을 떴다.

'아!'

주주는 속으로 탄성을 내쉬었다.

람스의 표정이 차분해졌다.

어느덧 미간에 새겨진 깊은 주름도 사라졌다.

람스의 얼굴 위로 평온과 여유가 돌아왔다.

그 모습을 본 아이볼의 표정은 정반대로 구겨졌다.

마법진의 압력에서 벗어났다?

설마 파장의 위력이 약해진 것은 아닐까?

웅웅웅.
아니다. 마법진은 여전히 왕성하게 활동 중이다.
오히려 파에톤의 힘을 흡수하여 한층 더 강해진 파장을 내뿜고 있다.
"허세로군."
아이볼은 람스의 여유로운 모습을 허세라고 판단했다.
속으론 죽겠으면서도 겉으로는 태연한 척 연기하는 것이리라.
람스는 그의 말에 조금도 반응하지 않았다.
가볍게 손을 풀며 스스로의 능력을 점검했다.
'헬게이트는 여전히 안 되는군.'
시공을 조절하는 능력은 여전히 봉인되어 있다. 마법진에서 흘러나오는 파장 때문이다.
시공을 다루는 능력은 섬세한 조율을 필요로 한다.
작은 간섭에도 큰 영향을 받는다.
하지만 간섭을 받는 건 공간 조작 능력뿐이다.
화염을 비롯한 다른 능력은 변화가 없다.
일부 마법진의 파장에 영향을 받는 능력이 있는 것도 사실이다. 아자라스에게서 빼앗은 오브로부터 흡수한 화염 능력. 그 능력들은 파장에 영향을 받았다.
하지만 그 힘은 지극히 미약했다.
람스는 반발하는 화염들을 과격하게 제압했다.

혼란스럽던 내부에 평정이 찾아왔다.
몸속을 흐르는 화염이 도도한 물길처럼 잔잔해졌다.
'역시 스승님의 오브는 다르군.'
아이볼의 마법진은 오브를 제압하고 그 힘을 끌어들인다.
하지만 어찌된 이유에선지 유독 스승님에게서 받은 오브만은 마법진의 영향을 받지 않았다.
반응을 보인 힘은 모두 아자라스의 오브에서 흡수한 화염뿐이다.
이로써 스승님의 오브가 다른 오브들과는 전혀 다른 존재임을 재확인할 수 있었다.
"네 이놈!"
아이볼이 호통을 쳤다.
"허세는 그만두고 어서 무릎을 꿇어라."
그는 여전히 람스가 허세를 부린다고 생각했다.
"허세?"
람스가 시큰둥하게 반문했다.
그런 것이 아니라는 것을 증명이라도 하듯 앞으로 나섰다.
안정적인 걸음.
아이볼의 안색이 심각하게 변했다.
'저 녀석, 정말로 영향을 받지 않는 모양이구나.'
왜일까. 어째서 저놈은 파에톤과 다른 반응을 보이는 거지?
오브의 속성과 관련이 있나?

'놈을 잡아서 해부하면 자연히 알게 될 일.'
아이볼의 두 눈이 차갑게 가라앉았다.
"안 그래도 언제 한번 네놈을 손보려 했었지."
아이볼이 구체에 손을 가져갔다.
그리고 다음 순간,
번쩍!
아이볼이 사라졌다.
사라졌다고 느낀 순간, 람스의 좌측에서 별안간 나타났다.
순간이동!
'공간을 도약했군.'
람스는 아이볼의 능력을 정확하게 파악했다.
'이제 알겠군.'
람스가 희미하게 웃었다.
왜 헬게이트가 작동하지 않았는지.
마법진에서 흘러나오는 파장. 그 파장이 주변의 공간 그 자체를 뒤흔들고 있었던 것이다. 그리고 아이볼은 파장을 이용하여 여러 가지 재주를 부릴 수 있게 되었다. 방금 선보인 공간 도약도 그러한 재주 중의 하나였다.
"죽어라!"
아이볼의 손가락이 람스의 머리를 가리켰다.
가리키는 모든 것을 잿더미로 만드는 화염 능력.
소멸.

그가 오브를 통해 얻게 된 힘이다.
람스가 주먹을 번개같이 뻗었다.
펑!
람스와 아이볼 사이의 공간에서 폭발이 일었다.
"이놈이!"
아이볼이 두 손을 번갈아 가며 람스를 가리켰다.
람스가 슬쩍 고개를 기울였다.
파스스.
그의 등 뒤에 선 거목이 순식간에 가루로 변했다.
공격을 피함과 동시에 람스가 발을 굴렀다.
쿵!
지진이라도 난 듯 대지가 흔들리며 지면이 쩍하고 갈라졌다.
콰드드드!
람스의 발끝에서부터 시작된 균열이 거미줄처럼 뻗치며 아이볼을 향해 나아갔다.
불길함을 느낀 아이볼이 공간을 도약하여 멀찍이 물러섰다.
그의 판단은 옳았다.
쿠아악!
갈라진 균열 아래에서 화염이 분수처럼 솟구쳤다.
"대단하군."
아이볼은 저도 모르게 감탄성을 발했다.
이렇게 대단한 마법을 주문도 없이 시전하다니.

적탑 계열의 마법사라면 누구나 감탄을 금치 못하리라.
다음 순간, 그의 얼굴이 참담하게 일그러졌다.
'놈은 정말로 마법진의 영향을 받지 않는구나.'
아이볼의 입장에서는 결코 유쾌하지 못한 소식이다.
'하는 수 없군.'
아이볼이 마법진 안으로 도약했다.
신비한 구체에 손을 올렸다.
쑤욱!
구체의 힘이 그에게로 빨려 들어갔다.
그에게 전해지는 힘이 많아지면 많아질수록 구체의 크기는 반대로 줄어들었다.
집채만 하던 구체가 어느덧 성인 남성의 키 정도의 지름으로 쭈그러들자 비로소 아이볼이 구체에서 손을 뗐다.
구체의 힘을 흡수한 아이볼은 이제 과거의 그와는 판이하게 다른 존재가 되었다.
후아악!
그가 입을 열자 입 밖으로 후끈한 열기가 뿜어져 나왔다. 손을 흔드는 가벼운 움직임에도 주변의 공기가 이글이글 타올랐다.
"다시 해보자."
아이볼의 목소리에 자신감이 충만했다.
그가 람스를 가리켰다.

그의 능력 '소멸'은 주문이 필요 없는 즉시시전 마법이지만, 그 위력은 절대적이다. 손으로 가리킨 사물은 필연코 재로 변한다. 속도 또한 빛처럼 빨라, 가리킨 즉시 대상의 '소멸'을 가져온다.

람스가 주먹을 흔들었다.

가볍게 흔든 주먹질을 따라 화염이 뻗어 나갔다.

퍼퍼펑!

화염과 소멸.

두 힘이 부딪치며 육중한 진동과 함께 화려한 폭발이 일었다.

화염으로 인해 발생한 검은 연기가 주변을 온통 뒤덮었다.

아이볼이 유리창을 닦듯 손을 휘저었다.

한 줄기 뜨거운 바람이 일어나 연기를 밀어냈다.

커튼처럼 드리워졌던 연기가 흩어지자, 그 사이로 붉은 인영이 빛살처럼 날아들었다.

람스였다.

"어딜!"

아이볼이 한 손으로 람스를 가리키며 다른 한 손으론 복잡한 수인을 맺었다.

람스가 팽이처럼 몸을 회전했다.

파슛파슛.

람스의 볼을 스치고 지나간 아이볼의 힘이 지면을 하얀 잿더미로 변화시켰다.

"과연 이것도 피할 수 있을까!"

아이볼이 노호성을 치며 수인을 맺던 손으로 람스를 가리켰다.

화아악!

그의 손에서 거대한 화염이 일어나 람스에게로 날아갔다.

화염은 둑을 허물고 밀어닥치는 홍수처럼 방대한 지역으로 방사되었다. 일단 화염의 범위에 들어온 이상 피하는 것이 절대로 불가능할 정도로 그 여파가 광범위했다.

후욱!

화염이 람스를 뒤덮었다.

"스승님!"

조마조마한 심정으로 지켜보던 주주가 비명을 질렀다.

람스가 화염에 뒤덮이는 모습에 눈을 질끈 감았다.

"으하하하하!"

아이볼이 득의에 찬 웃음을 터트렸다.

마침내 놈을 해치웠다.

그때, 람스의 목소리가 들려왔다.

"뭐가 그리 웃기지?"

아이볼의 두 눈이 찢어질 듯 커졌다.

놈의 목소리가 들려?

그럴 리가.

지금 놈은 그가 쏟아낸 화염 속에 있다.

방금 전의 그 불길은 단순한 화염이 아니다.

그의 능력 '소멸'을 모아 한꺼번에 쏟아낸 것이다.

당연히 불길 하나하나에 사물을 재로 변화시키는 마법의 기운이 들어 있다. 람스는 그 죽음의 재앙을 온몸에 뒤집어썼다.

설사 신이라고 해도 견뎌 내지 못할 거라 아이볼은 확신했다.

"네 능력이 그렇게 완벽할까?"

이글이글 불타는 화염 속에서 무언가가 일어났다.

그것은 사람의 모양을 하고 있었다.

화염에 뒤덮인 그것이 터벅터벅 두 발로 걸어 나온다.

검은 연기 속을 벗어나니 비로소 얼굴을 확인할 수 있었다.

아이볼이 신음처럼 외쳤다.

"헤, 헬리오스 마탑주!"

그는 람스였다.

사물을 재로 만드는 불구덩이 속에서 그가 멀쩡히 걸어 나왔다. 아니, 멀쩡하지는 않았다. 그는 화염을 전신에 두르고 있었다.

'아니다. 놈이 몸에 두르고 있는 불길은 '소멸'이 아니야.'

'소멸'과는 성질이 전혀 다른 불길.

프롬헬(From Hell).

헬리오스 마탑의 세 번째 마법.

전신에 화염을 두르는 공방일체의 마법으로, 소환된 화염을 전신에 두른 순간 방어력이 비약적으로 상승하게 된다.

"마법으로 내 '소멸'을 막아 냈다고? 믿을 수 없다. 믿을 수 없어!"

그의 능력은 절대적이다.

그 어떤 마법으로도 '소멸'을 막을 수 없다.

이러한 절대적인 믿음이 깨졌다.

"거짓말! 거짓말 하지 마라!"

아이볼이 분노에 찬 고함을 지르며 람스를 손가락으로 가리켰다.

람스는 피하지 않았다.

주먹을 휘두르지도 않았다.

대신 부채를 펼치듯 손을 펼치며 아이볼의 공격을 받았다.

파슷!

낙엽이 부스러지는 소음과 함께 람스의 손바닥에서 연기가 일었다.

그러나 연기뿐이다.

아이볼의 능력 '소멸'은 그의 피부 한 조각조차 삼키지 못했다.

"무슨 이런 말도 안 되는 일이……."

아이볼은 믿을 수 없는 현실에 아연실색했다.

"믿어. 현실이니까."

어느새 다가온 람스가 말했다.

그가 아이볼의 복부에 비정한 주먹을 꽂아 넣었다.

퍽!

"컥!"

아이볼이 허리를 90도로 꺾으며 비명을 토했다.

맞은 곳이 불에 지진 듯이 아프다.

람스는 지금 전신에 화염을 두르고 있다.

그의 주먹 역시 마찬가지다.

이글이글 불타는 주먹으로 힘껏 후려쳤으니, 맞은 부위가 온전할 리 없다.

순식간에 옷이 녹아내리고 그 안의 살이 벌겋게 익어 버렸다. 그나마 아이볼이 적탑 계열의 대마법사라 화염 마법에 내성이 강해서 이 정도였지, 평범한 사람이었다면 대번에 살이 녹아내리고 푹 익혀진 내장이 와르르 쏟아졌을 것이다.

"크억!"

아이볼이 바닥으로 허물어지며 비명을 질렀다.

그는 마법사다. 고고한 모습으로 연구에 몰두했다. 그런 그가 언제 이런 고통을 맛봤을까? 게다가 람스의 주먹질은 보통의 주먹과는 달랐다.

외부에서 한 번, 그리고 내부에서 다시 한 번 폭발한다.

펑! 하는 소리와 함께 뜨거운 폭발이 그의 내부를 뒤집어 놓았다.

"크아아아아악!"

아이볼이 미친듯이 비명을 지르며 바닥을 데굴데굴 굴렀다.

한껏 벌어진 입에서 검은 핏물이 왈칵 쏟아져 나왔다.
내부에서 일어난 열기에 눈동자가 녹고 뇌가 타들어 가는 것만 같았다.
'이, 이놈은 괴물이다.'
마법진만 완성하면 천하에 두려울 것이 없다고 생각했다. 하지만 그것은 착각이었다. 그보다 훨씬 더 엄청난 괴물이 있었다.
"죽음이 두려운가? 겁내지 마라. 이제 고작 시작일 뿐이니까."
람스가 그를 향해 성큼성큼 다가섰다.
'이놈은 괴물이야. 터무니없는 괴물.'
아이볼은 덜컥 겁이 났다.
놈이 성큼성큼 다가오고 있다.
날 죽이려고 오고 있어.
막아야 해.
누가 놈을 막아 줘.
주위를 둘러본 그의 눈에 꼭두각시 인형처럼 멍하니 서 있는 수하들의 모습이 보였다. 마법진을 연구하는 과정에서 만들어진 부산물들.
아이볼이 람스를 가리키며 갈라진 목소리로 소리쳤다.
"저, 저놈을 죽여라!"
명령이 떨어지기 무섭게 멍하니 서 있던 수하들이 일제히 행동에 나섰다.

차앙!

허리에 걸린 검을 뽑아들자 검신 위로 뜨거운 화염이 일어났다.

아이볼의 수하들은 모두 매직나이트들이었다.

"쳐라!"

"죽어라!"

매직나이트들이 악을 쓰며 달려들었다.

그들의 검신에서 이글이글 타오르는 화염이 독사의 이빨처럼 매서웠다.

람스가 허공에 한 손을 올린 채 비단을 팔에 두르듯 손을 감아올렸다.

후아악!

말로 형용할 수 없는 흡입력이 일어나 매직나이트들의 검신에 맺힌 화염이 그에게로 빨려 들어갔다.

"헛!"

"으억!"

매직나이트들의 입에서 다급한 비명이 터져 나왔다.

빼앗겨? 다른 것도 아닌 화염을?

설마 물질도 아닌 화염을 빼앗길 줄은 상상도 못했다.

휘릭!

람스가 감아쥐었던 손을 풀었다.

그의 손바닥 안에서 고도로 압축된 화염이 고삐 풀린 망아지처럼 날뛰었다.

화염 줄기들은 정확하게 온 곳으로 돌아갔다.

바로 그들의 주인에게로.

"으아악!"

"크아악!"

매직나이트들이 화염이 휩싸이며 처절한 비명을 질렀다. 그러나 그도 잠시에 불과했다.

곧 그들의 육신과 비명이 재와 함께 흩어졌다.

"어헉!"

아이볼이 두 눈을 부릅떴다.

불을 흡수한다고? 이런 마법은 들어 본 적도 없다.

람스의 입에서 광오한 말이 흘러나왔다.

"세상에 존재하는 모든 화염이 나의 것이다."

제10화
오랜만일세, 마디오스

"세상에 존재하는 모든 화염이 나의 것이다."

만약 다른 사람이 이런 말을 했다면 미친놈이라며 비웃었을 것이다. 그러나 아이볼은 그를 비웃을 수 없었다.

람스는 그런 말을 할 자격이 있었다.

"터무니없는 괴물. 조잡한 매직나이트로는 어림도 없군."

아이볼이 힘없는 목소리로 중얼거렸다.

그가 만든 매직나이트들은 오브의 힘을 이용하여 제작한 조잡한 산물이다.

마법진 위에 떠있는 구체를 만들기 위한 과정에서 얻은 부산물이다.

아이볼은 오브에 마법을 담는 술식으로 사람의 몸속에 화염을 주입하고 그 힘을 유지할 수 있는가를 실험했다.

실험은 성공적이었다.

화염을 제자들에게 집어넣어 구체화시킬 수 있었다.

제자들의 실력이 급성장했다.

신체 능력 또한 월등해졌다.

그들은 그 순간부터 검과 마법을 함께 사용할 수 있는 매직 나이트가 되었다.

급조한 만큼 한계도 있었다.

일정 수준 이상 성장하지 못했다.

무리하게 수련을 시키면 육체가 풍선처럼 터져 버렸다.

그러한 부작용에도 불구하고 아이볼은 만족했다. 그에겐 인간의 몸을 마법의 그릇으로 사용하는 데에 성공했다는 사실만이 중요할 뿐이었다.

그는 다음 단계로 나아갔다.

수많은 실패 끝에 마침내 완성된 것이 마법진 위의 구체였다.

구체 속엔 그의 미래와 희망이 담겨 있었다.

"쿨럭!"

아이볼이 피를 토해 냈다.

새카맣게 죽은 피였다.

그의 동공 위에 뿌연 죽음의 그림자가 드리웠다.

아이볼이 구체에 손을 가져갔다.

구체엔 아직 큰 힘이 남아 있다.

그 힘을 빨아들인다면 죽어 가는 목숨을 부지할 수 있을 것이다. 어쩌면 불의의 일격을 날릴 수 있을지도 모른다.

그는 구체 앞에서 망설였다.

이 힘을 거두면 목숨은 구할 수 있겠지만…….

고민하던 그는 결국 손을 거뒀다.

힘 대신 죽음을 택했다.

"부탁할 것이 있소."

숨을 헐떡이며 아이볼이 말했다.

목숨만은 살려달라는 걸까?

람스가 그를 바라봤다.

"이, 이것을 부디 부수지 말아 주시오."

아이볼이 구체를 가리키며 간절한 목소리로 말했다.

람스가 눈으로 물었다.

왜냐?

"이 오브는 내 전부고 목숨이오. 그러니 부디…… 내가 죽은 후에도 부수지 말아 주시오."

어느새 그는 애걸하고 있었다.

"어째서 그대와 원수지간인 내가 그대의 부탁을 들어줘야 하는가?"

람스가 건조한 음성으로 말했다.

당연한 소리다.

아이볼은 람스와 그의 탑을 무너뜨리려 갖은 수작을 다 부렸다. 원수란 표현으로도 부족한 관계다. 그런 람스에게 부탁을 하다니, 파렴치한 것도 정도가 있지.

"그건……."

아이볼은 일순 말문이 막혔다.

갈등하던 그가 구체에 손을 가져갔다.

구체의 모양이 흐트러지며 내부가 드러났다.

구체안엔 젊은 남자가 몸을 웅크리고 있었다.

유난히 피부가 창백한 청년이었다.

"내 아들이오."

아이볼이 말했다.

청년을 바라보는 그의 눈동자에 정이 담뿍 담겼다.

그가 넋두리처럼 말을 이었다.

"실수로 생긴 아이였소. 불장난처럼. 죽어 가는 여자가 내 아이라며 이 녀석을 데려왔을 때엔 짜증이 났소. 그녀가 병에 걸려 죽을 때도 거들떠보지 않았소. 아이가 우는 소리가 시끄러웠소. 죽여 버릴까 생각하다 여자의 유언이 생각나 손을 거뒀소. 아이를 유모에게 맡겨 버렸소. 그 후로 녀석은 유모가 키우다시피 했소."

그의 목소리가 점차 가늘어졌다.

입가에서 피가 멈추지 않고 흘렀다.

그의 생명력이 꺼져가는 촛불처럼 위태롭게 흔들렸다.

"녀석은 외롭게 자랐소. 아비에 대한 정이 없을 만도 한데, 녀석은 끝도 없이 날 귀찮게 했소. 새로 산 장난감을 보여 주고, 나무로 만든 검으로 칼춤을 춘답시고 뒤뚱거리고, 마법을 가르쳐 달라고 조르고. 귀찮았소. 그래도 하는 짓이 밉지 않았소. 아마…… 조금은 관심이 생긴 지도…….."

그의 동공은 이제 완전히 탁해져 버렸다.

이야기 속의 아이는 어느새 소년에서 청소년으로 성장했다.

"녀석의 재능은 나쁘지 않았소. 하나를 가르치면 둘을 깨달았소. 내게 잘 보이려고 부단히도 노력하는 모습이 대견했소. 녀석이 어린 나이에 2레벨에 올랐을 때는 뿌듯함마저 느꼈소. 새삼 그녀가 떠올랐소. 조금…… 미안했소. 죽기 전에 조금이라도 손을 쓸걸. 죄책감 때문에라도 녀석에게 신경을 써야겠다는 생각이 들었소."

그가 희미하게 웃었다.

"아이는 밝았소. 내 자식답지 않게. 괜찮은 녀석이 되겠구나, 라고 생각했소. 녀석에게 도움을 주고 싶었소. 그녀에게 아무것도 해 준 게 없어서. 죄책감 때문이었는지도 모르오. 마침 적탑에서 오브를 주었소. 연구를 하라고 하더군. 오브 유저란 존재가 있음을 알고 기뻤소. 적성만 맞는다면 단숨에 탑주 수준의 마법력을 얻을 수도 있으니까. 녀석에게 의견을 물었소. 흔쾌히 응하더군. 당시의 녀석은 내가 원하는 것이면 뭐든지 하려고 했소. 내…… 관심을 끌고 싶은 것이었소."

행복한 기억은 여기까지였다.

그의 표정이 우울하게 변했다.

슬픔이 그의 얼굴을 삼켰다.

"오브와 링크를 시도했소. 실험은 실패했소. 녀석은 부적합자였소. 어떤 오브도 녀석에게 반응하지 않았소. 녀석은 실의에 젖었소. 내가 실망할 것이라 생각했던 모양이오. 바보같이……. 녀석은…… 하지 말아야 할 짓을 하고 말았소. 오브를 다섯이나 한꺼번에…… 무리한 링크를 시도했소. 그리고……."

아이는 죽고 말았다.

과도하게 주입된 힘이 아이의 영혼을 파괴했다.

그렇게 그의 아들은 죽었다.

뜨거운 눈물이 아이볼의 볼을 타고 흘렀다.

"녀석을…… 살리고 싶었소. 어떻게든. 이제…… 다 되었소. 이 마법만 있으면…… 이 구체가 녀석을 살려줄 것이오. 새 생명을…… 마도의 힘이라면…… 영원히……."

아이볼의 목소리가 조금씩 작아지다 끝내는 들리지 않게 되었다. 그는 꺼져 가는 목소리로 마지막 한마디를 뱉고 죽었다.

"제발…… 부탁하오."

그렇게 아이볼은 죽었다.

　　　　＊　　＊　　＊

아이볼이 죽은 후 람스는 구체 안의 청년을 살폈다.

청년은 따뜻한 온기를 지니고 있었다. 하지만……

'영혼이 없다.'

청년의 몸 어디에도 생명력의 흔적을 찾을 수 없었다.

오브는 청년의 육체를 썩지 않도록 보존해 주었다.

하지만 그것이 전부였다.

죽은 청년의 영혼은 끝내 육신으로 돌아오지 못했다.

아이볼은 오브가 전하는 따뜻한 온기를 생명력이라고 생각한 모양이다. 어떻게든 아이를 살리고 싶었을 게다. 작은 지푸라기라도 놓치고 싶지 않았겠지.

람스는 죽은 아이볼을 보며 물었다.

"그대는 자식이 언데드가 되어서라도 부활하길 바라는가?"

그에겐 청년을 언데드로 부활시킬 능력이 있었다. 스키마의 권능을 사용하면 충분히 가능한 일이다.

그렇게라도 아이를 살리고 싶은지 아이볼에게 묻고 싶었다.

아이볼은 대답이 없었다.

어쩐지 평온해 보이는 얼굴.

죽어서야 편안함을 느낀 걸 테지.

람스는 그가 자식의 부활을 원치 않을 거라 생각했다. 언데드를 원했다면 오래 전에 그렇게 했을 것이다. 그러나 그는 청년의 시신을 온전히 보관하고 있었다.

그가 원한 것은 청년이 잠을 자다 일어난 것처럼 깨어나는 것이었다.

그것은 불가능한 염원이었다.

람스는 볕 좋은 곳을 찾아 손을 펼쳤다.

손바닥에서 일어난 보이지 않는 열기가 지면을 지글지글 녹였다. 붉게 달아오른 지면이 아래로 푹 꺼졌다. 적당한 깊이로 지면이 가라앉자 이번엔 열기를 빨아들였다.

용암이 흐르던 지면이 순식간에 냉각되었다.

사람의 체온 정도로 땅이 식자 펼쳤던 손을 거뒀다.

아이볼과 청년의 시신을 그 안에 넣었다.

나란히 누운 부자를 잠시 바라보다 그 위에 흙을 덮었다.

아이볼과 청년의 무덤을 만든 람스는 잠시 그 앞에서 서서 상념에 잠겼다.

아이볼은 그의 적이다.

몇 번이고 그와 제자들의 목숨을 노렸다.

그러한 관계를 생각하면 무덤을 만들어 줄 이유는 없다.

하지만 간절했던 아이볼의 마지막만은 람스에게 강한 인상을 남겼다.

"저승에선 행복하길."

람스가 나직한 목소리로 그들의 명복을 빌었다.

* * *

아이볼과 청년의 무덤을 만든 람스는 일행에게로 돌아왔다.

주주가 파에톤을 돌보고 있었다.

람스가 그의 몸에 손을 올리고 힘을 불어넣었다.

탈진한 파에톤이 정신을 차렸다.

그가 희미한 눈으로 람스를 올려다보며 물었다.

"그는?"

"죽었네."

파에톤은 고개를 끄덕이곤 다시 눈을 감았다.

많이 지쳐 보였다. 마법진에 오브를 빼앗겼기 때문이리라.

이제 그는 오브 유저가 아니다. 그를 일인탑주라 불리게 만든 힘의 근간이 사라졌다.

눈을 감고 있지만, 잠이 오지 않았다.

머릿 속이 복잡해졌다.

주위엔 그들 말고도 몇 사람이 더 있었다.

백발의 노인이 벌레처럼 마법진 위를 꿈틀대고 있었다.

라지였다.

그의 앞에 검은 그림자가 드리워졌다.

그랜마였다.

오지 않겠다던 그녀다. 그래도 걱정이 되어 뒤늦게 일행의 뒤를 쫓아왔다.

그녀는 만감이 교차하는 얼굴로 라지를 내려다봤다.
젊었던 손자가 백발의 노인이 되었다.
"결국…… 이렇게 되었구나."
"하, 할머니."
그랜마를 발견한 라지가 화들짝 놀랐다.
허옇게 변해 버린 눈동자가 불안하게 흔들린다.
그랜마가 그를 노려보았다.
"마을과 할미를 배신한 결과가 고작 이것이었느냐?"
서릿발과 같은 호통.
라지는 삐걱거리는 팔다리를 허우적거리며 그랜마에게 매달렸다.
"살려 줘…… 살려 주세요. 할머니. 할머니."
라지가 울고 불며 애원했다.
그랜마는 눈을 감았다.
철없고 순진했던 손주들의 모습이 떠올랐다.
그녀의 팔다리에 매달려 까르르 웃던 그 착하던 아이들.
감았던 눈을 떴다.
"하, 할머니."
라지가 그랜마의 다리를 붙들고 애원하고 있다. 라지의 늙은 얼굴 위로 어린 손자들의 순진한 얼굴이 겹쳐졌다.
라지를 내려다보는 그랜마의 표정이 몇 번이나 변했다.
번민. 회한. 슬픔.

짧은 순간 수많은 감정이 떠오르고 사라졌다.

그랜마는 깊은 탄식을 뱉었다.

"아가야. 아가야. 용서하기엔 넌 너무 멀리 갔구나."

그랜마가 라지의 가슴 위에 손을 올렸다.

웅얼웅얼 주문을 외우자 부들부들 떨던 라지가 의식을 잃었다.

라지의 몸속에서 생기가 사라졌다.

주술적인 방법으로 그의 영혼을 저승으로 인도한 것이다.

그랜마가 그의 시신을 안고 노래를 불렀다.

무표정한 얼굴로 손자의 마지막을 기렸다.

라지는 마을에 큰 죄를 지었다.

이대로 시신을 안고 돌아가도 장례를 치를 수는 없을 것이다. 그녀는 이곳에서 라지의 장례를 치르고자 했다.

"아이야. 아이야. 좋은 곳 가거라. 아이야. 아이야. 미련 갖지 말거라. 아이야. 아이야."

차라리 눈물이라도 흘렸으면 덜 슬플 텐데, 그녀의 얼굴에선 감정을 찾아볼 수 없었다. 라지의 죽음과 함께 마음의 모든 것을 잃어버렸다.

그 무표정한 얼굴이 너무도 슬퍼 보여 주주가 왈칵 눈물을 흘렸다.

"할머니. 제가 도와드릴게요."

그랜마가 그녀를 돌아보았다.

말없이 주주의 손을 잡고 고개를 끄덕였다.
주주는 그랜마와 함께 라지의 장례를 치렀다.
라지. 마을을 배신하면서까지 자신의 영달을 추구하던 사내. 그의 마지막은 초라하기 그지없었다.

* * *

람스는 마정석 광산 안에서 젊은 주술사들을 발견했다.
그들은 탈진한 채 쓰러져 있었다.
마법진에 주술력을 빼앗긴 탓이다.
다행스럽게도 그들은 라지처럼 늙지 않았다.
쓸모를 위해 아이볼이 마법진의 흡수력을 적당히 조절했기 때문이다.
탈진한 젊은이들에게 포션을 주자 곧 체력을 회복했다.
그동안의 고초 탓에 광대뼈가 튀어나올 정도로 말랐지만, 몸에 큰 이상은 없었다.
젊은이들이 무사함을 확인한 그랜마는 기쁨의 눈물을 흘렸다. 라지를 잃은 슬픔이 조금은 희석 될 수 있었다.
"감사합니다. 탑주님."
그랜마가 람스에게 절을 했다.
그에게 받은 은혜가 하늘과 같다.
람스와 주주가 아니었다면 주술사들은 쥐도 새도 모르게 세상에서 지워졌을 것이다.

"헤헤. 해야 할 일을 했을 뿐이에요."

주주는 여전히 뒷머리를 긁적이며 부끄러워했다.

"앞으로 어떻게 할 생각인가?"

람스가 물었다.

"더 깊은 산속으로 들어가려고 합니다. 아무도 찾을 수 없는 곳으로 숨을 생각입니다."

이번 일로 주술사들은 큰 타격을 받았다.

설마 그들의 주술력을 노리는 자들이 있을 줄은 상상도 하지 못했다.

"차라리 사막의 술탄에게 가는 것이 어떻겠나?"

람스가 조언했다.

"압슬라님께 의탁하라는 말씀이십니까?"

"아무리 깊은 곳에 숨어도 언젠가는 들키게 될 걸세. 차라리 믿을 수 있는 그늘 아래에 있는 것이 안전하겠지."

사막 부족의 술탄인 압슬라는 주술사들에게 좋은 감정이 있었다. 그라면 주술사들을 배려해 줄 것이다.

그랜마가 잠시 생각하다 입을 열었다.

"확실히 술탄께선 주술사들에게 호의를 가지고 계십니다. 하지만 지금 사막 부족은 늪 부족과 전쟁 중입니다. 저희를 배려할 여유가 없을 것입니다."

알반 산맥으로 오던 중, 전쟁에 대한 소식을 접했다.

사막 부족과 늪 부족이 각 부족의 존립을 건 처절한 전쟁을 시작했다고 한다.

두 부족은 오래전부터 심심치 않게 부딪히곤 했다.

서로의 힘이 비등한 데다 가치관이 달라 자주 싸움이 붙었다.

그러나 그러한 싸움은 술탄의 개입과 함께 쉽게 정리되곤 했다.

이번은 상황이 다르다. 전쟁의 양상이 심상치 않다. 두 부족 모두 이번 전쟁에 부족의 사활을 걸었다. 소문으로는 왕실이 이 전쟁에 관여되어 있다고 한다. 내전으로 인해 알타 왕국은 심한 몸살을 앓았다.

사막 부족의 술탄이 제아무리 배포가 큰 인물이라 해도 전쟁이 진행 중인 상황에서 주술사들을 배려할 여유는 없을 것이다.

"차라리 메딘 산으로 오시는 게 어때요?"

람스와 그랜마의 말을 가만 듣고만 있던 주주가 눈을 반짝이며 말했다.

두 사람의 시선이 그녀에게 집중되었다.

주주가 볼을 붉히며 말했다.

"헬리오스 마탑은 제자가 되겠다고 찾아오는 사람을 거부하지 않아요. 스승님이라면 여러분을 충분히 보호해 주실 수 있을 거예요."

그러면서 '다만 탑이 좀 허름한 건 이해해야 할 거예요.' 라는 말을 덧붙였다. 그녀는 헬리오스 마탑이 새로 지어진 걸 모르고 있었다.

"정말…… 정말 가능한 일입니까?"

그랜마가 람스에게 물었다.

간절한 바람으로 떨리는 눈동자.

하지만 내심 한편으로는 가능성이 그리 크지 않을 거라고 생각했다.

"물론일세."

람스가 고개를 끄덕였다.

제자가 되겠다는 사람은 언제든 환영이다.

그것은 람스가 헬리오스 마탑의 탑주가 된 이후로 변함없이 지켜온 원칙이다.

"아아!"

감동받은 그랜마가 람스에게 절을 했다.

"고맙습니다. 정말 고맙습니다."

갈 곳 없는 주술사들. 마침내 그들이 머물 만한 그늘을 찾았다.

* * *

알반 산맥에 둥지를 튼 주술사들은 모두 102명이었다.

그 중 어린아이가 26명, 노인이 32명이었고, 나머지 44명이 젊은 사람들이었다.

주술사들은 노인의 비율이 제법 높았다.

"주술을 사용하는 사람은 쉬이 늙기 때문입니다."

보통 50세 정도면 이미 피부가 쪼그라들고 허리가 굽는다.

"하지만 수명은 보통 사람들보다 더 길지요."

주술사들의 평균 수명은 200살 정도다.

빨리 늙는 대신 보통 사람들보다 더 오래 사는 셈이다.

람스는 문신을 새기지 않은 어린아이 가운데 자질이 있는 12명을 헬리오스 제자로 받아들였다. 젊은이들과 노인들 중에도 제자가 되길 원하는 사람이 있었지만, 그는 단호히 거부했다.

"그대들은 뛰어난 주술사다. 주술은 그대들의 자랑스런 문화다. 굳이 헬리오스 마탑의 일원이 되기 위해 주술을 버릴 필요는 없다."

더불어 그는 헬리오스 마탑의 제자가 되지 않더라도 메딘 산에 머무는 데는 아무런 문제가 없다고 말해 주었다.

그의 말에 주술사들은 크게 기뻐했다.

헬리오스 마탑의 비호를 받을 수 있게 되어 좋아하긴 했지만, 한편으론 그들의 전통을 잃어버릴까 봐 전전긍긍했던 것도 사실이었다.

다음날 아침.

주술사들은 헬리오스 마탑으로 떠나기 위해 짐을 꾸렸다.

아이볼과 그의 부하들에 의해 마을이 모두 불타 버린 터라 챙길 짐도 거의 남아 있지 않았다.

그들은 람스의 뒤를 따라 숲을 나섰다.

몇 시간 후, 숲의 초입 부분에 도착했다.

주술사들은 알반 산맥을 돌아보며 깊은 감회에 젖었다.

이곳은 오랫동안 그들의 고향이었다.

이제 터전을 버리고 새로운 곳으로 이주할 생각을 하니 괜스레 눈물이 흘렀다. 새로운 곳에서 잘 적응할 수 있을지 걱정도 들었다.

"걱정 마세요. 여러분은 분명 메딘 산맥을 좋아하게 되실 거예요."

주주가 가슴을 두드리며 자신 있게 말했다.

그녀의 말에 주술사들은 무거운 마음을 조금은 덜 수 있었다.

람스와 그를 따르는 사람들이 막 숲을 벗어났을 때였다.

"어라?"

람스의 곁을 나란히 걷고 있던 주주가 고개를 갸웃했다.

"갑자기 왜 이러지?"

그녀가 목에 걸린 목걸이를 꺼냈다.

영롱한 빛을 반짝이는 목걸이가 부르르 진동하고 있었다.

'주주에게 목걸이가 있었던가?'

람스는 곰곰 기억을 더듬었다.

없었다. 분명 그와 함께 있을 때만해도 그녀에겐 목걸이 같은 것이 없었다.

'보통 목걸이가 아닌 듯한데.'

영롱한 빛을 흘리는 목걸이는 겉보기에도 대단한 보물처럼 느껴졌다. 특히, 장식처럼 달리 커다란 보석은 그 가치를 짐작할 수 없을 만큼 훌륭한 세공이 돋보였다.

그러나 정작 놀라운 것은 목걸이의 가치가 아니었다.

"네? 뭐라고요?"

갑자기 주주가 목걸이에 대고 열심히 떠들기 시작했다.

그 모습은 마치 목걸이와 대화를 하는 것 같았다. 아니, 실제로 그녀는 목걸이와 대화를 하고 있었다.

목걸이엔 누군가의 영혼이 깃들어 있었다.

"숲의 파장 때문에 말을 할 수가 없어서 답답했다고요? 아하! 그래서 얌전히 있었던 거군요. 테디오스."

목걸이에 깃든 영혼의 이름은 테디오스였다.

주주의 혼잣말이 이어졌다.

"뭐라고요? 스승님이 어째요?"

목걸이는 람스에 대해 말을 하고 있었다. 그러나 유감스럽게도 목걸이의 말은 목걸이를 목에 걸고 있는 주주밖에 듣지 못했다.

"에이, 말도 안 돼요. 네? 하지만……. 그래도 그건 좀 이상한데요? 뭐라고요? 갑자기 제 속옷이 왜 궁금해요? 그리고 그게 스승님과 무슨 관계에요? 잤냐고요? 그럴 리가 없잖아요!

혹시 스승님께 문제가 있는 건 아니냐고요? 그걸 제가 어떻게 알아요?"

아무래도 목걸이에 깃든 영혼은 음탕한 성격의 소유자인 모양이다. 주주의 입에서 부끄러운 이야기가 이어졌다. 그렇게 한참을 목걸이와 씨름을 하던 주주가 람스에게 다가왔다.

"테디오스가 스승님과 할 말이 있대요."

주주가 목걸을 풀어 람스에게 내밀었다.

"나와?"

"네."

람스가 목걸이를 받았다.

굳이 목에 걸 필요는 없었다.

손에 쥐자마자 곧바로 테디오스라는 인물의 음성이 들려왔다.

"오랜만일세."

테디오스가 진중한 목소리로 말을 걸었다.

오랜만이라고?

람스는 잠시 고민에 빠졌다.

이 목걸이와 언제 만난 적이 있었던가?

없다. 단언컨대 말하는 목걸이는 평생 처음 보는 것이다.

혹시 테디오스라는 인물이 목걸이 되기 전에 만난 것일지도 모른다.

하지만 그의 기억 어디에도 테디오스라는 이름은 없었다.

그때, 테디오스가 다시 말을 걸어왔다.

"마디오스. 설마 날 잊은 건 아니겠지?"
두근!
마디오스.
이 이름을 듣는 순간, 람스의 심장이 크게 진동했다.

〈6권에서 계속〉

『은거기인』의 작가 건아성 신무협 장편소설

그동안 무림에 등장한 서생은 많았다.
하지만 붓 하나 들고 세상에 맞선 이는 처음이다!

글 속에 천하를 담으려는 윤명원,
유림을 넘어 무림을 탐하다!